Titre original : *PS I Like You*

Ouvrage dirigé par Dorothy Aubert
Couverture par Ariane Galateau

Photographies de couverture : © Tim Roberts/Getty Images

Pour la présente édition :
© Hugo et Compagnie, 2017
34-36, rue La Pérouse
75116 - Paris
www.hugoetcie.fr

ISBN : 9782755633375
Dépôt légal : juin 2017
Imprimé en France par CPI Brodard et Taupin - N° d'impression : 3022284

KASIE WEST

PS: I LIKE YOU

Traduit de l'anglais (États-Unis)
par Pauline Vidal

Hugo Roman
New Way

Chapitre 1

Un éclair. Une attaque de requin. Un billet de loterie gagnant.

Non. Je barrai tout. Trop banal.

Mon stylo contre les lèvres, je réfléchis.

Rare. Mais, qu'est-ce qui était rare ? Une perle, pensai-je avec un sourire. Ça ferait super-bien dans une chanson.

Je griffonnai encore quelques lignes, avant de noircir les pages les unes après les autres... pour finir avec un seul mot. Amour. Ça, oui, c'était vraiment rare dans mon univers. La version romantique de l'amour, du moins.

Lauren, la fille assise à côté de moi, toussota. Alors seulement je constatai à quel point la classe était calme, comment je m'étais, une fois de plus, perdue dans mon rêve, en me coupant du monde qui m'entourait. Ces dernières années, j'avais pris l'habitude de fermer les yeux chaque fois qu'un moment désagréable me tombait dessus. Je glissai mon bouquin de chimie sur mon carnet rempli de dessins et de chansons et, lentement, je relevai la tête.

M. Ortega me fixait.

– De retour parmi nous, Lily ?

Tout le monde se mit à rire.

– Vous écriviez la réponse, évidemment ? dit-il.

– Oui, bien sûr, répondis-je en m'efforçant de n'afficher aucune émotion.

Comme je l'espérais, M. Ortega n'insista pas et nous donna les lectures pour la semaine suivante. Puisqu'il avait abandonné aussi facilement, je pensai pouvoir m'esquiver vite fait dès la fin du cours mais, à peine la sonnerie s'était-elle arrêtée qu'il m'appela.

– Mademoiselle Abbott, un petit instant, s'il vous plaît !

Je cherchai la première excuse pour filer rejoindre les autres, mais...

– Vous aurez bien un moment à m'accorder pour m'expliquer comment vous avez passé les cinquante-cinq dernières minutes à ne pas m'écouter ?

Une fois la classe vide, je m'approchai de son bureau.

– Je suis désolée, Monsieur Ortega... la chimie et moi, on n'est pas vraiment copines.

– Et, alors ? Vous ne pensez pas que vous pourriez y mettre un peu du vôtre ?

– Si... Je vais essayer.

– Oui, essayez. Si je vois encore une fois votre carnet apparaître pendant ma classe, je vous le confisque.

Je réprimai à peine un grognement. Cinquante-cinq minutes de torture sans la moindre distraction ?

– Mais, il faut bien que je prenne des notes...

Franchement, quand avais-je pris la moindre note en chimie ?

– Une feuille de papier vous suffira... que vous me montrerez à la fin de chaque cours.

Je serrai contre moi mon précieux carnet vert et violet. À l'intérieur, il y avait des centaines d'idées de chansons, de couplets, des tas de griffonnages, des dessins. Toute ma vie, quoi.

– C'est vraiment cruel comme punition.

Il laissa échapper un petit rire sec.

– Mon travail consiste à vous aider à réussir cette année de chimie, Mademoiselle Abbott. Vous ne me laissez pas d'autre choix que de vous interdire ce carnet pendant mes cours.

Si ça ne tenait qu'à moi, j'avais toute une liste d'autres idées à lui proposer.

– Je pense qu'on a trouvé un accord, lâcha-t-il.

Accord n'était pas le mot que j'aurais choisi. Il impliquait que nous en avions tous les deux établi les termes. Non, j'aurais plutôt pensé à loi, règle ou décret.

– Vous aviez autre chose à me dire, Mademoiselle Abbott ?

– Euh, non... je n'ai rien d'autre à dire. À demain !

– Sans votre carnet, me rappela-t-il pendant que je m'éloignais.

J'attendis que la porte se referme derrière moi avant de ressortir ce dernier et d'y inscrire le mot décret sur un coin de page. Un très bon mot. Pas assez utilisé. Alors que j'écrivais, une épaule vint cogner la mienne avec une telle force que je me sentis presque décoller du sol.

– Hé, regarde où tu vas, Magnet, me jeta alors un élève de la classe supérieure que je ne connaissais même pas.

Après deux ans, personne ne semblait encore décidé à oublier ce surnom. Je préférai ne pas réagir, mais j'imaginai mon stylo se plantant violemment entre ses deux omoplates.

– On dirait que tu as des envies de meurtre, me lança alors Isabel, ma meilleure amie, qui venait de me rejoindre.

– Pourquoi tout le monde se rappelle encore ce stupide surnom inventé par Cade ? marmonnai-je avant de dégager de mes yeux une lourde mèche brune. Ça ne rime même pas...

– Un surnom, ça n'a pas besoin de rimer.

– Je ne parlais pas de ses dons de poète. Pourquoi il me reste collé à la peau, même après deux ans ? Il n'y a pas plus nul comme surnom !

– C'est vrai, désolée, reconnut Isabel en glissant son bras sous le mien.

– Non, ne t'excuse pas pour lui. Ce n'est plus ton petit ami. Et puis, je ne veux pas que tu sois désolée pour moi.

– Mais, si. C'est tellement stupide et puéril, ce genre de réflexion. Je pense que les gens balancent ces trucs par habitude, alors que finalement ils n'en pensent pas un mot.

Sans savoir si j'étais vraiment d'accord avec ce qu'elle affirmait, je préférai lâcher l'affaire.

– Ortega m'a interdit de sortir mon carnet pendant son cours.

– Oh, là, s'esclaffa-t-elle, comment tu vas vivre avec un membre en moins ?

– Je ne sais pas... En chimie, en plus ! Tu connais quelqu'un qui ne meurt pas d'ennui en chimie ?

– Moi. J'aime bien cette matière.

– Attends, je reformule : tu connais quelqu'un de normal qui ne meurt pas d'ennui en chimie ?

– Parce que tu te prends pour une personne normale ?

D'accord, elle marquait un point. On s'arrêta juste après le bâtiment B. L'étendue de cailloux roses qui bordait le chemin semblait particulièrement poussiéreuse aujourd'hui. D'un coup de basket, je repoussai quelques graviers sur le côté.

Les paysages qu'offrait le lycée n'avaient rien pour m'inspirer. Je devais contempler plus loin pour trouver des paroles dignes d'atterrir dans mon carnet.

– Alors, du « prétendu mexicain » pour le déjeuner ? demandai-je à Isabel tandis que Lauren, Sasha et leur groupe d'amis s'approchaient de nous.

Isabel se mordit la lèvre d'un air ennuyé.

– C'est que... Gabriel voudrait qu'on se retrouve à l'extérieur du campus pour fêter nos deux mois ensemble. Ça ne t'embête pas ? Je peux décaler...

– Ah oui, vos deux mois... C'est aujourd'hui ? J'ai laissé ton cadeau à la maison.

– Quoi, qu'est-ce que tu comptes m'offrir ? Un bouquin fait maison sur les garçons qui ne sont pas dignes de confiance ?

Une main sur la poitrine, je m'étranglai.

– Tu crois vraiment que je te ferai un truc pareil ? Et puis, le titre c'était *Comment savoir si c'est un Sale Petit Égoïste...*

Elle se mit à rire.

– Mais jamais je ne te donnerais un livre de ce genre pour Gabriel, ajoutai-je en la poussant du coude. Je l'aime bien, tu sais ?

Gabriel était comme un vrai nounours avec elle. En revanche, son dernier petit ami – Cade Jennings, l'inventeur du fameux surnom en question – m'inspirait un sacré paquet de titres de bouquins imaginaires.

Je vis que Isabel continuait à me regarder d'un air préoccupé.

– Mais, oui, tu peux aller déjeuner avec Gabriel, lui assurai-je. Ne t'en fais pas pour moi, et amuse-toi.

– Tu pourrais venir avec nous, si...

Je fus tentée de lui demander de finir sa phrase et d'accepter son invitation juste pour la faire paniquer, mais je mis fin à son malaise.

– Non merci, je ne veux pas aller à ton déjeuner d'anniversaire. J'ai un livre à écrire, tu sais. Un Anniversaire de Deux Mois... le Début de l'Éternité. Chapitre Un, À soixante jours, vous saurez que c'est le bon s'il pimente votre quotidien en vous emmenant au Taco Bell.

– On ne va pas au Taco Bell.

– Oups, à peine commencé le premier chapitre, ça s'annonce déjà mal pour toi.

Les yeux sombres d'Isabel étincelèrent.

– Moque-toi autant que tu veux, moi je trouve que c'est romantique.

Je lui pris la main et la serrai en disant :

– Bien sûr. C'est adorable, même.

– Ça ira pour toi, alors ? Tu peux peut-être rejoindre Lauren et Sasha... ?

L'idée ne m'emballait pas vraiment. J'étais assise près de Lauren en cours de chimie, et on échangeait parfois quelques mots. Comme lorsqu'elle me posait des questions sur le prochain devoir à rendre ou quand je lui demandais de ne pas embarquer mon sac à dos en même temps que son classeur. Quant à Sasha, on n'avait pas grand-chose à se dire.

Je baissai les yeux sur ma tenue. Aujourd'hui, je portais une chemise extra-large dégotée dans une friperie. J'en avais coupé les manches pour lui donner un aspect kimono, qu'une ceinture marron faisait blouser à la taille. Chaussée de Converse montantes rouges usées jusqu'à la corde, mon style était plutôt décalé comparée aux filles qui entouraient Lauren, toutes ultra-branchées dans leur jean skinny et leur t-shirt moulant.

Levant mon carnet, je répondis à Isabel :

– Ça me donnera l'occasion de bosser sur une nouvelle chanson. Tu sais bien que je n'arrive jamais à être seule à la maison.

Elle me répondit d'un signe de tête.

C'est alors que, du coin de l'œil, je l'aperçus. Je me figeai littéralement.

Lucas Dunham. Assis sur un banc avec d'autres élèves de sa classe, son sweat à capuche zippé jusqu'en haut, ses écouteurs sur les oreilles, il avait les yeux dans le vague : l'air absent tout en étant présent. Une attitude qui me ressemblait, en fait.

Isabel suivit mon regard et soupira.

– Tu devrais lui parler, tu sais.

Je me mis à rire, sentant mes joues s'empourprer.

– Tu te rappelles ce qui s'est passé, la dernière fois que j'ai essayé ?

– Tu étais toute fébrile, voilà ce qui s'est passé.

– Je n'ai pas pu prononcer un mot. Rien. Son air cool, ses fringues de hipster... ça m'a fait peur.

Isabel l'observa puis pencha la tête comme si elle n'était pas d'accord avec mon appréciation.

– Tu manques d'entraînement, c'est tout. On devrait commencer avec quelqu'un... qui ne te fait pas kiffer pas depuis au moins deux ans, par exemple.

– Lucas ne me fait pas kiffer...

Oui, c'est ça, sembla me dire son regard. Elle avait raison. Lucas me plaisait carrément. C'était sans doute le garçon le plus cool de tous ceux que je connaissais... enfin, je ne le connaissais pas vraiment, ce qui ne le rendait qu'encore plus stylé. Il avait un an de plus que nous, de longs cheveux bruns et ne s'habillait que de t-shirts ou polos à l'ancienne, un contraste qui le rendait inclassable.

– Viens avec moi et Gabriel, vendredi. Je te trouverai quelqu'un.

– Non.

– Allez, ça fait trop longtemps que tu es célibataire.

– C'est parce que je suis mal à l'aise et bizarre ; ce n'est pas drôle pour celui qui accepte de sortir avec moi.

– Ce n'est pas vrai.

Comme je croisais les bras d'un air buté, Isabel insista :

– Il faudrait que tu sortes une fois ou deux avec quelqu'un pour qu'il se rende compte que tu peux être vraiment sympa et marrante.

Ajustant la sangle de son sac à dos, elle ajouta :

– Tu n'es pas coincée avec moi.

– Si, carrément, mais comme il n'y a pas l'enjeu que tu finisses par m'embrasser, tu tolères mon attitude sans te poser de questions.

– Non, ce n'est pas pour ça que je tolère ton attitude, répliqua-t-elle en riant. C'est parce que je t'aime bien. Il faut juste qu'on trouve un garçon avec qui tu peux être toi-même.

Une main sur le cœur, je lui répondis :

– Et, en cette chaude journée d'automne, Isabel se lança dans la quête impossible d'une âme sœur pour sa meilleure amie. Une longue aventure, qui devait mettre à l'épreuve sa détermination tout autant que sa confiance. Et qui devait la mener au bord de la folie avant de...

– Stop ! coupa Isabel en me flanquant un coup d'épaule. Si tu veux rendre la chose impossible, c'est exactement le genre d'attitude à avoir !

– Et c'est exactement ce que je cherche à te faire comprendre.

– Eh bien, je n'accepte pas. Tu vas voir, je suis sûre que le garçon qu'il te faut, il est là, au coin de la rue.

Je soupirai, les yeux à nouveau posés sur Lucas.

– Iz, sérieux, je vais bien.

– D'accord. Mais, reste ouverte ou tu risques de louper ce que tu auras sous le nez.

– Franchement, dis-je en levant les bras au ciel, tu connais quelqu'un de plus ouvert que moi ?

L'air sceptique, elle s'apprêtait à répliquer quand une voix puissante lança, de l'autre bout de la pelouse :

– La voilà ! Bon anniversaire !

Le visage d'Isabel s'illumina et elle se tourna vers Gabriel. Il franchit au trot les quelques mètres qui les séparaient et la souleva du sol pour l'embrasser. Ils étaient très beaux, tous les deux, avec leurs cheveux noirs, leurs yeux sombres et leur peau mate. Cela faisait bizarre de voir Gabriel dans notre école. Il fréquentait le lycée de l'autre côté de la ville, et je ne l'associais qu'aux activités extrascolaires et aux week-ends.

– Salut, Lily, me dit-il en reposant son amie par terre. Tu viens avec nous ?

Son invitation semblait sincère. C'était vraiment un gentil garçon.

– Oui, c'est cool, non ? J'ai cru comprendre que tu payais ta tournée, et j'ai accepté.

Isabel se mit à rire.

– Génial, reprit Gabriel.

– C'était une blague, Gabe, déclara-t-elle alors.

– Oh…

– Oui, lui dis-je. Je ne demande pas qu'on me fasse la charité.

Je commençais à croire qu'ils le pensaient réellement.

– Je sais, lâcha Isabel. Je regrette juste de ne pas te l'avoir dit plus tôt.

– C'était une surprise, précisa Gabriel.

– Mais arrêtez de me dorloter, vous n'aurez plus le temps de déjeuner, à force, leur lançai-je alors. Allez-y, et amusez-vous bien. Et au fait… félicitations ! Je viens de lire un livre où il est dit que deux mois ensemble, c'est le début de l'éternité.

– Ah oui ? C'est cool, commenta Gabriel.

Isabel leva les yeux au ciel puis me tapa doucement le bras.

– Sois sage, toi.

Une fois seule, je me tournai vers le groupe d'élèves qui parlaient et riaient autour de moi. Isabel n'avait aucune raison de s'inquiéter. Je me sentais très bien sans personne. Parfois même, je préférais la solitude.

Chapitre 2

Assise sur les marches du perron de l'école, mon carnet sur les genoux, je dessinais. J'ajoutai quelques fleurs à l'esquisse d'une jupe puis assombris les collants d'une touche de vert foncé. Mes écouteurs sur les oreilles, je savourais une chanson de Blackout, un de mes groupes favoris. La chanteuse, Lyssa Prim, mon idole, composait exactement le genre de musique que j'aimais – elle flashait carrément avec ses lèvres rouge cerise, ses robes vintage et son éternelle guitare.

Étends tes pétales flétris et laisse entrer la lumière, disait la chanson dans mes oreilles. Je battais la mesure d'un pied. J'avais très envie d'apprendre à jouer cet air sur ma guitare. J'espérais bien pouvoir m'entraîner, un jour.

Le bruit d'un minivan qui approchait m'arracha à la musique, et je n'eus pas besoin de lever les yeux pour savoir que ma mère venait d'arriver. Je fermai mon carnet, le fourrai dans mon sac à dos, ôtai mes écouteurs et me levai.

J'ouvris la porte passager pour tomber sur une vieille chanson de One Direction… et trouver ma place occupée par une énorme boîte de perles.

– Tu peux monter à l'arrière ? me demanda maman. Je dois livrer un collier à une cliente avant de rentrer à la maison.

Elle actionna un bouton et la portière latérale coulissa, révélant mes deux petits frères en train de se disputer une figurine de plastique. Un gobelet tomba sur le sol à mes pieds. Je jetai autour de moi un coup d'œil embarrassé. Heureusement le parking n'était plus aussi plein, à cette heure. Quelques élèves traînaient encore devant leur voiture ou criaient en direction de leurs copains. Personne ne sembla faire attention à moi.

– Désolée, je suis en retard, ajouta ma mère.

– Pas grave, dis-je en refermant la porte de devant.

Je ramassai le gobelet qui avait roulé sur l'asphalte puis tapai l'épaule de mon frère.

– Dégage, Nain Deux.

Je repoussai quelques miettes du siège et m'assis.

– Je croyais que Ashley passait me prendre, déclarai-je d'un air étonné.

Ma sœur aînée avait dix-neuf ans, sa propre voiture, un job et allait à l'université. Mais parce qu'elle vivait encore chez les parents (m'empêchant par la même occasion d'avoir ma chambre à moi), elle devait participer aux corvées familiales. Comme celle de venir me chercher au bahut.

– Ce soir elle travaille tard au magasin du campus, me rappela maman. Dis-moi, tu ne vas tout de même pas râler de te faire escorter par la mère super-branchée qui est la tienne? plaisanta-t-elle en me jetant un coup d'œil dans le rétroviseur.

Je me mis à rire.

– Les mères super-branchées, ça emploie le mot branché, maintenant ?

– Géant ? Bombesque ? Kiffant ?

Au milieu de son énumération, elle se tourna vers mon frère et dit :

– Wyatt, tu as dix ans. Laisse le jouet à Jonah.

Tout à son désir de récupérer la figurine d'Iron Man, ce dernier me flanqua un coup de coude à l'estomac.

– Non, c'est à moi, maintenant, lançai-je avant de bazarder l'objet dans le coffre derrière moi.

Ce qui déclencha chez mes deux petits frères un hurlement indigné.

– Je doute de l'efficacité de ce geste, soupira ma mère.

– Mon ventre, lui, apprécie.

Les deux garçons s'arrêtèrent d'un seul coup pour éclater de rire... comme je l'avais espéré.

– Alors les Nains, c'était comment l'école ? leur demandai-je en leur ébouriffant les cheveux.

C'est alors que ma mère pila carrément : une BMW noire venait de lui faire une queue de poisson monstrueuse. Occupée à empêcher Jonah de se heurter la tête sur le siège devant lui, je n'eus ni le temps ni le besoin de regarder le conducteur pour savoir de qui il s'agissait. Mais je le vis néanmoins, ses cheveux blonds et ondulés se détachant nettement dans l'ombre de la voiture. Cade n'avait rien de banal – grand, sourire immense, regard bleu outremer – mais sans la personnalité qui allait avec.

– Encore un qui ne sait pas conduire, marmonna maman tandis que Cade poursuivait sa route.

Si au moins elle avait écrasé la main sur son klaxon.

– Il ne sait pas faire grand-chose, soufflai-je.

L'art de la rime, par exemple.

– Tu le connais ?

– Oui, c'est Cade Jennings. Mais on l'appelle Jennings le Nul.

– Vraiment ? Ce n'est pas très gentil.

– En fait, non, personne ne l'appelle comme ça. Mais on devrait... Ça sonne bien.

– Cade... articula lentement ma mère en plissant les yeux.

– Isabel sortait avec lui. En première année.

Mais Cade et moi, on ne se supportait tellement pas que ma meilleure amie avait dû se résoudre à choisir entre lui et moi. Elle avait eu beau m'assurer, à l'époque, que cette rupture n'était pas de ma faute, je savais bien que j'en étais la cause. La moitié du temps, je me sentais coupable ; l'autre moitié, je me disais que je lui avais certainement évité beaucoup de chagrin.

– Je savais bien que ce nom me disait quelque chose, poursuivit ma mère en prenant à droite. Il ne serait pas venu à la maison ?

– Non, jamais.

Merci, mon Dieu. Cade se serait moqué de notre intérieur toujours en désordre. Avec quatre enfants, c'était la panique en permanence.

Isabel m'avait traînée jusque chez lui, le jour où il fêtait ses quatorze ans. Quand il nous a ouvert la porte, j'ai tout de suite vu, à son expression, ce qu'il pensait en me voyant là.

– Waouh, belle surprise pour mon anniversaire ! avait-il lancé non sans sarcasme.

– Tu me croiras si tu veux, avais-je rétorqué, mais ce n'est pas moi qui en ai eu l'idée.

Les laissant tous les deux à leurs retrouvailles, j'avais attendu, plantée toute seule dans l'entrée. L'intérieur de la maison était gigantesque et incroyablement blanc. Les meubles, la déco, tout était immaculé. Chez moi, un tel décor était inenvisageable.

J'étais plongée dans ma contemplation quand Isabel avait réapparu en me demandant :

– Tu viens ?

Les cris de mes frères dans le minivan me ramenèrent brutalement à la réalité. Ils se disputaient maintenant un sachet de M&M's.

– C'est moi qui l'ai trouvé sous le siège. Ça veut dire que c'est à moi ! s'écria Wyatt.

Je sortis mon carnet et continuai de dessiner la jupe que j'avais commencée.

– Maman, est-ce qu'on peut avoir du fil noir ? Je n'en ai plus.

En tournant dans Main Street, elle me demanda :

– Ça ne peut pas attendre la fin de la semaine ? Ton père termine un boulot.

Comme papa concevait des meubles et travaillait en freelance, il était impossible de savoir à l'avance ce qu'il allait gagner. Ce qui affectait évidemment le budget familial. En fait, tout ce qui touchait à ma famille était imprévisible.

– D'accord... lâchai-je dans un soupir.

Une fois à la maison, j'enjambai une pile de sacs à dos et embarquai au passage l'ordinateur portable qui trônait sur le bureau de l'entrée.

– J'emprunte l'ordi, lançai-je à ceux qui voulaient bien entendre.

Personne ne répondit.

J'entrai dans ma chambre... enfin, ma demi-chambre. La partie propre. Celle avec des échantillons de tissus et des nuanciers épinglés au mur. Et non pas l'autre moitié, recouverte de coupures de magazines regorgeant de stars et de conseils de maquillage. Même si je devais reconnaître que je ne détestais pas les feuilleter de temps à autre...

Mais, Ashley étant absente en ce moment, j'avais toute liberté de me vautrer sur le lit et d'ouvrir Youtube. Je cherchai une vidéo qui me montrerait les accords de la chanson de Blackout. Comme elle n'était pas très connue, je ne savais pas si je trouverais quelqu'un capable de me l'apprendre à la guitare. Mais après un bon moment, je finis par trouver ce que je voulais et plaçai mon portable sur ma commode.

Je gardai ma guitare rangée dans son étui glissé sous mon lit. Par précaution ? Non. Avec deux jeunes frères, par pure nécessité. Je la sortis et la posai sur mes genoux. Cet instrument, mon trésor, j'avais mis six mois à me l'offrir... en passant quasiment tous les vendredis soir à surveiller les jumeaux de deux ans des voisins. Plus difficiles que tous ceux que j'avais pu garder jusque-là. Et, vu le surnom que j'avais donné à mes deux frères, ça en disait long. Mais je ne regrettais rien. Cette guitare était tout ce dont j'avais rêvé. Elle sonnait divinement. Et chaque fois que j'en jouais, j'avais l'impression de ne pas être aussi maladroite qu'à l'ordinaire. Un peu comme si j'étais destinée à ça. Plus rien d'autre ne comptait.

Du moins, pendant un temps. Je commençais tout juste à en gratter les cordes quand la porte de ma... de notre chambre s'ouvrit d'un coup.

– Lily ! s'écria Jonah en se plantant devant moi. Regarde, j'ai une dent qui bouge !

Il ouvrit tout grand la bouche et du bout de sa langue, appuya sur sa dent du haut. Qui ne bougea pas d'un millimètre.

– Cool, frérot.

– OK... Salut !

Et il ressortit aussi vite qu'il était entré.

– Ferme la porte ! lui criai-je.

Mais, soit il n'entendit pas, soit il ne voulut pas entendre. Je soupirai, me levai et allai fermer. Puis je repris ma guitare et me concentrai de nouveau sur la vidéo.

Deux minutes plus tard, quelques coups résonnèrent à la porte et ma mère apparut.

– C'est à toi de vider le lave-vaisselle.

– Je peux finir ça, d'abord ?

– Je ne peux pas préparer le dîner tant que l'évier est plein, et je ne peux pas vider l'évier tant que le lave-vaisselle est plein.

– D'accord, j'arrive.

Les yeux fermés, je jouai un petit bout d'air, en laissant les notes vibrer sous mes doigts. Mon corps tout entier se détendit.

– Lily, j'attends ! me cria ma mère.

– Aaargh...

* * *

Le lendemain, avant de partir pour le lycée, je m'arrêtai dans la cuisine pour avaler en vitesse un bol de céréales. Maman, qui avait déposé Jonah et Wyatt à l'école un peu plus tôt, pliait le linge dans la buanderie. Ma sœur, Ashley, continuait de se préparer – ça lui prenait toujours des heures ! – et mon père lisait le journal devant son petit-déjeuner.

J'étais en train de me servir quand quelque chose attira mon attention sur le comptoir : deux colliers, disposés chacun sur un morceau de papier où étaient inscrites, pour l'un comme pour l'autre, deux croix.

– Non... lâchai-je.

– Tu as juste à voter, me dit-il. Ce n'est rien du tout.

– Tu dis que ce n'est rien mais tu en fais toute une histoire. Combien d'amis à toi tu as encore forcés à voter, cette fois ?

– C'est un privilège de voter. Je n'ai forcé personne. C'est pour s'amuser.

– Dans ce cas, ils sont tous les deux aussi jolis. Je vote pour les deux.

– Non, tu dois en choisir un.

– Vous êtes barges, toi et maman. C'est désespérant de vous voir faire des trucs aussi bizarres.

Je remplis de lait mon bol de céréales et m'assis à table. Le journal de mon père se trouvait toujours devant lui, comme s'il lisait, mais c'était juste dans l'idée de me mettre en confiance. De prétendre qu'il ne s'agissait pas d'une compétition.

– Tu sais que ta mère ne vous laissera pas tranquilles tant que vous n'aurez pas voté, articula-t-il.

– Oui. C'est à elle que ça fait quelque chose, en fait. Dis-moi quel collier est le tien, et je voterai pour lui.

– Non, Lil, ça serait tricher.

– Mais, pourquoi avoir lancé cette tradition ? Maman ne te prend pas ton boulot en se mettant à dessiner tes merveilleux meubles sculptés, que je sache.

– Oh, je sais très bien qu'elle aurait le dessus, répliqua-t-il avec un petit rire.

J'avalai une grosse cuillérée de céréales puis, dans l'espoir de lui faire changer de sujet, je demandai :

– Pourquoi est-ce qu'on reçoit toujours le journal ? Tu sais que tu trouves les mêmes articles sur Internet... depuis la veille ?

– J'aime sentir le papier sous mes doigts, palper les mots.

Je me mis à rire, puis m'arrêtai net en découvrant, au verso de la page qu'il lisait, quelque chose qui me fit soudain adorer la presse imprimée.

« Concours de composition. Gagnez cinq mille dollars et trois semaines de stage avec un professeur de haut niveau à l'Institut Herberger de Musique. Pour plus de détails, rendez-vous sur notre site www.herberger-institute.edu »

– Tu es prête ? me demanda Ashley en entrant dans la cuisine.

Elle bâillait mais, comme d'habitude, elle était impeccablement sapée dans son jean moulant, son petit haut rose et ses chaussures à semelles compensées. Sa queue-de-cheval et son maquillage étaient aussi nickels que sa silhouette. Même si on se ressemblait – pour ce qui était de nos cheveux bruns et souples, nos yeux noisette et nos taches de rousseur – on avait, elle et moi, un style totalement opposé. Ashley aurait été en parfait accord avec Lauren et Sasha.

– Papa, je peux prendre ça ?

Il considéra son assiette où gisait un reste de tartine beurrée, haussa les épaules et la poussa vers moi.

– Beurk, pas ça... Non, le journal.

– Le journal ? Tu veux lire le journal ?

– Oui.

Ashley en profita pour lui faucher le reste de son toast.

– Hé, c'était pour Lily.

– Non, surtout pas ce truc à moitié dévoré !

– Tu auras ce journal si tu votes.

Levant les yeux au ciel, je m'écartai de la table et allai examiner les colliers. Celui de droite était orné de petites plumes. Maman était dans sa période volatiles. Normalement, j'adorais les bijoux qu'elle fabriquait, mais le coup des plumes, c'était un peu trop hippie à mon goût. D'autres semblaient aimer, pourtant. Je saisis celui de gauche.

– Voici le gagnant.

– Elle a voté pour le mien, Emily ! lança-t-il en levant le poing.

Je tendis vers lui une main ouverte.

Mon père y déposa le journal, m'embrassa la joue et alla trouver maman... J'en étais sûre !

– C'est drôle comme ils croient qu'on est incapables de deviner qui a fait lequel, déclara Ashley. De faire la différence...

– Oui... on devrait chaque fois faire gagner maman haut la main. Peut-être qu'ils arrêteraient cette stupide compétition.

– C'est bon pour l'amour-propre de papa. Allez gamine, je t'emmène à l'école.

Je serrai le journal contre ma poitrine, les mots magiques tout contre mon cœur, et je suivis Ashley. Il ne me restait plus qu'à composer la chanson parfaite pour gagner ce concours.

Chapitre 3

Il y avait je ne sais quoi dans la chimie qui me donnait envie d'exploser. Était-ce le sujet d'un ennui profond, le prof totalement apathique, le siège glacé où je me tenais... ou l'ensemble des trois ? Je l'ignorais. Mais, ces facteurs combinés créaient une sorte de bouillasse dans ma tête. Non, ce n'était pas le bon terme. Mon cerveau ne devenait pas paresseux. Il entrait au contraire dans une espèce de phase tournoyante infernale. Il devenait hyperactif, si bien qu'il m'était impossible de me concentrer sur le moindre mot sortant de la bouche de M. Ortega. Est-ce qu'il parlait plus lentement que les autres êtres humains de mon entourage ?

Aujourd'hui, parmi toutes les pensées et paroles normales que je ne pouvais désormais plus noter dans mon carnet, flottait dans mon esprit la chanson que j'avais appris à jouer la veille sur ma guitare. Une chanson tortueuse – que j'adorais et détestais en même temps.

Je l'adorais parce qu'elle était brillante, du genre à me donner envie d'en composer une aussi bonne. Et je la détestais parce que, encore une fois, elle était brillante, mais du genre à m'assurer que je n'arriverais jamais à en créer une aussi parfaite.

Je n'arrêtais pas de penser à ce concours.

Comment allais-je gagner ? Comment même allais-je pouvoir y participer ?

Mon stylo hésitait au-dessus du papier – l'unique page autorisée par M. Ortega. Si je pouvais y inscrire les mots de la chanson, elle sortirait de ma tête et me laisserait me concentrer sur cette chimie de malheur. Ce papier devait atterrir sur le bureau du prof dans exactement quarante-cinq minutes. Quarante-cinq minutes ? Ce cours n'en finissait pas. De quoi parlait-il, en fait ? De quelque chose sur les propriétés du fer. J'écrivis le mot fer sur la feuille de papier.

Puis, comme si mon stylo menait sa propre vie, il entama une promenade sur le faux bois de ma table et y grava les paroles qui dansaient dans ma tête :

Étends tes pétales flétris et laisse entrer la lumière.

J'ajoutai le dessin d'un petit soleil, ses rayons venant effleurer quelques-uns des mots. Il ne restait maintenant plus que quarante-trois minutes de cours.

* * *

J'étais en train d'écrire sur mon carnet tout en remontant le couloir – quelque chose que je ne maîtrisais pas encore à la perfection, malgré les nombreuses fois où je le pratiquais – quand j'entendis un rire sonore devant moi.

Pensant qu'il m'était destiné, je levai les yeux. Mais non, ça ne s'adressait pas à moi.

Un élève aux cheveux bruns – un première année, sans doute – se tenait au milieu du corridor, une pile de bouquins contre la poitrine et… une batte de base-ball posée en équilibre sur la tête. Cade Jennings était planté derrière lui, les mains de chaque côté de ses tempes, comme s'il venait juste de lâcher la batte en question.

– Lance-moi la balle, dit Cade à son ami, Mike, qui se trouvait face à eux deux.

Mike s'exécuta pendant que Cade tentait d'imaginer comment atteindre le sommet de cette batte pour y placer la balle. L'élève derrière lui paraissait trop terrifié pour faire le moindre mouvement.

– Il me faut une chaise, demanda Cade. Quelqu'un peut me trouver une chaise ?

Aussitôt, plusieurs élèves se précipitèrent pour lui apporter ce qu'il demandait. La batte se mit à osciller puis tomba, rebondissant avec fracas sur le carrelage avant de venir s'arrêter devant les vestiaires.

– Tu as bougé, mec, dit Cade au première année.

– Essaie encore ! lui lança un de leurs spectateurs.

Cade lui décocha son sourire Colgate, celui dont il ne connaissait que trop le pouvoir.

Quant à moi, je grimaçai de dégoût, en me demandant si j'étais la seule à être immunisée.

Autant je ne voulais pas attirer l'attention, autant je savais que je devais aider ce pauvre garçon qui tremblait de peur.

Mais est-ce que j'en serais capable ? Me retrouver l'objet d'une attention non désirée à cause de Cade Jennings, j'avais déjà connu et je n'aimais pas ça.

Je repensai au cours d'éducation physique de première année. Je n'étais pas une de ces filles qui se croyaient nulles en tout. Je connaissais mes faiblesses, le sport en faisait partie, et le basket en était la discipline suprême. Je faisais donc de mon mieux pour m'approcher le moins possible du ballon.

Pour des raisons dont j'ai compris plus tard qu'elles étaient malveillantes, le ballon était constamment lancé vers moi. Par mon équipe et par l'équipe opposée. Et je ne pouvais jamais l'attraper... tout en étant la seule cible. Combien de fois je me suis pris ce ballon dans l'épaule, le dos ou les jambes ?

C'est là que Cade, qui observait du haut des gradins, a crié à tout le monde :

– On dirait qu'elle a une espèce de magnétisme qui attire le ballon vers elle. Un trou noir. Un aimant. Lily Abott, le Magnet.

Il avait prononcé ces mots avec la voix d'un présentateur de film à la télé. Comme s'il m'avait transformée en une sorte de super-héros maladroit. Puis, pendant tout le reste de la partie, les autres l'avaient imité. En prenant la même intonation et en gloussant comme des crétins.

Ils avaient ri si fort et si longtemps que leurs rires étaient restés imprimés dans mes oreilles, tout comme le surnom Magnet était apparemment resté gravé dans la tête de tout le monde.

Et voilà que ce même rire résonnait aujourd'hui dans le couloir, et qu'il s'adressait à la dernière victime en date de Cade.

– Tiens, tiens, lâchai-je alors sur un ton faussement assuré, un petit jeu pour voir qui est le plus abruti, de Cade ou de sa batte ?

D'un coup d'œil appuyé, je conseillai au garçon de s'écarter maintenant que j'avais distrait Cade.

Le sourire de celui-ci s'élargit quand il me toisa des pieds à la tête d'un air méprisant.

– Tiens, tiens, voilà notre inspecteur des jeux. Tu trouves qu'on en fait trop, Lily ?

– Je ne vois qu'une personne qui s'amuse ici.

Il jeta un regard dans le couloir plein d'élèves.

– C'est que tu ne regardes pas bien. Ah, j'ai compris : tu as du mal à voir d'autres personnes que moi, c'est ça ?

Si je lui montrais à quel point il m'énervait, il aurait gagné.

– Je cherche simplement à délivrer un pauvre être de ton arrogance, articulai-je entre mes dents.

Mais peut-être n'étais-je en train de sauver personne, finalement. Le garçon n'avait pas bougé d'un centimètre. Je lui avais pourtant offert une belle occasion de s'enfuir. En fait, il se contenta d'ouvrir la bouche et de dire :

– Et si tu posais d'abord la balle sur la batte, et ensuite la batte sur ma tête ?

Cade lui tapota le dos.

– Bien vu. Où elle est cette batte ?

Je soupirai. Mon intervention n'avait servi à rien. Apparemment, ce garçon aimait qu'on abuse de lui. Je m'éloignai, dégoûtée.

– La prochaine fois, passe un peu plus tôt, Magnet, me lança Cade en déclenchant des rires autour de lui. On ne voudrait pas que les choses tournent mal.

Dans un accès de colère, je me retournai brusquement.

– La rime, ça te dit quelque chose ? Tu devrais essayer.

Une répartie totalement bancale, je le savais. Un argument personnel qu'il ne comprendrait pas, mais ce fut la seule chose qui me vint à l'esprit. Les autres rirent de plus belle. Je tournai les talons et j'eus toutes les peines du monde à m'éloigner d'un pas normal.

Chapitre 4

– Je me suis inscrite à concours de paroliers… d'écriture de chansons, si tu préfères.

La main d'Isabel qui cherchait à attraper son pyjama se figea en plein vol.

C'était vendredi soir et on s'apprêtait à regarder un film d'horreur dans sa chambre. Depuis que j'avais lu, la veille, cette annonce de concours, je tournais et retournais ça dans ma tête, sans en avoir encore parlé à personne. Mais, maintenant que j'avais lâché le morceau, je devais aller jusqu'au bout.

– Tu t'es inscrite à… ? répéta-t-elle sans terminer sa phrase.

Je me jetai contre l'oreiller de son grand lit double et considérai la photo d'Einstein épinglée au plafond ; en me demandant pour la énième fois comment elle faisait pour s'endormir avec ce visage qui l'observait de là-haut.

Mais j'adorais dormir chez Isabel. Elle était fille unique, et sa maison représentait une véritable oasis de calme pour moi. On dînait toujours avec ses parents – des tacos sublimes, accompagnés de haricots rouges et de riz – puis on montait dans sa chambre, une pièce gigantesque avec canapé, télé et mini frigo rempli de Coca light et de glaces.

– Tu crois que je ne devrais pas ? lui demandai-je, saisie d'un doute.

– Non, ce n'est pas ça, fit-elle en sortant enfin son pyjama d'un tiroir. Je suis certaine que tes chansons sont bien. Mais je ne pourrai te l'assurer que si tu acceptes de m'en montrer une, à moi, ta meilleure amie de la planète.

– Je sais… Je suis désolée. Mais je n'en ai aucune de terminée.

– C'est ce que tu dis tout le temps. Comment veux-tu participer à un concours si personne ne connaît tes chansons ?

– Je ne sais pas, répondis-je en me prenant la tête entre les mains.

Elle vint s'asseoir à mes côtés sur le lit.

– Désolée d'insister, Lil, mais je sais que tu peux le faire. Il faut juste que tu aies confiance en toi.

– Merci, maman.

– Ne fais pas ta mauvaise tête, j'essaie de t'aider.

– Je sais, fis-je en écartant les mains de mon visage.

– Alors, ce concours, ça consiste en quoi ?

– C'est l'Institut Herberger qui l'organise.

– Waouh ! s'exclama-t-elle en écarquillant les yeux. C'est géant, Lil !

Je hochai la tête et me mis à entortiller nerveusement une mèche de mes cheveux.

– Je sais bien. Il y a cinq mille dollars à gagner. Tu imagines ? Ce serait trop cool. Et encore mieux, un stage de trois semaines avec un de leurs profs.

– C'est énorme ! En sachant qu'un professeur pourrait te pistonner après ça, non ?

– Oui, je crois...

J'essayais de ne pas trop penser à ça. Gagner, ça m'aiderait non seulement à me payer l'université – ce que mes parents n'avaient pas les moyens de m'offrir – mais aussi à intégrer le programme dont je rêvais depuis des années.

– Alors montre-moi quelque chose, Lil. Au moins une idée de chanson.

Elle indiqua le carnet vert et violet qui attendait, sagement posé sur mon sac de voyage.

Vaguement intimidée, je haussai les épaules.

– J'ai quelques idées, mais elles sont encore à peaufiner. Bien sûr que je te les montrerai... mais pas tout de suite.

Les yeux au ciel, elle se leva pour passer son pyjama.

– Trouillarde !

Je lui jetai une de mes chaussettes à la figure puis repris ma place sur l'oreiller, face à Einstein qui continuait de me sourire. Isabel avait raison, je flippais complètement.

– Je crois qu'il me juge, lui, là-haut.

– Certainement. Il a peut-être lu ton carnet, lui.

Je me mis à rire puis me relevai pour aller prendre mon pyjama dans mon sac.

Isabel changea de sujet, ce qui m'évita de le faire moi-même.

– On se lance un film, ou deux ?

Ce qui signifiait : combien de temps avant de s'endormir ?

Je souris et répondis :

– Deux. On a toute la nuit.

* * *

Mon téléphone vibra contre ma cuisse et, un instant désorientée, je m'assis sur le canapé-lit d'Isabel, le regard fixé sur l'écran bleuté de la télé. Les vibrations cessèrent, pour reprendre dix secondes plus tard.

– Allô ? articulai-je, la voix pâteuse.

– Lily...

C'était mon père.

– C'est aujourd'hui le dernier match de ton frère. Je me souviens t'avoir entendue dire que tu voulais le voir jouer un jour. C'est l'occasion ou jamais.

– Il est quelle heure ?

– Huit heures.

Je bâillai. Avec Isabel, on ne s'était endormies qu'après trois heures du matin. Mais je m'efforçai d'ignorer la chose.

– Oui, je veux bien y aller.

– D'accord. Je passe te prendre dans vingt minutes.

– Merci.

– C'était qui ? demanda mon amie du fond de son lit.

Elle s'assit, ses boucles noires, d'habitude si parfaites, mollement aplaties sur sa tête.

De mon côté, je tentai de recoiffer un peu mes mèches en folie, puis j'expliquai :

– Mon père. Rendors-toi, il faut que j'y aille.

– Quoi ? Pourquoi ? Et les pancakes, on en fait quoi ?

– La prochaine fois. J'avais complètement oublié le match de foot de Nain Deux.

– Il a toujours un match de foot.

– Je n'y suis pas encore allée une seule fois, cette année. Je lui avais promis que j'irai.

Isabel se laissa retomber sur l'oreiller, les yeux déjà fermés.

– D'accord. À lundi, alors.

Chapitre 5

Il me fallut quatre minutes pour m'installer, le lundi suivant. J'avais sorti mon bouquin, mon stylo, ma feuille de papier, et M. Ortega avait commencé son cours, quand mes yeux s'attardèrent sur les paroles de la chanson que j'avais écrites sur le bureau, vendredi dernier... et c'est là que je découvris une ligne gravée sous la mienne, par une main un peu hésitante.

Car bientôt reviendront les ombres de la nuit...

La phrase exacte censée suivre mon texte ! J'ai cru halluciner. Quelqu'un d'autre dans cette école avait donc entendu l'une de mes chansons indie préférées ? Apparemment, je n'étais pas la seule à m'ennuyer en cours de chimie.

En souriant, j'écrivis rapidement sous cette ligne :

Blackout, ça pulse. Je voudrais être comme Lyssa Prim, plus tard. Je n'en reviens pas que tu connaisses ce groupe.

Je me demandais à quelle fréquence les gardiens nettoyaient les bureaux. Ce message ne parviendrait sans doute jamais à son destinataire. Mais aucune importance : le seul fait de savoir que quelqu'un dans ce lycée avait d'excellents goûts musicaux me mettait en joie. Est-ce que je le connaissais ? L'école n'était pas immense. Mais seuls les juniors utilisaient la classe de chimie – ce qui éliminait d'office la personne à qui j'aurais pensé d'emblée : Lucas. Il avait un univers aussi obscur que le mien. Mais c'était un senior. Je prenais mes désirs pour des réalités ; les chances que je connaisse cet élève étaient ultra minces.

Et si c'était M. Ortega qui avait écrit ce message ? Quoi, lui, un fan de Blackout ? À cette idée, j'éclatai de rire. Tout haut. Mon regard plongea vers l'avant de la classe, mais le prof qui était en pleine explication sembla heureusement n'avoir rien remarqué.

En revanche, je compris à ses yeux que Lauren, assise à côté de moi, n'avait rien perdu de l'aventure. Je connaissais ce regard ; c'était la version silencieuse de « tu es vraiment trop bizarre ». J'allai lui dire que j'avais imaginé M. Ortega en train de secouer la tête, mais je me ravisai en songeant que ça ne servirait à rien. Et puis, j'avais appris la leçon ; je savais ce que ça coûtait de dire les choses en les sortant de leur contexte. Je me contentai donc de hausser les épaules.

Puis je reportai les yeux sur la chanson inscrite dans le bois de mon bureau.

Le reste du cours parut, cette fois, passer plus vite que d'habitude.

* * *

Je rattrapai Isabel dans le couloir.

– Pourquoi tu souris comme ça ? me demanda-t-elle.

– Je souris tout le temps, tu n'as pas remarqué ?

– D'accord, c'est vrai, tu souris beaucoup, mais pas au bahut en général.

– C'est parce que le lycée est un broyeur d'âmes.

– Sans te la jouer dramatique non plus...

– Oui, c'est vrai.

Mais elle avait raison, je me sentais légère, maintenant, et je ne voyais qu'une raison à ça.

– Tu connais le groupe dont je t'ai parlé ? Blackout ?

On s'arrêta devant son casier et elle sortit quelques livres de son sac à dos.

– Non. Qu'est-ce qu'ils chantent ?

Je lui fredonnai quelques paroles d'une de leurs compositions et, voyant que ça ne lui disait rien, j'enchaînai sur une autre.

– Non plus ?

Je la lui avais pourtant chantée à plusieurs reprises. J'étais surprise qu'elle ne s'en souvienne pas.

– Désolée, mais tu aimes des musiques bizarres, me dit Isabel en refermant son casier avec un sourire moqueur.

– Par « bizarres », tu veux dire « géniales », c'est ça ?

– Et alors, qu'est-ce qu'il a ce groupe Blackout ?

– Il y a quelqu'un d'autre qui le connaît.

– Ça, je l'espère. Il vaudrait mieux que tu ne sois pas leur seule fan.

– Non... lâchai-je en souriant. Enfin, je veux dire... quelqu'un ici, au lycée. On a échangé quelques paroles de chanson sur le bureau. C'était cool.

– Tu as écrit sur le bureau ? Tu cherches vraiment les problèmes, toi.

Je soupirai. Elle ne comprenait pas le sens de cette révélation.

Derrière nous, un grand rire résonna alors au bout du couloir. Je me retournai et aperçus Cade et sa cour. Sasha, la seule fille du groupe, était pendue à son bras. Ils devaient sortir ensemble. Ça n'allait probablement pas durer. Cade semblait avoir une nouvelle fille chaque semaine, ces derniers temps. Il regardait son téléphone pendant que Sasha lui parlait d'un air enjoué. Ce qui me ramena au jour de son anniversaire.

Ce jour-là, après m'avoir arrachée à la fascination que m'avait procurée la seule vue de son vestibule, Isabel m'avait entraînée dans la cuisine, à peu près trois fois grande comme la mienne. Sur l'îlot central s'alignaient des chauffe-plats en argent, dont des hommes en veste blanche ôtaient un à un les couvercles. Qui parmi nous s'offrait un traiteur pour fêter ses quatorze ans ? Appuyé contre le plan de travail, Cade était plongé dans la consultation de son téléphone, comme si la soirée donnée en son honneur l'ennuyait. C'était Isabel, pendue à son bras, qu'il ignorait à l'époque. Au bout d'un moment, elle lui avait murmuré quelque chose, pour le voir ranger son portable d'un air agacé. Mais il retrouva rapidement son sourire artificiel pour lancer :

– Mangez pendant que c'est chaud, tout le monde.

– La plupart des gens servent plutôt des pizzas et des gâteaux, avais-je alors déclaré malgré moi.

– Mais moi, je ne suis pas « la plupart des gens » m'avait-il répliqué avec son arrogance naturelle.

Comme j'avais répondu quelque chose du genre « heureusement », Isabel m'avait suppliée :

– Ignore-le. Sois sympa.

Ce jour-là, non, je n'avais pas pu l'ignorer. Pas à la façon dont il traitait Isabel. Mais, aujourd'hui, j'allais prouver à ma meilleure amie que j'en étais capable. Comme on s'avançait dans sa direction, vers la seule porte de sortie du bâtiment, je décidai de ne pas répondre à ses habituelles agressions verbales. Mais il se contenta de jeter à Isabel son sourire de Cade, aussi éblouissant que confiant, sans même daigner me gratifier d'un regard. Un sourire qu'elle lui rendit. Pendant que moi, je le fixais d'un air dur. Je m'efforçai alors de me radoucir et de garder ma bouche fermée. C'était plus difficile que je l'imaginais.

– Impressionnant, commenta Isabel une fois dehors.

– Quoi ? J'ai juste réagi comme d'habitude.

– Mais tu as remarqué qu'il a été poli, aussi ? Tu vois ce qui arrive quand tu es sympa ?

– Oui...

En fait, qu'est-ce qu'elle entendait par là ? Que c'était toujours moi qui commençais les disputes avec Cade ? Alors que c'était lui, la plupart du temps... Je soupirai. Je n'étais pas mieux que mon frère de sept ans. Peut-être qu'elle avait raison. Si j'étais son aînée, il me ficherait la paix. J'aimais cette idée – Cade me fichant la paix. Lui et moi nous fichant respectivement la paix. Ça rendrait les cours tellement plus agréables.

Chapitre 6

Ma sœur Ashley m'attendait sur un stationnement interdit quand je grimpai dans sa voiture.

– Salut.

– Salut. Alors l'école, aujourd'hui ?

– Comme d'hab.

L'espace d'une seconde, je voulus lui parler des paroles de la chanson écrites sur le bureau, mais je me ravisai. Elle ne comprendrait pas.

Elle attendit qu'un groupe de filles traverse devant nous puis démarra.

– Quand j'allais au lycée...

– L'année dernière, l'interrompis-je.

– Oui. Je devais prendre le bus pour rentrer à la maison, ou me faire récupérer par maman dans le minivan.

– C'est ce qu'elle a fait la semaine dernière avec moi.

– Eh bien, pour moi, c'était tous les jours. Tous les jours, Lily. Et j'arrivais quand même à avoir beaucoup d'amis. Tu as de la veine que j'aie cette voiture. Une bagnole sympa qui ne te fiche pas la honte.

Le genre de discours qu'elle m'infligeait souvent en me raccompagnant à la maison. Et j'avais déjà épuisé toutes les réponses possibles.

– Oui, j'ai de la chance. Merci Ashley. Je ne te remercierai jamais assez...

Je m'enfonçai dans mon siège et fourrai les mains dans mon sweat à capuche.

– En fait, je devrais travailler plus souvent au magasin du campus. Tu comprendrais ce que subit maman au quotidien.

Ashley soupira et jeta un coup d'œil dans le rétro.

– Une fois, elle a dû klaxonner pendant dix secondes parce que je ne l'avais pas vue. Et une autre fois, elle m'a fait emmener Jonah aux toilettes parce qu'il hurlait en menaçant de faire pipi dans son pantalon.

Je me mis à rire.

– Tu trouves ça drôle... on voit que ce n'était pas toi.

– Non, je trouve ça drôle parce que, moi aussi, j'ai ce genre de soucis. Tu n'es pas la seule dans cette voiture à avoir trois frères et sœurs et une mère bizarre.

– Dans cette jolie voiture, quasiment neuve.

– Oui, elle est super-classe. Le top du top. C'est comment, sa couleur, déjà ? Bleu de cobalt ou nuits orientales ?

– En tous cas, ce n'est pas la gratitude qui t'étouffe.

Je souris, et Ashley alluma la radio. On n'avait pas du tout les mêmes goûts musicaux. En me voyant faire la grimace, elle baissa la vitre et mit le volume à fond en souriant à son tour.

* * *

– Qu'est-ce que c'est que ça ? demanda Ashley en posant ses clés dans le bol sur le comptoir de la cuisine.

Je ne voyais pas ce qui pouvait l'intriguer. Puis, j'ai aperçu une chose blanche et velue me passer devant les pieds, pourchassée par mon frère Wyatt. Ashley poussa un cri tandis que je lâchai mon sac à dos en vitesse pour aller me percher en catastrophe sur le comptoir. J'étais maintenant assise contre le placard à vaisselle, scrutant le sol avec horreur.

– C'est un lapin, nous rassura alors maman, amusée, en continuant d'enfiler des perles sur ce qui semblait être une boucle d'oreille.

– Un lapin ? s'étrangla Ashley. Ça veut dire qu'on va... le manger ?

– Bien sûr que non. Je l'ai au contraire sauvé d'une mort certaine. Comme les garçons doivent apprendre à être responsables, je leur ai acheté une bestiole de compagnie.

Je redescendis de mon perchoir.

– Et un petit chien, ça ne faisait pas l'affaire ?

En quelques bonds, le lapin réapparut dans la cuisine et Wyatt le prit dans ses bras, la mine réjouie. Jonah le rejoignit et se mit à son tour à caresser la petite chose.

– Euh... il vit dehors, j'espère ? demandai-je.

– Oui, répondit ma mère en saisissant une pince pour tordre un morceau de fil de fer. Il fait juste un peu d'exercice.

– C'est ça, repris-je avant d'attraper mon sac et une pomme au passage.

Ashley, toujours pétrifiée devant la table de la cuisine, déclara :

– Cette bestiole est dégoûtante. Et puis, elle a les yeux roses...

– C'est trop mignon, répliqua Wyatt.

Arrivée devant ma chambre, je trouvai la porte entrouverte. Ce n'était pas bon signe. Je la poussai d'un pied et jetai un coup d'œil à l'intérieur. À part quelques jeans qui traînaient sur son lit, le côté Ashley était à peu près comme d'habitude. J'ôtai mes Converse rouges et les rangeai dans le placard puis, un morceau de pomme dans la bouche, je m'apprêtais à saisir ma guitare quand je marchai sur quelque chose d'humide. Je levai mon pied et aperçus ce qui ressemblait à un chapelet de grains de raisin... des crottes de lapin !

– Beurk, c'est répugnant !

– Quelqu'un est en train de mourir ? demanda maman à mon air dégoûté quand je réapparus à la cuisine.

– Un lapin, si tu veux mon avis ! Ce truc a chié dans ma chambre. Qu'est-ce qu'il y faisait ? C'est dingue, pourquoi tu laisses les garçons entrer dans ma chambre ?

– Oh, oui... désolée.

Elle se leva, et j'osai espérer que ce soit pour aller nettoyer ces stupides crottes ou au moins pour demander à Wyatt de le faire.

C'est alors que j'entendis un grattement derrière la porte qui donnait sur le patio. Je l'ouvris pour trouver le lapin enfermé dans une cage métallique. Il était gros, n'avait rien d'une jolie boule de poils tout doux, et me semblait aussi disproportionné que laid. Debout sur ses pattes arrière, il reniflait l'air.

– Oui, tu as bien senti, lui lançai-je. C'est l'odeur de ton ennemie... On va pas être copains, toi et moi.

Il devait flairer la pomme que j'avais à la main. J'en croquai un morceau et le lui lançai... Un message plutôt contradictoire, vu le discours que je venais de lui tenir.

– Tiens-toi à carreau, pépère.

– À qui tu parles ? me demanda Ashley.

– À personne, répondis-je en refermant vivement la porte derrière moi.

– Tu parles toute seule... inquiétant, dit-elle en se dirigeant vers notre chambre.

Et mon entraînement de guitare qui tombait à l'eau.

Chapitre 7

Le lendemain en cours de chimie, un autre message m'attendait sur le bureau.

Désolé, j'ai déjà des droits sur elle ☺ Tu connais les Crooked Brookes ? Ça déchire !

Je n'avais jamais entendu ce nom. Nos goûts communs s'arrêtaient là, manifestement. Je me disais que c'était trop beau. Mais je devais répondre quelque chose. Alors, pendant que M. Ortega avait le dos tourné, je notai :

Non, je vais me renseigner.

Ma réponse occupa le dernier espace encore libre sur la partie droite du bureau. Le seul endroit où écrire sans que ça devienne trop voyant. Comme si, pour me distraire pendant ce cours, je devais attendre le prochain jour de nettoyage.

Un trou sur la manche de ma chemise attira mon attention. La couture avait lâché. C'était le risque, avec les habits trouvés en friperies. Je ne l'avais pas remarqué, avant. J'allais devoir le réparer. Je roulais deux fois le bord de ma chemise de sorte à le cacher, puis je fis la même chose de l'autre côté.

À côté de moi, Lauren me souffla :

– Tu ne devrais pas écrire sur le bureau comme ça.

Elle pouvait tout lire de notre échange. Je voulus l'en empêcher en cachant le texte d'un bras, mais ça aurait paru idiot. N'importe qui pouvait le découvrir durant les prochains cours.

– C'est du crayon. Ça partira.

Pour le lui prouver, j'effaçai la première lettre de mon tout premier message.

– Tu vois, lui dis-je alors.

Ça parut la satisfaire et elle replongea dans ses notes. J'essayai de faire de même, me forçant à écouter ce que racontait M. Ortega.

* * *

Je détestais les journaux. Ceux qui parlaient des concours. Non, en fait, je détestais les concours. Je n'avais rien. Aucune chanson digne de concourir dans ce carnet que je trimballais toute la journée. Oui, c'est vrai, il y avait quelques bonnes trouvailles ici et là, beaucoup de mots, et beaucoup d'idées de thèmes. Enfin, le mot « idées » était un peu exagéré. Qu'est-ce que j'avais voulu dire en écrivant : « une chanson sur des monstres dans les arbres, ça serait génial ? » Des monstres dans les arbres ? Je pensais vraiment qu'il y avait dans ce carnet de quoi se présenter à un concours de paroliers ?

– Pourquoi tu te plains ? demanda Ashley alors qu'elle me conduisait à l'école.

J'avais passé la nuit entière à feuilleter ce fichu carnet. Et rien n'y était apparu comme par magie.

Je levai les yeux. Elle venait de s'arrêter devant le parking du lycée.

– Non, je ne cherchais pas à me plaindre.

– Travaille ta communication extérieure. Tu auras plus d'amis.

– Merci du conseil, Ashley.

Une main sur la poignée de la portière, je m'apprêtai à sortir quand quelques élèves, dont Cade, passèrent devant la voiture. Il s'amusa à glisser sur le capot, atterrit lestement sur ses pieds puis nous adressa un sourire railleur.

L'air méprisant, Ashley demanda :

– C'est qui, cet abruti ?

– Personne.

Furieuse, elle le klaxonna trois fois.

– Ashley, arrête !

Elle baissa alors sa vitre avant de crier à l'adresse de Cade :

– Hé toi, tu te prends pour qui !

Bondissant dehors, je lâchai :

– Bon, salut. À tout à l'heure...

Je m'éloignai au plus vite, en pouffant de rire. C'était trop drôle de voir Cade se faire rembarrer par quelqu'un pour une fois. Personne n'osait dans ce lycée. Pendant qu'il se retournait, pas certain de l'avoir bien entendu, son habituel sourire crâneur sur le visage, j'accélérai le pas pour être sûre qu'il ne me voie pas.

L'instant d'après, une voix résonna derrière moi :

– C'est de famille, on dirait.

Avait-il couru pour me rattraper et me lancer ça ?

– Quoi ? Ce qu'on pense de toi ? répliquai-je en oubliant que j'étais censée l'ignorer. Oui, ça doit être génétique.

– Ça se soigne, tu sais.

– Ah oui ? Les cachets anti-Cade, ça existe ? C'est comme ça que tes potes arrivent à te supporter ?

– Non, je parlais de tes problèmes, mais...

– Ne cherche pas, j'ai gagné, là.

– Alors, c'est quoi, le score, maintenant ? Trois pour toi, et deux cents pour moi ?

– Parce que tu tiens des comptes ?

– Toujours.

Sur ces mots, il me planta là pour rejoindre ses copains.

N'insiste pas, n'insiste pas, me répétai-je mentalement jusqu'à ce qu'il ait disparu de ma vue. À force de serrer les dents, j'avais mal à la mâchoire. Je poussai donc un profond soupir dans l'espoir de me détendre.

Isabel me fit signe de loin et courut vers moi, ses longues boucles brunes flottant sur ses épaules. Le temps qu'elle me rejoigne, j'avais oublié toute tension à propos de Cade. Et puisque je continuais de prétendre qu'il n'existait pas, je n'allais pas lui raconter ce qui venait de se passer. J'étais fière de savoir tenir ma langue.

– Hé, salut, me dit-elle.

Ses bracelets de plastique cliquetèrent quand elle glissa son bras sous le mien.

– Salut...

J'allais lui demander si elle avait terminé le devoir d'histoire quand quatre filles de terminale se retrouvèrent devant nous en poussant des cris aigus. Elles s'échangeaient les gobelets Starbucks qu'elles tenaient à la main.

Comme je les observais sans comprendre, Isabel m'expliqua :

– En fait, elles achètent chacune un latte ou un capuccino et se l'échangent en arrivant.

– Mais, pourquoi ?

– Pourquoi pas ? C'est amusant. Chacun sa petite routine.

– Petite routine ? demandai-je alors qu'on les contournait pour continuer notre chemin.

– Quelque chose qu'on ferait ou dirait chaque matin en se retrouvant, histoire de bien commencer la journée.

– Ouais...

– Une poignée de main ?

Haussant les sourcils, je répondis :

– Avec un petit « salut », on s'en sort très bien depuis quatre ans.

– Oui, mais elles sont mignonnes.

– Et nous deux, on n'est pas assez mignonnes pour toi ?

– Non, laissa-t-elle tomber avec un sourire.

– Eh bien, figure-toi qu'hier soir, avant de m'endormir, je me disais qu'on devrait se trouver une petite tradition matinale, toi et moi. Ça rendrait notre amitié encore plus sympa.

– Moi, hier soir, avant de m'endormir, je m'étonnais qu'une sale gosse comme toi ait tant de chance de m'avoir pour meilleure amie.

– Tant de chance ?

– Voilà ! s'exclama Isabel en écarquillant les yeux. On a trouvé notre tradition !

– Celle de s'extasier tous les matins devant le fait que tu es merveilleuse et que j'ai une chance inouïe de t'avoir comme meilleure amie ?

– Non... enfin, on peut faire ça aussi. Mais si on décidait que la première chose à faire le matin en se voyant ce serait de se raconter la dernière chose à laquelle on a pensé la veille avant de s'endormir ?

– Ça ne marchera pas. Tu sortiras « Gabriel » tous les matins.

– Ce n'est pas vrai, fit-elle avec une moue. Bon, d'accord, on n'a pas besoin de tradition. Mais, à propos de Gabriel, il voudrait qu'on se fasse une petite sortie, ce week-end. Tu viendras, hein ?

Je remontai la bretelle de mon sac à dos.

– On n'avait pas dit « plus de traquenards » ?

– Mais non, ce n'est pas ce que tu crois. On serait un petit un groupe. Quelques-uns de ses amis, et nous.

L'air suspicieux, je demandai :

– Qu'est-ce qu'on fera ?

– Du kart.

Je devais vérifier combien de sous il me restait. Après m'être acheté ma guitare, la mère des jumeaux avait engagé une nounou à plein temps, ce qui faisait que je n'avais plus aucune source de revenus. J'avais bien un peu travaillé pour maman en l'aidant pour ses expos, mais ça datait, maintenant.

– OK, ça marche. Je vais en parler à maman. Ça va être sympa.

– Super-cool, tu veux dire !

La sonnerie retentit.

– On se retrouve à midi. Si tu ne meurs pas en cours de chimie, bien évidemment.

– Tous les jours ça me pend au nez.

– Mais, non, je te fais confiance, Lil.

Elle venait de s'éloigner quand je l'appelai :

– Iz ?

– Oui ?

– On n'a pas besoin de ce genre de traditions niaises. On est solides, toi et moi.

Chapitre 8

Cette fois, ce n'était pas d'ennui que j'allais mourir. C'était de stupéfaction.

Au cours de chimie, je découvris une flèche dessinée sous mon message de la veille. Elle pointait vers le bas, vers le bord du bureau. Comme pour me dire qu'il y avait quelque chose en dessous. Intriguée, je baissai les yeux... Mais, non, par terre il n'y avait que mes Converse rouges.

Un œil sur M. Ortega, je passai la main sur le bouton d'ouverture du bureau, pour trouver à cet endroit un chewing-gum collé là. Répugnant.

Pourtant, laissant volontairement mon stylo tomber à terre, je le fis rouler sous ma basket puis me penchai pour le ramasser. J'en profitai pour tendre le cou et regarder. Et là, calé sous la barre métallique qui reliait les deux pieds du bureau, se trouvait un morceau de papier plié en quatre. J'attrapai rapidement mon stylo et le papier puis me rassis bien droite, le sang battant dans mes tempes.

Aussi vite que possible, je le dépliai et l'aplatis. Écrit de la façon la plus naturelle qui soit, comme si cette personne et moi échangions des messages tous les jours que Dieu fait, je pus lire ceci :

Alors, tu as écouté les Crooked Brookes ? Qu'est-ce que tu en penses ? C'est peut-être trop noir pour toi. C'est du genre déprimant, je sais. Mais je pensais que, si tu aimes Blackout, tu les aimerais aussi. Parfois, en écoutant des chansons sombres, je me dis que la vie n'est pas si triste. Psychologie inversée, ou un truc dans le genre. Enfin, j'espère que ce message t'aura distraite pendant au moins une minute. Avec deux minutes de plus pour me répondre. Il te restera alors... une éternité avant que le cours se termine. Désolé.

Je ris doucement. Ainsi, mon correspondant aimait Blackout et détestait la chimie. On était âmes sœurs. Je retournai le papier, cherchant la meilleure réponse à lui donner. Ce serait donc mon troisième message à cette fille.

J'avais, sans le savoir, démarré une tradition sympa avec une parfaite étrangère. C'était un peu comme une tromperie. Non, pas vraiment, en fait. J'en avais déjà parlé à Isabel. Et ce n'était pas vraiment une amitié. Une distraction, tout au plus. Et puis, elle avait d'autres amies. Je pouvais bien, de mon côté, avoir une correspondante anonyme. Une amie anonyme, ça me convenait parfaitement.

Je me mis donc à écrire :

Je n'ai pas encore eu l'occasion d'écouter les Crooked Brookes. À la maison, c'est un peu... rock'n'roll, disons. Dès que je pourrai, je le ferai. La musique qui te fait voir la vie du bon côté, je suis toujours partante. Et tu as raison, Blackout ce n'est pas que déprimant. La piste 8 de leur Blue Album, par exemple. Ce morceau, c'est carrément jouissif. J'ai l'impression de planer en l'écoutant. De décoller, de flotter au-dessus de ma vie et de la regarder d'en haut. Et ça la rend plus facile à supporter quand on y replonge... si tu vois ce que je veux dire. Mais, bon, maintenant, je retourne à ce cours qui me prend la tête.

L'espace d'un instant, je me demandai comment j'avais pu écrire ça à une parfaite inconnue. Je songeai même à jeter le papier. Mais deux choses me firent changer d'avis. La première : quand je parlais musique, je m'ouvrais totalement aux autres, bien plus que dans n'importe quelle situation. Les gens qui l'appréciaient autant que moi semblaient mieux me comprendre. Et je sentais que c'était son cas. Deux : l'anonymat était libérateur. Je pouvais en dire bien plus quand je n'avais pas à signer. Ce que je ne fis pas, bien sûr.

Je remis donc le morceau de papier en place et retournai aux quelques notes que j'étais censée montrer à M. Ortega en fin de cours.

Je devais me sentir encore vaguement coupable car, soudain, alors que j'avais retrouvé Isabel devant le food truck mexicain à l'heure du déjeuner, je lâchai brusquement :

– Elle m'a écrit une lettre !

– Quoi ? demanda-t-elle alors qu'on repartait avec nos burritos et nos sodas.

Elle adorait le « prétendu mexicain », comme elle disait, alors que son père cuisinait comme personne les plats de là-bas. Au fond d'elle, peut-être une forme de rébellion d'ado...

– Rappelle-toi, je t'ai dit que j'échangeais des messages avec une fille en cours de chimie ?

On se dirigeait vers le préau où étaient installées quelques tables.

– Tu sais, celle qui aime le même groupe que moi ?

– Ah oui... Mais je croyais que c'était un garçon.

– Non. Elle dit qu'elle aimerait bien être comme Lyssa Prim plus tard.

– Lyssa Prim, c'est qui ?

– La chanteuse de Blackout.

– Oh, tu t'es trouvé une nouvelle corres bizarre... trop mignon !

– Enfin voilà, repris-je, elle m'a laissé une vraie lettre planquée sous le bureau, cette fois, et je lui ai répondu.

– Hum... et tu sais qui c'est ?

– Aucune idée.

– Tu n'as pas envie de savoir ? C'est peut-être quelqu'un que tu connais. En tous cas, c'est quelqu'un avec qui tu t'entendrais bien.

Elle s'amusa à observer les élèves autour de nous. Formant des petits groupes réunis par années, ils mangeaient et riaient en se lançant des serviettes en papier roulées en boules. Je repérai Lucas, assis avec ses copains, et m'efforçai de ne pas le regarder.

– On devrait chercher à savoir qui c'est, continua Isabel.

– Non.

Je savais que j'étais stupide de stresser à propos de ce que pouvaient penser les autres, mais c'était plus fort que moi. Et si cette fille, en découvrant qui j'étais, ne me trouvait pas assez cool pour elle ? Et puis, j'avais déjà décidé qu'avec l'anonymat il était plus facile d'écrire. D'autre part, cet échange de lettres m'empêchait de tomber en catalepsie en plein cours de chimie.

– C'est juste une distraction, tu sais. Non, vraiment, je n'ai pas envie de savoir.

– Bon d'accord. Mais si c'était moi, je serais incapable de lâcher l'affaire.

Et moi, je savais que, même si ce n'était pas elle, elle serait tout aussi incapable de lâcher l'affaire. Je lui fis néanmoins comprendre qu'on arrêtait là les frais.

– Pas de déjeuner d'anniversaire aujourd'hui, c'est ça ? demandai-je pour changer de sujet.

– C'est ça, sourit-elle. C'est notre anniversaire de deux mois et deux jours. Tu comprends, hein ?

On s'installa à notre place habituelle, sous un arbre... non parce qu'elle offrait une meilleure vue sur Lucas, mais par une pure et heureuse coïncidence.

J'inspectai une nouvelle fois les environs. Peut-être que ma correspondante était une des élèves qui se trouvaient là, devant moi. Mais qui ?

Chapitre 9

Je griffonnais sur mon carnet tandis que les Crooked Brookes hurlaient dans mon casque. J'avais hâte d'être à demain pour écrire à mon amie et lui dire que j'adorais cette musique. La chanson était hard et totalement déprimante mais, sans que je puisse me l'expliquer, elle m'avait inspirée. C'est comme ça qu'une autre, qui parlait de secrets, se frayait un chemin à travers mon cerveau pour sortir par ma plume.

Si je te dis mes secrets, tu me diras des mensonges ?
Si je dis que je te crois, ça arrangera les choses ?
Faire confiance à un inconnu, c'est difficile
Mais ça ne veut pas dire...

Une petite tape sur mon épaule me fit sursauter Je levai les yeux pour découvrir Jonah debout près de mon lit.

D'un clic, je stoppai ma musique.

– Salut, Nain Deux, qu'est-ce que tu veux ?

– Que tu me lises une histoire, répondit-il, un livre à la main.

– Mais tu sais lire !

– Oui, mais je préfère quand c'est toi qui lis.

Abandonné sur mon oreiller, mon carnet semblait me supplier de continuer.

– D'accord, lui dis-je. Allez, grimpe.

Je fermai mon carnet et Jonah, tout sourire, sauta pour s'installer près de moi.

Il me tendit le premier *Harry Potter* en précisant :

– Et tu fais les voix, aussi !

– Tu es bien exigeant.

Je lisais depuis une bonne vingtaine de minutes quand l'attention de Jonah commença à se dissiper. Son doigt tapota l'article de journal sur le concours que j'avais soigneusement découpé et épinglé sur mon mur.

– C'est quoi ça ?

– C'est juste moi qui rêve... comme d'habitude.

– C'est amusant de rêver. Moi, j'ai rêvé de dinosaures, l'autre nuit. Et toi, tu as rêvé de quoi ?

Mes yeux allèrent de mon carnet à mon frère.

– D'un petit prince nommé Jonah, vivant avec trois frères et sœurs plus âgés, qui lui donnaient tout ce qu'il voulait car il était le prince le plus pourri gâté de tout le royaume.

– C'est pas vrai, je suis pas pourri gâté, fit-il avec une moue.

– Je ne parlais pas de toi mais du prince Jonah de mon rêve. Tu crois que tout le monde parle de toi tout le temps ?

– Oui.

– N'importe quoi... Allez, bonne nuit prince Jonah, répliquai-je en le chatouillant.

– Je croyais que j'étais Nain Deux.

– Seulement quand tu fiches le bazar.

D'un pied, je le repoussai de mon lit et ajoutai :

– À propos de bazar, comment va ton lapin ?

– Maman veut pas qu'il dorme avec moi dans le lit.

– Ça arrive, parfois, que maman prenne de bonnes décisions. Tu lui as donné un nom ?

– Bugs Lapin.

– Bugs Bunny, tu veux dire ?

– Non, c'est Bugs Lapin.

– Ah, bon ? Mais, comment tu vas t'en souvenir ?

– Facile : son nom, c'est Bugs, et puis c'est un lapin.

– Les allitérations, plus personne ne les utilise en ce bas monde ?

– Les quoi ?

– Rien.

– Bonne nuit, alors, dit Jonah avant de sortir de ma chambre en courant.

Je rouvris mon carnet pour continuer à noter les paroles de ma chanson, mais il était trop tard. Mon inspiration s'était évanouie. Si j'essayais d'écrire maintenant, ce serait sur les lapins et les dinosaures. Presque aussi bien que les monstres dans les arbres. Il valait mieux attendre le lendemain.

* * *

– Des monstres dans les arbres, dis-je à Isabel le matin suivant quand je la retrouvai devant nos casiers.

– Quoi ?

– C'est à ça que je pensais hier soir avant de m'endormir. On suit cette tradition ou pas ?

Elle claqua des mains puis se mordit la lèvre.

– Gabriel, c'est ça ? demandai-je en riant.

– Chut, il y a eu quelque chose après ça. J'essaie de me souvenir... Ah, oui, des crêpes au Nutella.

– Hmm, ça me donne faim.

– Et, moi, je suis paumée, là, reprit-elle en refermant son casier. Des monstres dans les arbres ?

– Oui, pourrie comme idée de chanson. Mais je viens d'en commencer une vraie, que je te lirai quand j'aurai fini.

– Ah, enfin !

– Ça va être une tradition sympa.

– Oui, dit-elle avec un petit rire. Je sens que notre amitié est déjà nettement plus cool.

* * *

Si j'avais commencé cette tradition du matin avec Isabel, c'était sans doute que je culpabilisais d'avoir tellement hâte de lire cette lettre... Celle que je venais de trouver sous mon bureau en cours de chimie, et qui attendait maintenant, dépliée devant moi.

Je ne l'ai pas encore écoutée. Je n'ai que leur premier album. Et bien que ça soit contraire à ma façon de voir la vie selon une psychologie inversée, si tu penses que c'est bon, je l'écouterai. Il y a d'autres groupes que je devrais ajouter à ma playlist « tour d'ivoire », comme je l'appelle ? Ça me serait peut-être bien utile en ce moment. Je fais pitié en disant ça, hein ? En fait, je ne suis pas comme ça la plupart du temps. Je suis plutôt un mec marrant, en dehors de chez moi.

Un mec ?! Là, j'hallucinais. Mon âme sœur était un garçon ! Mes yeux revinrent sur les messages du bureau – sur la ligne qui m'avait fait croire qu'il s'agissait d'une fille. Là où elle disait vouloir être comme la chanteuse de Blackout, plus tard. Il avait joué sur les mots et brouillé les pistes.

C'était un mec. Un mec qui aimait la même musique que moi, s'ennuyait en cours de chimie et avait le sens de l'humour. On était âmes sœurs. Je souris puis secouait lentement la tête. Ce garçon qui s'ennuyait m'écrivait des lettres pour passer le temps. Il ne me draguait pas, non.

Réalisant que mon cerveau s'était arrêté à la moitié de la lettre, je lus le reste.

Alors, qu'est-ce qu'on pourrait se raconter de pas trop déprimant ? Je suis ouvert à toutes les suggestions. Peut-être un de ces sujets : la mort, le cancer, le réchauffement climatique, la cruauté envers les animaux...

Je retournai le papier mais c'était fini. On avait rempli une page entière avec notre correspondance. Je le pliai soigneusement et le glissai dans mon sac.

Sortant discrètement une nouvelle feuille, j'écrivis :

Et si on discutait du fait que tu es un garçon ? Si on se mariait et qu'on faisait d'adorables bébés indie Rock ?

Je me mordis la joue pour étouffer un rire et jetai le papier dans le sac à dos à mes pieds. Non, je ne mentionnerais pas ma surprise. Je prétendrais que j'avais compris qu'il était un mec depuis le début. Parce que ça ne changeait rien du tout.

J'ai finalement réussi, malgré la panique qui règne à la maison, à écouter les Crooked Brookes. Ça déchire. La piste 4, j'ai dû l'écouter cinq fois en boucle. Je ne savais pas encore si je pouvais me fier à tes goûts mais là, tu as fait tes preuves. J'écouterai toutes tes suggestions. Je vais ajouter en bas de la page la liste de mes best of. Tu joues d'un instrument ? Moi, je suis une guitariste qui a appris toute seule, sans aucune prétention. D'accord, tu m'as convaincue, on peut démarrer un groupe à nous deux. Sauf si tu joues toi aussi de la guitare. Désolée, mais je te laisserai les solos.

Je relus trois fois ce que je venais d'écrire. C'était moi mais je me demandais si je devais être moi. Je n'avais pas une expérience d'enfer avec les garçons. Mais au moins pourrait-il lire ce que je lui racontais d'une voix tranquille et sûre ; loin de la façon maladroite avec laquelle je lui aurais déblatéré le tout en face-à-face.

Au fond, quelle importance ? Pourquoi m'inquiétais-je tout à coup de la manière dont il me percevrait ? Nos échanges avaient été amusants... jusqu'à ce que j'aie cette info en plus. Ça faisait une semaine que j'avais littéralement hâte d'être en cours de chimie ! Impensable, avant. L'anonymat jouait en sa faveur.

Chapitre 10

J'ouvris un autre tiroir de ma commode et en arrachai plusieurs t-shirts que je jetai sur mon lit.

– Où ça peut bien être ? me demandai-je, exaspérée.

Dans cette chambre, c'était moi, l'organisée. Je n'avais certainement pas égaré mon t-shirt préféré. Surtout que je le mettais précieusement de côté pour des sorties comme celle de ce soir – avec Isabel, son petit ami et des potes que l'on devait me présenter.

Je pris dans le placard le panier de linge sale et le retournai par terre avant d'en trier fébrilement le contenu. Ne trouvant rien, je poussai un glapissement frustré. Je décidai alors de fouiller le panier de ma sœur, que je repérai, enterré sous une pile d'habits. Je me jetai dessus et y plongeai une main rageuse avant de tomber enfin sur mon cher t-shirt. Je le fis pendre devant mes yeux... pour le découvrir chiffonné et maculé d'une grosse tache brune sur le côté.

– Ashley ! hurlai-je, furieuse.

Me ruant hors de la chambre, j'emportai avec moi mon t-shirt souillé et ma colère.

Ma sœur était assise sur le canapé, en train de déguster une glace. Elle écarquilla les yeux puis lâcha :

– Quoi ?

– Ça ! m'écriai-je en lui montrant le t-shirt.

– J'allais le laver.

– Pour commencer, pourquoi tu le portais ? Tu ne m'as même pas demandé. Et je suis sûre qu'il ne te va pas en plus.

Ashley était nettement plus grande que moi.

– Tu n'étais pas là, je ne pouvais pas te demander.

– Ashley, franchement...

– D'accord, on se calme. Je t'en parlerai la prochaine fois, voilà.

Sur ces belles paroles, ma mère entra dans le salon.

– Qu'est-ce qui se passe, les filles ?

– Rien, fis-je en m'éloignant.

De toute façon, je ne pouvais rien faire pour ce t-shirt. J'avais rendez-vous avec Isabel dans une heure. Il fallait que je trouve autre chose à me mettre sur le dos.

– Où vas-tu ? me demanda maman.

Elle avait dû remarquer mes cheveux, que j'étais parvenue à mater à peu près correctement, ce soir.

– Finir de me préparer.

– Te préparer pour quoi ?

Je la regardai pour la première fois depuis qu'elle était entrée. Elle était bien habillée, maquillée, ses cheveux noirs relevés en chignon, et portait autour du cou le collier – celui de papa – qui avait gagné. Ils sortaient dîner tous les deux. Elle nous l'avait annoncé le matin même.

– Je sors avec Isabel, répondis-je.

– Tu ne m'en as pas parlé.

Je paniquai soudain, tentant de me rappeler à quel moment de la semaine j'aurais juré lui avoir dit que je ne serais pas là ce soir. Rien. Ce moment n'existait pas.

– Ashley peut garder les garçons, hasardai-je mollement.

– Nan, lâcha ma sœur en secouant la tête. Je sors avec des copains, ce soir.

– Tu ne m'as jamais demandé de faire la baby-sitter, dis-je sur un ton désespéré.

– Tu me dois une soirée de week-end, rappelle-toi, reprit-elle sèchement.

Tout en me raccrochant à mon espoir et à mon t-shirt taché, je savais que ni l'un ni l'autre ne seraient de sortie ce soir. Je soupirai. Oh, et puis, tant pis. Je louperais un dîner en bande qui m'aurait fait claquer au moins vingt dollars. Autant garder ces sous pour quelque chose qui m'éclatait vraiment.

– D'accord, soufflai-je, résignée.

– Merci, Lily, dit maman en m'embrassant. Demain, tu auras la soirée entière pour toi toute seule.

– Ça marche.

Je repartis dans ma chambre et appelai Isabel. Qui répondit dès la seconde sonnerie.

– Tu n'as pas intérêt à me poser un lapin.

– Eh bien si... désolée. Je dois garder mes frères.

– Quoi, tu dois garder tes frères ? Ça fait une semaine qu'on prépare ça. Ashley, elle ne peut pas s'en occuper ?

– Elle sort.

J'emportai mon t-shirt dans la salle de bains pour le nettoyer avec une vieille brosse à dents et du savon.

– Lily, gémit Isabel, tu m'avais promis...

Elle accusait le coup encore plus que moi.

– Je sais mais, malheureusement, ma mère a tout pouvoir sur ma vie.

– Tu ne lui en avais pas parlé ?

– Je pensais l'avoir fait, mais... je crois que non, en fait.

À Isabel de soupirer, cette fois.

– D'accord. On se reparle plus tard.

Elle raccrocha sans me laisser le temps de lui dire au revoir. Je me sentais un peu nulle, mais elle avait Gabriel. Elle se passerait très bien de moi.

Apercevant mes cheveux dans le miroir, je marmonnai :

– Ça ne vous gêne pas d'avoir l'air aussi bien alors que je suis vissée dans cette maison ?

– Tu parles toute seule ? chantonna Ashley en entrant à son tour dans la salle de bains.

– J'étais au téléphone, lui rétorquai-je.

Puis je ramassai mes cheveux en queue-de-cheval et sortis.

Chapitre 11

Quand Isabel m'avait dit qu'on se parlerait plus tard, je n'imaginais pas qu'elle pensait à ce soir, devant la maison, en compagnie de deux mecs. Coincée chez moi, j'avais enfilé un pantalon de pyjama en flanelle et un t-shirt, dont le coin inférieur était roulé en boule dans ma main au moment où je lui ouvris, les yeux exorbités de stupeur.

– Salut, me dit-elle en ignorant mon expression. On peut entrer ?

– Euh... oui. C'est juste que...

Sans m'écouter, elle passa devant moi, tirant Gabriel d'un bras et, de l'autre, un garçon dont les longs cheveux et l'allure dégingandée me disaient vaguement quelque chose.

– Euh, bien sûr, entrez...

Tous les trois ôtèrent leurs chaussures pour les laisser dans l'entrée.

– Oh, ce n'est pas la peine, leur dis-je en refermant derrière eux. La moquette est déjà fichue.

Comme ils attendaient, pieds nus, j'ajoutai :

– D'accord, vous me donnez deux minutes ? J'enfile un jean.

Mes frères, qui avaient entendu la sonnerie, émergèrent du canapé en tenant à la main un bol dont les pop-corn voletaient partout autour d'eux.

– Retournez à votre film, les Nains. Je redescends tout de suite.

Je me ruai dans la salle de bains, arrangeai mes cheveux qui avaient profité de la soirée pour s'échapper dans tous les sens, et j'appliquai un peu de gloss sur mes lèvres. Puis, dans ma chambre, je sortis un jean du placard, ainsi que le premier haut correct sur lequel je pus mettre la main – un t-shirt ocre pâle, orné de petits oiseaux.

Redescendue au rez-de-chaussée, je trouvai Isabel et les garçons assis sur le canapé près d'une pile de linge plié, et mes frères qui avaient trouvé le moyen de sortir le lapin de sa cage pour le laisser gambader sur le sol... et renifler consciencieusement les pop-corn tombés sur la moquette.

– Depuis quand tu as un lapin ? me demanda Isabel.

Moi aussi, j'avais une question à lui poser. Du genre, que faisait-elle ici ? Pourquoi ne m'avait-elle pas prévenue ?

– La semaine dernière, je crois.

Je rangeai à la va-vite le linge à repasser oublié sur le canapé et le fourrai dans le panier qui attendait à côté.

– Il fait un peu flipper, commenta Gabriel.

– Bonsoir. Moi, c'est Lily, articulai-je au nouveau venu avant qu'il soit trop tard pour faire les présentations.

– Et moi, c'est David, répondit-il. On était ensemble en maths, l'année dernière.

Je le regardai de plus près. Évidemment, je le connaissais. Et bien sûr, on était en maths ensemble l'année dernière. Mon cerveau n'avait juste pas capté suffisamment tôt.

– Tu vas à Morris High, lui assénai-je comme si je l'accusais.

Et c'était bien une accusation. Mais balancée à Isabel, et non à lui. Je lui jetai en même temps un regard noir, auquel elle répondit par un sourire et un haussement d'épaules. Ils avaient donc préparé leur coup. Elle m'avait arrangé un plan. Pas étonnant qu'elle se soit montrée si déçue quand j'avais annulé.

– Oui ? articula David sans comprendre.

– Désolée, je pensais que tu étais un ami de Gabriel en dehors du lycée.

Le lapin sautilla autour d'une boîte de Lego renversée puis sur le pied d'Isabel. Elle poussa un glapissement et ramena ses deux jambes sur le canapé en disant :

– C'est un ami de Gabriel. Mais il se trouve aussi qu'il est dans notre lycée.

Je fourrai les Lego dans leur boîte et la rangeai sous la table. Le lapin trottina vers David et renifla le bas de son jean.

– Les Nains, remettez cette bestiole dans sa cage avant qu'elle ne nous jette un sort.

– Il n'est pas méchant, protesta Wyatt.

– Si, tu vois, il t'a déjà hypnotisé. Et nous, on aimerait bien garder nos esprits.

Je me sentais vraiment ridicule, à dire ça. Si au moins je pouvais me taire... Mais quand j'étais nerveuse, j'avais tendance à déblatérer à peu près n'importe quoi.

En fait, ça me prenait assez souvent, et c'était pire quand j'étais nerveuse.

Jonah attrapa le lapin sous le ventre. Ses petites pattes battirent l'air un instant puis se calmèrent, et les garçons sortirent du salon.

– Ta mère leur a acheté un lapin ? s'étonna Isabel.

– Oui, tu la connais. Elle a dû voir quelqu'un qui en vendait au bord de la route, et elle a eu peur qu'on le fasse passer à la casserole... je ne sais pas. Enfin... ça se cuit comment, un lapin ?

Personne ne répondit.

Je passai une main dans mes cheveux de nouveau en bataille et me laissai tomber sur le canapé à côté d'Isabel.

– Alors, c'était prévu au programme ? Ou vous avez décidé comme ça de passer me faire un petit coucou ?

Isabel tourna vers moi ses grands yeux noirs.

– On a décidé de passer pour te présenter David. Il est dans l'orchestre de l'école.

Ce qui était censé créer entre nous un lien immédiat, crus-je deviner dans le sourire fier d'Isabel.

– Oh, cool. Tu joues de quel instrument ?

David repoussa une mèche de ses longs cheveux bruns. Assez mince, il avait un visage enfantin, avec ses joues rondes et son petit nez.

– De la clarinette.

– Comme le Roi du Swing ?

– Qui ?

– Tu sais, Benny Goodman. Il n'est pas la preuve que même un clarinettiste, ça peut réussir dans un domaine ou un autre ?

Les mots sortirent de ma bouche avant que je réalise à quel point ils pouvaient être offensants.

– Désolée... Ce n'était pas sympa. Il y a beaucoup de super débouchés pour la clarinette. Des fanfares, des orchestres.

Voilà que je le traitais avec condescendance, maintenant.

– Lily joue de la guitare, annonça Isabel.

– Oui... enfin, j'essaie. Vous voulez boire quelque chose ?

– Pourquoi pas ? répondit Gabriel.

– Tu viens m'aider ? proposai-je alors à Isabel.

Elle me suivit dans la cuisine et, quand je fus certaine que les garçons ne pouvaient pas nous entendre, je lui soufflai :

– Pourquoi tu me fais un truc pareil ?

Elle soupira.

– Je me suis dit que, si tu n'étais pas au courant de cette visite, tu ne penserais pas à stresser ; que tu ne chercherais pas à imaginer ce qu'il faudrait que tu dises ; que ça te forcerait à rester naturelle.

– Tu penses que, si je suis maladroite, c'est en fait qu'inconsciemment je cherche à l'être.

– Oui.

– Ha, ha ! Eh bien, maintenant, tu as vu.

– Oui, j'ai vu, sourit-elle. Mais allez, tu ne le trouves pas mignon, David ? Et il n'a pas l'air trop ringard non plus. Vous allez bien ensemble, je trouve.

Je levai les yeux au ciel.

– Tu lui donnes une chance ?

– Pourquoi pas ? dis-je en sortant quelques verres du placard pour les remplir de glace.

– Je suis désolée de ne pas t'avoir prévenue. Je pensais sincèrement que ça serait mieux comme ça.

Je savais que ses intentions étaient bonnes.

– C'est bon. Tiens, prends ces deux boissons. Je vais jeter un coup d'œil sur mes frères. Je vous retrouve dans deux secondes.

J'ouvris la porte de la salle de télé. Wyatt et Jonah étaient assis sur le canapé, le lapin entre eux deux.

– Hé, je vous ai dit de ranger cette bestiole ! leur lançai-je. Il va faire pipi partout, et maman va me tuer.

– Mais il regarde l'émission avec nous. C'est sa préférée. Quand ce sera fini, juré.

– J'ai vraiment deux frangins bizarres, lâchai-je avec un sourire amusé. Bon d'accord, dès que c'est fini. Mais pas une nanoseconde de plus.

– Promis ! chantèrent-ils à l'unisson.

Repartant à la cuisine, je remplis deux verres d'eau. Allez, toi, me dis-je à moi-même, tu es quand même capable de tenir une conversation normale sans te ridiculiser. Ça, c'étaient des paroles d'encouragement !

De retour au salon, je trouvai Isabel, ma guitare à la main, en train de plaquer quelques accords.

– Ah, Lily, viens ici. Assieds-toi, dit-elle en feignant la nonchalance. Je disais justement aux garçons que tu leur jouerais un morceau.

Mes verres à la main, je me figeai sur le seuil. Pas seulement parce que j'avais envie de me précipiter sur Isabel pour récupérer mon trésor et le ranger dans son étui... je la laissai en général toucher ma guitare, je lui faisais confiance. Mais, cette fois, je ne voulais pas jouer. Pas du tout. C'était déjà assez difficile de parler à des nouvelles têtes ; alors, jouer devant elles... impossible. J'avais appris seule la guitare dans l'idée de composer des chansons. Que d'autres interprèteraient. Moi, je n'avais rien d'une interprète.

Le regard que me jeta Isabel m'assura qu'elle avait parfaitement compris ce que je pensais.

– Pas grave, s'empressa-t-elle de répliquer. Je continuerai juste à jouer.

– Allez Lily, intervint alors Gabriel. Ça fait des mois que Isabel nous rabâche que tu es douée. On aimerait bien t'entendre.

– Mais je...

Les verres commençaient à me glisser entre les doigts. Je les posai rapidement sur la petite table basse et m'essuyai les mains sur mon jean.

– Tu n'es pas obligée, me dit alors David.

Je lui répondis avec un sourire plus que reconnaissant.

– OK, je vais la ranger, déclara Isabel en se levant.

– Laisse, je vais m'en occuper, repris-je avant de lui prendre la guitare des mains.

Après l'avoir remportée dans ma chambre, je rejoignis les autres au salon.

Isabel était assise par terre à présent, et affichait un air penaud. J'allai m'asseoir à côté d'elle.

– Désolée, souffla-t-elle.

– C'est bon...

– Un concours de construction de bateaux, ça vous dit ? proposa-t-elle soudain en plongeant la main dans la boîte de Lego.

– Oh oui ! répondit Gabriel. Je suis le roi des Lego.

– C'est toi qui te proclames roi, ou juste quelqu'un qui t'a donné ce titre ? lui demandai-je.

Si Isabel se mit à rire, Gabriel parut mal le prendre.

– Non, j'ai été proclamé roi.

Il nous rejoignit par terre et, attrapant une grosse poignée de Lego, ajouta :

– Par mon père.

Je m'apprêtais à lui répondre que les pères n'étaient pas de bons juges, quand Wyatt entra précipitamment dans le salon en tenant quelque chose à la main. Jonah arriva aussitôt derrière lui, en larmes, du sang lui dégoulinant sur le menton.

– Nooon !

– J'ai réussi à lui enlever ! annonça Wyatt.

Il me fallut quelques secondes pour comprendre que ce qu'il tenait à la main n'était autre que la dent de Jonah.

Qui le frappa au dos en criant :

– Je voulais l'enlever moi-même !

Je bondis sur mes pieds et lui passai mon bras autour des épaules.

– Holà, vampire, tu devrais te rincer la bouche après t'être nourri !

Il rit à travers ses larmes, mais les autres autour de lui semblaient horrifiés.

– Il avait une dent qui bougeait, me hâtai-je de leur expliquer. Wyatt, la prochaine fois, ne touche pas à ses dents.

– Il osait pas l'enlever. Maman a dit que, si on l'enlevait pas, il allait l'avaler en dormant.

C'est alors que le lapin fit son entrée dans le salon. Se dirigeant droit vers David, il choisit de faire pipi sur sa chaussette. Était-ce par réflexe ou par dégoût, mais le pied de David partit brusquement en avant, envoyant le lapin valser à travers la pièce.

– Tu lui as fait mal, méchant ! s'écria Jonah, indigné.

Du sang s'écoula de sa bouche et lui couvrit le menton.

J'aurais dû m'excuser pour mon frère mais, en fait, j'étais d'accord avec lui. Comment avait-il pu frapper ce petit animal ?

– Wyatt, occupe-toi du lapin, lui dis-je avant d'entraîner Jonah vers la salle de bains pour lui nettoyer le visage.

– Pauvre Bugs Lapin, il est pas blessé ? se lamenta Jonah.

– Non, rassure-toi. Il a une grosse fourrure qui le protège.

– Tu as dit que tu regarderais le film avec nous, Lily, et maintenant tu joues avec tes amis.

– Je sais, frérot. Je vais leur dire de partir.

Mais je n'eus pas à le faire. Après avoir fini de nettoyer Jonah je retournai au salon... pour les trouver debout dans l'entrée, en train de remettre leurs chaussures.

Gênée, tripotant nerveusement son bracelet, Isabel déclara :

– On va y aller.

David n'osait pas croiser mon regard et semblait être ultra-pressé. Sa chaussure droite à la main, il sortit sur la pointe des pieds.

– Désolée... articula Isabel du bout des lèvres.

Je haussai les épaules. Je ne lui en voulais pas. Ma famille était un peu accaparante, je le savais, et il n'y avait que la moitié de nous à la maison. Et puis, je m'en fichais. J'étais sûre que David ne savait même pas qui était Benny Goodman ; et pour un clarinettiste, c'était selon moi un crime de lèse-majesté.

Isabel l'avait choisi pour sa quête. Et il venait juste de me conforter dans l'idée que cette quête était impossible.

Chapitre 12

– Quelqu'un a vu ma pince bleue ? lança maman à la cantonade.

Avec six personnes vivant sous le même toit, c'était souvent la forme de communication la plus simple. Ça ne donnait pas toujours le résultat escompté mais ça restait le moyen le plus rapide.

– Alors ?

– Pas moi ! répondit Wyatt.

Elle passa une tête à ma porte. Assise sur mon lit, en pyjama, je me demandais encore si j'allais me lever.

– Moi non plus, je ne l'ai pas vue, lui dis-je en bâillant.

– Tu veux m'accompagner, aujourd'hui ?

Environ une fois par mois, ma mère se rendait à un marché où elle vendait ses créations.

– C'est loin ? demandai-je en m'étirant les bras.

– Non, en ville. La Foire d'Automne. Tu te feras vingt pour cent.

C'était sa façon d'obtenir notre aide – vingt pour cent sur ce qu'elle récolterait de ses ventes. Ça semblait un bon deal, sauf si elle ne gagnait que cinquante dollars, ce qui n'était pas rare. Dans ce cas, dix dollars pour une journée, c'était ce qu'on empochait. Mais il arrivait aussi qu'elle s'en fasse trois cents, et je me retrouvais avec soixante dollars en poche. C'était un risque. Que j'étais prête à prendre car je n'étais pas motivée que par l'argent.

J'y allais aussi pour voir les gens. Ça m'inspirait, et j'avais besoin de cette inspiration. Depuis que j'avais pondu de super paroles en écoutant les Crooked Brookes l'autre soir, je n'avais rien trouvé de mieux. La coupure de journal épinglée au mur près de mon lit continuait à me faire de l'œil. Ça me rappelait qu'il me restait moins de deux mois pour composer une chanson entière – la musique comme les paroles. Et je n'en avais écrit que quelques lignes.

– OK, je viens, répondis-je enfin à maman.

– Départ dans trente minutes.

***

Le Kettle Corn était plus près de notre stand que d'habitude, et les effluves de maïs grillé qui s'en échappaient compensaient un peu la sale découverte que j'avais faite en arrivant à la foire : Cade Jennings occupait le stand voisin du nôtre. Son père possédait une compagnie d'assurances très connue, et ils s'amusaient à distribuer des devis aux acheteurs comme aux vendeurs.

Ils ne pouvaient pas faire leur petit commerce ailleurs que sur l'étal d'un marché ?

Ma mère déchargeait ses plateaux et je sautai sur la première excuse pour m'éloigner de notre stand.

– Je vais nous chercher des boissons ?

– J'ai apporté des bouteilles, tu sais.

– De quoi grignoter, alors ?

– Tu as déjà faim ?

Il était neuf heures du matin, et on avait pris un petit-déjeuner avant de partir. Sa question était donc tout à fait justifiée.

– En fait, non...

– Il y a une autre boîte de bagues, en dessous. Tu peux la sortir ?

– D'accord, fis-je en achevant d'installer la nappe. On ne vend aucune pièce de papa, aujourd'hui ?

Je parlais bien sûr des meubles qu'il fabriquait, bien plus beaux que les colliers qu'il dessinait en prétendant avoir meilleur goût que maman.

– Il travaille sur une commande, actuellement. Des placards de cuisine pour une maison située à Scottsdale.

– Oh, tant mieux.

Les commandes assuraient un travail plus régulier et rapportaient autrement plus d'argent.

Je jetai un coup d'œil sur ma gauche. Cade ne m'avait pas encore vue. Du moins, je le croyais car aucun commentaire désobligeant ne m'était encore parvenu aux oreilles. Il déballait des sortes de prospectus qu'il installait dans un casier de plastique. Jamais je ne l'avais vu habillé comme ça : pantalon, chemise, et même cravate ! Me sentant vaguement miteuse dans ma robe à fleurs et ma veste en jean, je ne cherchai pas pour autant à me cacher en restant assise... même si j'étais très tentée de le faire. Je me fichai de ce que Cade pouvait penser, en fait.

Un homme, qui n'avait pas une miette de ressemblance avec lui, émergea du fond de leur stand avec deux gobelets fumants. Il en tendit un à Cade.

Peut-être qu'il s'agissait de l'associé de son père ou que Cade ne tenait physiquement que de sa mère. En tous cas, ce que l'autre lui marmonna entre deux gorgées poussa Cade à virer tous les dépliants qu'il venait de disposer dans le présentoir pour en mettre d'autres.

Alors que ma mère se mettait à discuter avec notre voisine de la clientèle potentielle du jour, le regard de Cade croisa le mien, comme s'il savait que je l'observais depuis un moment, et un lent sourire se dessina sur ses lèvres.

– Tu prends des notes ? me demanda-t-il. C'est ça, le succès.

Ses yeux se posèrent sur les bijoux étalés sur la table devant moi. S'arrêtant au passage sur le plateau de colliers ornés de plumes, il haussa des sourcils surpris et commenta :

– Il te faudra peut-être plus que de simples notes.

Faisant mine d'écrire sur un carnet, je rétorquai :

– Premièrement, s'habiller comme un homme de quarante ans. Deuxièmement, se montrer impoli avec les gens. Troisièmement, se prendre pour le nombril du monde. Il me manque quoi ?

– Plusieurs petites choses : ne pas prétendre qu'on sait tout ; ne pas écrire et marcher en même temps ; et penser aux autres quelquefois.

– Moi, penser aux autres ? Ça veut dire quoi ?

– C'est pourtant clair.

Je m'apprêtais à répliquer quelque chose de pas très aimable quand ma mère me posa une main sur l'épaule.

– Tu vas à l'école avec ce garçon ? C'est sympa.

Puis, comme si elle cherchait à m'achever, elle ajouta à l'adresse de Cade :

– Bonjour. Ravie de vous connaître.

Il lui renvoya un sourire qui, s'il paraissait sincère, était en fait de la pure raillerie.

– Bonjour, voisine de stand.

Et maman d'éclater de rire comme s'il s'agissait d'un trait d'esprit.

– Il est mignon, me souffla-t-elle à l'oreille.

Puis elle demanda, d'une voix nettement plus audible :

– Vous connaissez ma fille ?

Je crus défaillir.

Le regard amusé de Cade croisa le mien, puis il lâcha :

– Oui. On est dans le même lycée.

– C'est super. Si ça ne bouge pas trop aujourd'hui, vous ne vous ennuierez pas tous les deux, donc.

– Avec Lily, on ne s'embête jamais, de toute façon.

– C'est aussi ce qu'on dit à la maison, répliqua maman d'un air parfaitement innocent.

Je sentais que la journée allait être horrible.

* * *

Heureusement, Cade m'ignora la plupart du temps, et moi aussi. À un moment, je constatai même qu'il avait quitté son stand depuis plus d'une heure. Ouf !

Une femme aux cheveux méchés de couleurs différentes s'approcha de notre table, examina les prix de chaque bijou puis se mit à compter sa monnaie. Chaque fois qu'elle se retrouvait sans assez d'argent pour tel ou tel article, elle passait au suivant. Il devait bien exister une chanson racontant ce genre de situation.

Si, avec un sou, tu fais sourire la chance et, avec vingt sous, tu réalises tes souhaits, comment, avec cent sous, tu ne peux pas t'acheter ce que tu aimes ? Je ne pus m'empêcher de rire devant les pauvres paroles que venait de pondre mon imagination.

– Qu'est-ce qui te fait rire ? demanda maman.

– Oh, rien.

– Ça te dirait de manger un bout ?

– Avec plaisir.

Elle me tendit un billet de dix dollars.

– Trouve-moi un burrito aux légumes, tu veux bien ?

– Ça marche. J'y vais... à tout de suite.

Je me frayai un chemin parmi les badauds tout en me dirigeant vers le food truck au bout de la rue. Je faisais la queue depuis trois minutes quand j'aperçus Cade, assis à une table avec Mike, un de ses copains du lycée. Ils étaient tout près et, même en me bouchant les oreilles, j'entendais parfaitement ce qu'ils disaient.

– Tu crois que le coach s'attend à ce qu'on suive tous les entraînements du club plus les matchs ? disait Mike.

– Oui, soupira Cade. Au moins, on n'a pas les matins ici et les aprèms là-bas.

– Pas faux. Tu as encore beaucoup à bosser ici ?

– C'est la société qui décide.

– Ça va, ce n'est pas trop pénible. C'est un bon endroit pour rencontrer des filles. Pas comme au base-ball.

– Tu trouves ? Tu as remarqué la moyenne d'âge des acheteurs, ici ? Ce n'est pas franchement palpitant.

– J'ai surtout remarqué la fille du lycée, dans le stand près du tien. Tu sais... comment elle s'appelle ? Lily ? Ça pourrait être intéressant. Elle est un peu perchée, mais mignonne.

Je me figeai.

– Lily Abbott ? s'étonna Cade. Tu la trouves mignonne ?

– Pas toi ?

– Non.

– Alors je vais peut-être aller lui parler.

– Tu ferais mieux de l'éviter, au contraire. Pas la peine de perdre ton temps avec elle. C'est...

Sans me laisser le temps d'entendre Cade achever son délicieux commentaire, l'homme qui se tenait derrière moi dans la queue me balança :

– Vous commandez ou vous continuez à rêver ?

– Euh, oui, oui, je commande.

Troublée, je me plantai devant le vendeur, non sans surveiller Cade du coin de l'œil. M'avait-il vue ? Oui... Il leva vers moi un regard plein de suffisance puis aspira une gorgée de soda. Je me dépêchai de passer ma commande et attendis du côté opposé, loin de lui et de ses airs méprisants.

J'avais le tournis. Ce Mike me trouvait perchée, mais mignonne ? Jamais je n'aurais cru ça de lui. Je n'imaginais même pas qu'un garçon puisse penser à moi. En revanche, la réponse de Cade ne m'avait pas surprise.

Je voyais très bien pourquoi il me détestait. Dans sa tête, c'est moi qui avais poussé Isabel à rompre avec lui. Dans ce cas, oui, j'aurais pu faire avec la haine qu'il me portait. Mais cette haine n'était pas nouvelle. Elle ne datait pas de leur rupture ; elle avait débuté quand il avait commencé à sortir avec Isabel. C'était son attitude insupportable qui avait fait que je ne voulais plus que Isabel le voie. Qui avait fait naître chez moi la même répulsion que celle que je lui inspirais. Et j'étais incapable de comprendre pourquoi.

Chapitre 13

Si la chimie était le cours qui d'habitude m'assommait le plus, c'était aujourd'hui celui que j'attendais avec impatience. Ce lundi matin semblait prendre des allures d'éternité. Les maths devenaient une véritable torture ; la rédaction, normalement mon cours préféré, était d'une lenteur insupportable ; et en anglais, Mlle Logan eut l'idée de génie de nous faire lire *Roméo et Juliette* à haute voix et avec l'accent de Shakespeare, s'il vous plaît. Les quelques élèves qui faisaient du théâtre furent les seuls à savoir pimenter un peu cette lecture ; tous les autres la massacrèrent. Encore deux cours et je pourrais découvrir le contenu du nouveau message qui m'attendait.

La quatrième classe était consacrée à ma séance de travail communautaire, chaque élève devant consacrer une heure par semaine à aider un des postes du lycée. Mon job, cette année, était d'aider Mme Clark au bureau principal. Pas trop pénible, je devais le reconnaître.

Je m'approchais de mon lieu de travail quand je vis Lucas marcher devant moi. Il n'était pas difficile à repérer car il dépassait les autres de presque une tête. Comme il tournait au bout du couloir, je fis de même pour rejoindre le bureau de Mme Clark, ce qui, malgré moi, accéléra les battements de mon cœur.

C'est bon, me dis-je, contente-toi de le saluer, de lui montrer que tu existes.

Ça ne devait pas être trop difficile. « Salut » était un mot inoffensif.

Lucas entra dans une pièce où je faillis le suivre lorsque la porte se referma devant moi, pour me laisser face au petit panneau bleu « hommes ». Je venais de manquer pénétrer dans les toilettes des garçons... avec le risque de me faire traiter de mateuse, maintenant.

Rougissant de honte, je pivotai et... tombai net sur Isabel. Ouf ! Ça m'apprendrait à ne pas suivre les élèves du lycée en douce.

Mais elle n'était pas seule. Un garçon se tenait à ses côtés. David. Elle me lança un sourire radieux.

Je soupirai. Elle ne savait décidément pas lâcher prise.

– Lily ! cria-t-elle, toute joyeuse. Regarde sur qui je viens de tomber.

– Salut, articulai-je.

– Salut, répliqua David, les mains dans les poches. Ça va ?

– Ça roule. Tu as pu débarrasser ta chaussette de tout le pipi ?

– Je l'ai jetée.

– Oh... oui, c'était sans doute la meilleure solution.

Un peu extrême à mon avis, mais ça sentait peut-être pire que je ne l'aurais cru.

Je me tournai vers Isabel. Elle souriait comme si elle regardait la chose la plus jolie au monde. Elle faisait une très mauvaise entremetteuse... J'espérais qu'elle ne prévoyait pas d'en faire son métier.

– Je ne voulais pas lui faire mal, ajouta David, les yeux au sol. Le lapin... j'ai simplement... ça m'a surpris.

– Mon frère sera ravi de l'apprendre, fis-je en souriant. Mais je crois que tu devrais peut-être l'éviter pendant quelque temps. Mon frère, et le lapin aussi.

Mais, est-ce que David s'amuserait à remettre les pieds chez moi ?

– Elle blague là, intervint Isabel.

– Oui, je blague.

Comme j'avais effectivement dû paraître un peu agressive, j'étais contente qu'elle comprenne et soit capable de lui traduire mon humour.

– Enfin... à propos de ce devoir de chimie, dit David en se tournant vers Isabel.

Je compris alors que c'était en parlant de ça qu'elle avait réussi à l'entraîner jusqu'ici.

– Je peux t'aider, si tu veux, reprit Isabel. Lily et moi, on se retrouve à la bibliothèque le mercredi après les cours pour bosser !

Ce qu'on ne faisait carrément jamais.

– Viens avec nous cette semaine.

– OK, ça marche.

Il eut un léger sourire et je m'adoucis. Peut-être qu'il était seulement timide et un peu mal à l'aise. Je pouvais le comprendre et avoir de la sympathie pour lui. On pouvait même être amis, en fait. Peut-être qu'après quelques conversations je finirais par découvrir son vrai caractère.

– M. Ortega va me tuer... ajouta-t-il dans un souffle.

– Moi aussi. Vous avez cours de chimie ensemble ? demandai-je soudain en les regardant l'un après l'autre.

– Non, répondit Isabel. Je l'ai en quatrième heure, et David, en deuxième.

– Et moi, en sixième, précisai-je presque pour moi-même.

On était chacun dans l'un des trois cours de chimie de la classe de première, les seuls existants, en fait. Mon correspondant mystère se trouvait forcément avec l'un d'eux. David ou Isabel savait exactement qui était assis à ma place pendant leur cours. Je n'avais qu'à ouvrir la bouche, demander de qui il s'agissait... et fiche en l'air la chimie, la seule chose que j'attendais avec impatience depuis une semaine et demie. Je n'allais quand même pas tout détruire à cause d'un stupide accès de curiosité. J'avais déjà dit à Isabel que je ne voulais pas savoir qui était mon messager inconnu, et j'étais sincère.

La seconde sonnerie retentit. On se sépara tous les trois, et je me dirigeai vers le bureau principal en souriant. Je venais de me rapprocher un peu plus du cours de chimie.

* * *

Je n'eus pas à regarder sous le bureau pour y découvrir un nouveau message. Ma main tomba immédiatement dessus. J'étais devenue experte en dépliage silencieux. Avant de le placer discrètement sous ma feuille de papier. Sans même penser que Lauren pouvait regarder ce que je faisais, je retins mon souffle et lus :

La piste 14, c'est aussi ma préférée. Et la piste 8 de Blue aussi, elle est géniale. Tu avais raison, pas du tout déprimante. (Je ne dis pas ça seulement parce que la guitariste de mon nouveau groupe imaginaire dit que c'est sa préférée).

Au fait, je ne joue pas de guitare, donc il n'y aura personne pour te voler ton solo. Ça veut dire que c'est officiel, non ? Il nous faut un nom, maintenant. Quelque chose de super-cool, comme Rainbows et Roses. Avec des chansons pleines de colères, surtout. Ça fera un bon contraste. Et de la colère, j'en ai à revendre – un beau-père atroce, une belle-mère qui m'ignore, un père absent. Il y a de quoi faire, non ? Tiens, regarde, j'ai déjà trouvé une bonne intro : Les parents (une pause où tu enchaîneras avec un solo de guitare bien dramatique) sont (pause pour un solo de batterie) nuls. Euh, hum... je ne devrais peut-être pas jouer aux paroliers, en fait. Mes compétences musicales ne vont rien apporter à un groupe. Alors, je fais quoi ? Je reste au fond de la scène et je danse ? Oh, et, si M. Ortega me surprend en train de t'écrire ce message, je n'aurai pas d'autre choix que de le fourrer dans ma bouche et de l'avaler. J'espère que tu te sens prête à faire la même chose.

Je réprimai mal un sourire. Après avoir attendu ce message durant tout le week-end et la matinée d'aujourd'hui, je craignais d'être déçue. Mais non. Il était tendre, sympa et un petit peu triste. Et de ce côté, j'aurais aimé pouvoir faire quelque chose pour que mon mystérieux correspondant se sente un peu mieux.

Je sortis un nouveau papier car, maintenant qu'on se racontait des choses plus intimes, je ne voulais pas que quelqu'un mette la main dessus. Si on découvrait un message sous le bureau, autant qu'il reste le plus court possible.

On en est déjà à avaler du papier pour sauver notre relation ? Tu vas peut-être un peu vite pour moi. Oui, c'est vrai, tes paroles mériteraient d'être plus travaillées. De quelles compétences musicales tu parlais, au fait ? Je suis sûre qu'elles pourraient quand même nous servir.

Et, oui, on a de quoi écrire des paroles. Ça fera une super chanson. Ça va si on se base sur ton enfance malheureuse ? En même temps, je suis désolée pour toi. Je ne sais pas si je peux t'aider à ce sujet, mais n'hésite pas à m'en parler si ça te fait du bien. En messages bien sûr, car c'est la seule possibilité.

Tu veux que je te parle de ma triste vie, moi aussi ? Ma meilleure amie a emmené un garçon à la maison, un peu comme pour me le présenter, tu vois, et il s'est enfui en criant. Ma famille est un peu folle, tu sais. Et la tienne ? Elle est aussi barge ? Ça m'étonnerait.

Je n'étais pas certaine que le fait de rire de sa situation soit la meilleure des choses à faire, mais il semblait du genre à apprécier l'humour. Et puis ça me faisait du bien de me défouler après ce week-end de stress. Je ne pouvais pas me confier à Isabel car je savais qu'elle me répondrait que tout allait très bien et que personne ne trouvait ma famille cinglée – même si j'étais sûre que tout le monde le pensait tout bas.

Je pliai la lettre et la coinçai dans sa cachette. Maintenant, je devais attendre vingt-quatre heures avant d'avoir une réponse. C'était évidemment moins gratifiant que d'écrire et recevoir des textos.

* * *

Le lendemain, j'étais tout aussi excitée en trouvant sa réponse cachée sous le bureau.

Non, jamais personne ne s'est enfui de chez moi en criant. Ça demanderait que des gens fassent effectivement partie de ma vie. Or, mes parents ont divorcé il y a sept ans, et mon père est parti de la maison. Il est parti pour s'éloigner de ma mère et de moi. Si elle ne m'avait pas dit elle-même où il se trouvait, je ne l'aurais jamais su. Et puis, je crois qu'il vit avec quelqu'un de quatre ans de plus que moi. Je ne le sais que parce que ma mère l'a hurlé au téléphone il y a environ un an de ça. Je crois que, si elle s'est remariée, c'est uniquement pour le rendre fou, parce que ça me paraît dingue d'aimer l'espèce d'abruti perfectionniste qu'elle a épousé. Pas moyen d'impressionner ce genre de type ; pour lui, tout doit être parfait, mieux qu'irréprochable.

Quant au fait de se confier... C'est toi qui en as parlé, rappelle-toi. Moi, je ne sais pas trop si je marche avec l'idée qu'on écoute mieux l'autre sous prétexte que c'est une lettre. Techniquement, tu peux directement passer au bas du message et prétendre que tu l'as lu. C'est ce que tu as fait ? Tiens, voilà quelques mots clés pour t'aider à truquer une réponse : zone tampon de mille kilomètres, homme couguar, mariage sans amour (Ça ressemble à des paroles de chanson. Tu as vu mes progrès ? Me voilà redevenu parolier). J'allais le traiter de simple couguar, mais ce terme ne s'utilise que pour les femmes, non ? C'est sexiste. Comment tu appelles un homme de plus de cinquante ans qui fréquente une fille presque encore ado ?

Une fois encore, je dissimulai mon sourire à Lauren. Mon correspondant avait une façon bien à lui de sourire des situations les plus tristes. Je levai les yeux vers M. Ortega. Il fallait que je l'écoute au moins cinq minutes avant d'écrire ma réponse. C'était ma méthode pour garder mon secret : écouter, écrire, écouter, écrire...

Je crois qu'on dit un pervers. Et puis, je suis désolée. J'aimerais être un peu plus que la fille sympa qui lit les lettres jusqu'au bout. J'aimerais pouvoir te dire comment les épreuves te rendent plus fort, te forgent le caractère ou quelque chose du genre, mais je sais que ça ne t'aidera pas. Alors si tu cherches des conseils, tu devras te trouver un autre graveur de bureau. Parce que moi, je nage dans le même bain que toi.

Je n'arrive pas à croire que tu aies gardé ton sens de l'humour, après tout ça. Ça n'a même pas fait de toi quelqu'un d'amer, qui en voudrait à la terre entière. Ou peut-être que si ? Est-ce que tu te balades en frappant les casiers du poing ou en envoyant valser les petits animaux ? Est-ce que tu écris des chansons violentes (pour de vrai) ? C'est la base de notre sujet, non ? On va utiliser les injustices que tu as subies pour composer des chansons incroyables ! La première, par exemple, pourrait s'appeler Délaissé. J'essaierai de trouver comment on pourra y inclure le mot « homme couguar ».

J'espérais que le fait de tourner en dérision les événements tristes de sa vie ne le contrarierait pas trop. Parce que, avant d'ajouter la dernière phrase à ma lettre, j'avais pris le temps de réfléchir au titre de cette chanson, « Délaissé ». Ce titre, c'était son père qui le quittait sans un regard en arrière, et un nœud s'était lentement formé dans mon estomac.

Je pliai la feuille de papier et la glissai sous le bureau.

Chapitre 14

Je n'étais pas vraiment sérieuse en pensant écrire une chanson inspirée de la vie de mon âme sœur. C'était juste une plaisanterie, comme ce délire qu'on avait avec Isabel au sujet d'écrire un bouquin sur ses histoires avec les garçons. Mais tout se déroula autrement. En fait, le titre « Délaissé », et les paroles qui en découlaient me mettaient tellement d'images en tête que je me retrouvai, le soir même, mon carnet sur les genoux, en train de composer.

Après avoir noté en marge quelques détails qu'il m'avait précisés sur sa vie, je laissai ces quelques mots m'inspirer des paroles.

J'ai fait de l'attente une forme d'habileté
J'ai érigé un rempart autour de mon cœur déchiré
Car je savais qu'un jour tu reviendrais.

La porte s'ouvrit soudain, et Ashley entra avant de se laisser tomber sur le lit avec un lourd soupir.

– Qu'est-ce qu'il y a ? lui demandai-je.

– Je viens juste de me taper la honte devant le gars qui me branche au bureau.

– Comment ?

– Tu vois ça ? dit-elle en me montrant ses dents.

– Non.

– Eh bien voilà, tout à l'heure, j'avais un énorme morceau de nourriture juste ici.

Elle m'indiqua sa dent de devant avant de poursuivre :

– Et personne ne me l'a dit. Personne. Oh si, Mark m'a fait la réflexion alors que ça faisait déjà cinq minutes que je lui parlais.

J'étouffai de justesse un éclat de rire.

– Tu me l'aurais dit, hein ? Tricia, elle ne l'a même pas fait. C'est pourtant un code entre filles. Je crois qu'elle aussi, elle kiffe Mark ; c'est le problème.

– Peut-être qu'elle n'a rien vu.

– Lil, ce truc que j'avais entre les dents, ça se voyait depuis une station spatiale ! C'était énorme. Et pile sur ma dent de devant.

– Ils auraient pu te prévenir, les astronautes ; ce n'est pas sympa.

– Très drôle.

– Lui, il aurait peut-être trouvé ça drôle, justement.

– Tu rigoles, c'est un cauchemar. Si tu cherches à vivre quelque chose de romantique avec un garçon, il doit d'abord te trouver mystérieuse, ensuite fascinante, et ensuite drôle. Dans cet ordre. Si c'est dans un ordre différent, tu rentres dans la case « amie » pour l'éternité.

– Intéressante, cette théorie.

– Une théorie qui a fait ses preuves. Et le côté « drôle » doit être intentionnel ; surtout éviter de se faire traiter de boulet.

Hum… c'était sans doute pourquoi je n'avais jamais rien vécu de romantique avec un garçon. Je finissais toujours par me ridiculiser.

Ashley roula de son lit pour s'asseoir par terre en me tournant le dos.

– Tu me fais une tresse, s'il te plaît ? Je voudrais avoir les cheveux ondulés, demain. Ça m'aidera à me sentir mieux.

– Il t'en faut de l'attention…

Parfois, j'avais l'impression que Ashley était ma petite sœur.

– S'il te plaît, insista-t-elle.

– Trouve-moi une brosse.

Elle sauta sur ses pieds et sortit de la chambre.

Les yeux sur mon carnet, je soupirai :

– On n'aura jamais assez de temps ensemble. C'est comme si le monde entier voulait nous séparer.

– Tu te parles toute seule ? me demanda ma sœur de retour avec une brosse entre les mains.

– Oui.

– Ça t'arrive beaucoup, en ce moment.

– Je sais. Je suis la seule à me comprendre.

Elle me jeta la brosse, manquant de justesse mon genou, puis se replaça sur le sol, devant moi. Je fermai mon carnet à contrecœur.

Ma sœur avait de longs cheveux bruns et brillants, plus sombres que les miens. Et, à la différence de mes mèches un peu folles, les siens étaient parfaitement lisses.

– Il y en a qui se font poser des extensions hors de prix pour avoir des cheveux qui ressemblent aux tiens, remarquai-je en les peignant.

– Et d'autres qui se font des permanentes jusqu'à ce qu'ils ressemblent aux tiens, enchaîna-t-elle.

– Tout le monde désire ce qu'il n'a pas.

Comme pour répondre au triste constat que je venais de faire sur sa vie amoureuse, Ashley laissa tomber :

– Les garçons, ça craint.

– Amen.

– Quoi ? fit-elle en penchant la tête en arrière. Tu es d'accord avec moi ? Raconte.

– Tu cherches à te sortir d'une situation supposée embarrassante qui, en fait, arrive à tout le monde ?

– Pas à tout le monde.

– Si, tout le monde se retrouve, à un moment ou un autre, avec de la nourriture entre les dents. Mais j'imagine que toi, ton lapin n'a jamais pissé sur le jean de ton rencard.

Au tour de Ashley d'éclater de rire.

– Oui, parfaitement, commentai-je sur un ton aigre.

Incapable de s'arrêter, elle posa la tête sur les genoux, m'obligeant ainsi à lâcher ses cheveux.

– Oui, c'est ça, continue...

– OK, pardon, pardon...

Elle se cala de nouveau contre le lit, je recommençai à former trois mèches épaisses pour les tresser ensemble quand son rire reprit de plus belle.

– Bon, ça va, j'arrête de te coiffer.

– Non, non, non, supplia-t-elle. Désolée, c'est plus fort que moi...

Je repris mon essai coiffure, deux minutes s'écoulèrent puis Ashley demanda :

– Comment tu l'appelles, maintenant ? Jean Pisse ?

Encore une fois, elle éclata de rire.

Lâchant ses cheveux, je la repoussai sèchement.

– Ashley, arrête !

Elle se leva et lâcha un profond soupir.

– Tes histoires sont trop marrantes, Lil. Ta vie est trop rigolote. Merci, tu m'as fait du bien.

Là-dessus, elle me planta là et sortit.

– Oui, c'est moi, la fille dont la vie trop marrante aide les gens à se sentir mieux, dis-je à personne.

Je repris mon carnet, le feuilletai jusqu'à la dernière page et y inscrivis en haut : « suspects ». Oui, d'accord, ma vie n'était pas triste. Je vivais une relation amusante et parfaitement normale avec ma mystérieuse âme sœur. Bien que... avoir un correspondant anonyme, ce n'était pas vraiment normal ; mais je préférais ignorer ce détail.

Il était peut-être temps de chercher à savoir qui était l'auteur de ces messages.

Chapitre 15

– Madame Clark, vous aviez des règles quand vous sortiez avec un garçon ?

Je commençais à me demander si j'étais la seule au monde à ne pas suivre de règles, et si c'était dû à mon problème. Assise dans le bureau principal, j'effectuais mon travail d'intérêt général, qui consistait aujourd'hui à entrer dans l'ordinateur les formulaires manuscrits signés de la veille.

Mme Clark leva les yeux de son écran. Environ du même âge que ma mère, elle était assez jolie, portait des lunettes et avait de longs cheveux blonds. Je pouvais presque la considérer comme une élève. Presque.

– Des règles ? répéta-t-elle, les sourcils froncés.

– Oui, vous savez, du genre « sois mystérieuse mais pas trop », « n'éclate pas de rire devant un garçon », des choses comme ça.

Elle sourit.

– Pourquoi, tu as l'habitude d'éclater de rire au nez de tes copains ?

– Seulement quand ils font quelque chose de drôle.

Un instant pensive, elle finit par répondre :

– Quand on sortait avec un garçon, on se disait toutes qu'il ne fallait jamais pleurer avant le troisième rencard.

– Pleurer... ?

– Oui, nous voir pleurer, ça les rend nerveux.

– Je ne pense pas que j'aie à m'inquiéter de ça.

– Vous ne pleurez jamais ?

– C'est surtout que je n'arrive jamais au troisième.

Elle eut un nouveau sourire, comme si elle voyait que je ne plaisantais pas. En fait, si. Un peu.

– Les règles, c'est stupide, dit-elle. Essaie juste d'être toi-même.

– Plus facile à dire qu'à faire.

J'entrai le dernier formulaire dans l'ordinateur puis classai la copie papier.

– Voilà, c'est fait.

– Oh, parfait.

M'indiquant le meuble contre le mur, elle ajouta :

– Vous pouvez prendre les clés dans le tiroir du haut et aller déposer ce paquet dans le bureau de Mademoiselle Lungren, s'il vous plaît ?

– Pas de problème, fis-je me levant. Pourquoi est-ce qu'il me faut des clés pour ça ?

– Parce qu'elle ferme tout pendant la quatrième heure. Celle des préparatoires.

– Où sont-elles ces clés ?

– Je ne vous ai jamais demandé de laisser des affaires dans une pièce fermée ?

– Non.

Elle laissa échapper un petit grognement de surprise.

– Bon, vous me semblez assez responsable pour que je puisse vous faire confiance.

En souriant, elle se dirigea vers le meuble au fond du bureau, en sortit des clés et vint les déposer dans ma main.

– Super-responsable, promis-je avec un sourire.

Tellement responsable qu'après avoir déposé le paquet dans la classe de Mlle Lungren, je me retrouvai dans le bâtiment C, celui des sciences, marchant tout droit vers la salle 201. Là où on avait chimie. Je m'étais dit que je regarderais juste par la fenêtre. Pour voir qui était assis à mon bureau. En fait, Isabel suivait ce cours en quatrième heure, et il me suffisait de le lui demander. En même temps, ma meilleure amie m'aurait dit si elle avait vu quelqu'un occupé à écrire pendant son cours. Elle remarquait toujours ce genre de choses. Surtout parce qu'elle savait que j'échangeais des messages avec un autre.

Quand même... je voulais regarder.

Mon cœur battait fort quand j'atteignis la classe. Mais elle était plongée dans le noir et fermée. Pourquoi ? Il y avait un petit papier, scotché sur la porte, mais j'étais bien trop stressée pour songer à le lire.

Je fis demi-tour et me précipitai dehors avant que Mme Clark se rende compte que j'étais partie bien trop longtemps et me supprime le privilège que représentaient ces clés.

* * *

À l'heure de mon cours de chimie, je me pointai à la porte... pour la trouver fermée, avec la salle toujours vide. Cette fois, je pris la peine de lire le papier collé sur le battant. Aujourd'hui, labo. Rendez-vous en salle 301.

Labo... j'avais complètement zappé. Ça voulait dire qu'il n'y aurait pas de message, aujourd'hui. Et qu'il n'avait pas lu celui d'hier. Je ne me rappelais pas exactement ce que j'avais écrit, à part quelques tentatives de blagues. Est-ce qu'il allait penser que je me moquais de lui ? Est-ce que j'en faisais trop pour paraître drôle ?

En fait, ça n'avait pas vraiment d'importance ; je n'essayais pas de le draguer. Je ne savais même pas de qui il s'agissait. Je n'allais pas suranalyser la chose. Et puis, les règles étaient stupides.

– Ça dit : Aujourd'hui, labo. Rendez-vous en salle 301, articula lentement Cade, derrière moi.

Je me retournai, non sans réprimer une furieuse envie de lui flanquer un coup de coude dans les côtes.

– Oui, j'avais compris.

– Je ne sais pas... depuis le temps que tu restes plantée devant sans bouger.

– Tu m'espionnes, maintenant ?

Les mains levées, il fit un pas de côté.

– Non, j'essayais juste de t'aider, voilà.

– Eh bien, tu devrais revoir ta définition du mot « aider ».

Avec un petit sourire, il fit mine d'écrire des mots sur sa main droite :

– Assister, sauver, être beau. Je crois que j'ai tout ça.

– Hein ? Assister, sauver... ce n'est carrément pas ton truc.

– Ah, je suis content ; j'ai toujours su que tu me trouvais beau, Lily.

Cramoisie de honte, je me dis que j'étais tombée en plein dans le panneau.

Il s'approcha et, la main sur sa poitrine, me souffla :

– Ça fait deux cent un pour moi...

Puis, m'indiquant du doigt, il enchaîna :

– ...et trois pour toi. Puisque tu tiens les comptes.

Je me dégageai vivement.

– J'ai au moins cinq points, marmonnai-je.

Rejoignant le labo d'un pas furieux, j'allai m'asseoir près de mon partenaire, Isaiah. Je savais qu'il n'y aurait pas de message sous la table. Ce qui ne m'empêcha pas d'y jeter un coup d'œil. Il n'y avait que des tuyaux de gaz branchés aux becs Bunsen. Mon correspondant et moi, on avait peut-être des places complètement différentes, dans le labo. Mais ça ne voulait pas dire que je n'étais pas déçue.

Isaiah me tendit une paire de lunettes et déclara :

– Je devrais peut-être contrôler la flamme, cette fois. Ton dragon a failli déclencher l'alarme, l'autre jour.

– Merci, soupirai-je en me mettant au travail.

Chapitre 16

Je fus la première à me pointer à la bibliothèque, après les cours. Avisant une table au fond de la salle, j'allai y déposer mon sac. Ça s'annonçait déjà mieux que la dernière fois où je m'étais retrouvée avec David car ça se passait en dehors de chez moi. Pas de Lego renversés, pas de tas de linge oublié sur le canapé, pas de petits frères casseurs d'ambiance et, surtout, pas de lapin à la vessie incontrôlable !

Bon, me dis-je en m'asseyant, reconnais que Isabel fait tout pour te rendre acceptable et même attirante aux yeux d'un garçon. Donc, fais de ton mieux, toi aussi. Je ne savais pas trop ce que «faire de son mieux» voulait dire, en fait. Ne pas parler ?

Alors que je me demandais comment me comporter de la façon la plus normale possible, je me surpris à observer depuis plusieurs minutes un garçon assis deux tables plus loin. Pas n'importe quel garçon, mais Lucas. Je me figeai.

Plongé dans la lecture d'un bouquin, il lisait en suivant ses lignes du doigt. C'était là ma chance de lui dire bonjour ou de lui demander s'il savait où se trouvait la section romanesque ou quelque chose du genre. Ça, je pouvais le faire.

Alors que je cherchais encore à m'en convaincre, David se pointa.

– Salut, dit-il avant de poser son sac près du mien.

– Salut.

Il s'assit et en sortit quelques livres. J'ouvris mon sac à dos et fis de même avec mes livres et mon carnet. Ces petits gestes silencieux marchaient bien jusque-là, et détendaient l'atmosphère.

– Le silence est un peu gênant, tu ne trouves pas ? demanda-t-il alors.

– Non... moi, j'aime bien le silence. Et puis, on est dans une bibliothèque. Le berceau du silence.

– Le berceau du silence ?

– Oui, tous les mots sont absorbés par les livres.

C'était ce que je me disais, étant petite. On demandait aux gens de se taire afin que leurs mots ne soient pas volés par les bouquins. Je pensais que les livres avaient besoin des mots pour exister. Et, en fait, oui, c'était le cas. Mais je croyais que, pour ça, il fallait que les mots soient prononcés à haute voix. Oui... j'avais toujours été bizarre. Et je continuais de l'être.

– Eh bien, je pensais que les bibliothèques étaient silencieuses parce que les gens essayaient de travailler, chuchota David.

– Ça pourrait être une autre explication.

Il eut un petit rire et nos regards se croisèrent.

Il semblait sincèrement amusé. Une bonne chose. Ou est-ce que c'était trop tôt pour ça ?

Il ouvrit son manuel et demanda :

– Isabel est en retard. C'est... habituel ?

Il regarda sa montre.

Sans me laisser le temps de répondre, Isabel arriva en trombe.

– Salut... Désolée, j'ai été retenue après le cours de maths par Sasha qui me demandait mes notes d'hier.

– Sasha ? répétai-je, plus qu'étonnée. La copine de Cade ?

– La copine de Cade ? À ma connaissance, ils ne sont pas ensemble.

– Ah bon, je croyais...

Je cherchai David des yeux, pensant qu'il me soutiendrait, mais il feuilletait son bouquin de chimie comme s'il ne suivait pas notre conversation.

– C'est vrai, reconnut Isabel, ils pourraient être ensemble. Mais elle n'en a jamais parlé.

Était-ce de la jalousie que je devinais dans son regard ? Pourquoi serait-elle jalouse de Sasha ?

– Je ne savais pas que tu étais amie avec Sasha, déclarai-je, moi aussi un peu jalouse quelque part.

– Non, pas vraiment, répondit-elle en ouvrant son livre. Mais tout le monde demande toujours à consulter mes notes. Je les prends bien, d'après eux.

Se tournant vers David, elle ajouta :

– Vous avez commencé ?

– Oui, ironisai-je, ceux qui ont besoin d'aide en chimie se sont enseignés des tas de trucs. On est super au point, maintenant.

– Oui, c'est ça, railla-t-elle.

Derrière elle, j'apercevais toujours Lucas. Il leva les yeux, un léger sourire sur le visage. Est-ce qu'il avait suivi notre conversation, ou était-il amusé par quelque chose dans son livre ?

Isabel me tapota le bras avant de s'adresser à David :

– J'espère que tu as compris que Lily aimait les blagues.

– Oui.

– Tu as remarqué ? m'étonnai-je.

– Oui.

Comme Isabel posait sur moi un regard appuyé, je choisis de l'ignorer.

– Au fait, je me demande bien pourquoi on continue à s'enquiquiner avec la chimie après les heures de cours.

– Pour éviter de rempiler l'année prochaine, suggéra David.

– C'est une idée, lâchai-je en ouvrant mon livre.

– Qu'est-ce que vous faites, ce week-end ? interrogea Isabel, que la chimie ne semblait pas non plus passionner. On devrait s'organiser quelque chose, non ?

Je lançai un regard à David. Se doutait-il qu'elle essayait de nous arranger un coup ?

– Quel jour ? demanda-t-il.

– Je ne sais pas. Le jour où on sera tous dispos.

Je ne répondis rien.

– L'orchestre joue pour la rencontre de foot, vendredi, annonça David en feuilletant son manuel.

– Tu joues pour le match ? s'étonna Isabel. Génial ! On va carrément venir te voir. Hein, Lily ?

– Euh... il faut que je voie si je n'ai pas à baby-sitter ce jour-là, mais oui... Ce serait sympa.

– Et peut-être qu'on pourrait se retrouver après le match, ajouta-t-elle.

Quand elle avait une idée dans le crâne...

David hocha la tête et me jeta un regard hésitant. Je n'étais pas certaine de comprendre s'il cherchait à m'encourager ou s'il essayait d'échapper à ce plan.

Je souris, juste au cas où ça aiderait, alors qu'en réalité j'avais envie de dire : oui, moi aussi j'essaie de me défiler, mais tu ne connais pas ma meilleure amie... si tu crois qu'elle va nous laisser le choix.

– On va jouer avec les majorettes à la mi-temps, expliqua enfin David.

– J'adore regarder les majorettes ! s'exclama Isabel. C'est trop cool de les voir danser avec l'orchestre. En plus, Lily aime tout ce qui touche à la musique.

Apparemment, je continuais d'observer un mutisme stratégique, mais je finis quand même par lâcher d'une petite voix :

– Oui, c'est vrai...

– La musique et la chimie... Ça réunit les gens.

Malgré moi, je me mis à rougir. La musique et la chimie. Pourquoi avait-il dit ça ?

Je pensai à ma liste de suspects, à la fin de mon carnet. J'avais inscrit jusque-là deux éventualités : un certain George, en classe de composition, qui, hier, n'avait pas arrêté de parler du divorce de ses parents et de la chanson qu'il allait écrire à ce sujet. En entendant ça, j'avais bondi. Il n'était pas spécialement mignon, mais il avait l'air intelligent. J'étais prête à lui trouver plein de qualités. Quant à l'autre suspect, il s'appelait Travis et on avait sport ensemble. Je l'avais entendu dire à ses copains que la psychologie inversée marchait super bien sur les profs. Mon correspondant mystère n'avait-il pas, lui aussi, parlé de psychologie inversée ?

Est-ce que je devais maintenant ajouter un troisième nom à ma liste de suspects : David ?

Chapitre 17

Enfin ! me dis-je en prenant ma place au cours de chimie, ce jeudi. Incapable d'écouter M. Ortega comme je le faisais habituellement pendant au moins cinq minutes, je n'attendis pas trente secondes pour trouver le papier et le déplier.

Je n'avais pas capté qu'on avait labo, hier. Ça m'a surpris. Je devrais peut-être mieux écouter, en cours. C'est toi qui me distrais, en fait. Le truc, c'est qu'à cause de toi j'attends avec impatience d'être en cours de chimie. Tu imagines ? Attendre avec impatience un cours de chimie ! Tu peux arrêter d'être aussi amusante, s'il te plaît ? Ça m'aiderait. Tu as commencé notre première chanson, « Délaissé » ? C'est dur de savoir si quelqu'un blague ou pas dans une lettre. Tu es vraiment auteur-compositeur ?

La dernière phrase m'interpella. Bien sûr que je voulais devenir auteur-compositeur. Mais je ne l'étais pas encore. Je n'avais même jamais écrit une chanson entière. Des paroles, des mélodies incomplètes, oui, mais rien d'achevé. Je refoulai cette idée au fond de mon esprit et poursuivis ma lecture.

Si tu l'es, je suis impressionné. Si tu ne l'es pas, tu devrais y songer. Tu sembles passionnée par la musique, et tu sais manier les mots. Parfois, je me dis que j'aimerais avoir une passion. Quelque chose où je serais bon. Mais en ce moment, tous mes rêves me paraissent impossibles. Oh, non... M. Ortega voudrait qu'on complète une fiche d'exercice avec notre voisin. Il faut que j'y aille.

Je souris et levai les yeux pour voir M. Ortega écrire au tableau une formule sans fin. J'en profitai pour sortir une nouvelle feuille de papier et écrire :

Ce serait mon rêve de devenir auteur-compositeur. Après, il faudrait déjà que j'arrive à écrire une chanson en entier. Pour l'instant, je suis comme toi, quelqu'un qui a des rêves impossibles. Et ça pourrait rester comme ça tant que je n'aurais pas quitté la maison.

Mais, au fait, c'est quoi, ce rêve impossible dont tu parles ? Quelque chose que ta vie chez tes parents t'empêche de faire, comme moi ? Comment ça se passe chez toi ? Ça va mieux avec ton père ou ta mère ? Tu disais qu'il vous avait quittés et que tu ne l'avais pas vu depuis un bon bout de temps mais que tu lui avais parlé, c'est ça ?

Oups, voilà que M. Ortega nous demande de compléter notre fiche d'exercice. Je dois y aller !

***

Vingt-quatre heures, c'était long pour imaginer les réponses que mon correspondant donnerait à toutes mes questions. Je me surpris à penser à lui tout le reste de la journée, en me demandant quels pouvaient bien être ces rêves qui lui semblaient tellement hors d'atteinte.

Le lendemain, je pus lire ces mots :

Mon père m'appelle une fois par an, pour mon anniversaire. Mais je crois qu'il a oublié la date exacte. J'ai eu du mal, les premières années, mais maintenant c'est plutôt marrant. Je m'amuse à parier au jour qu'il choisira pour prétendre qu'il y a pensé. Son record, c'était deux jours. Pas mal, j'avoue. Cette année, j'ai été un peu odieux avec lui. Ensuite, j'ai culpabilisé et après je m'en suis voulu d'avoir culpabilisé. C'est nul, hein ? J'ai fini par arrêter de lui écrire. Maintenant, c'est juste quelqu'un qui est sorti de ma vie. Il continue de payer une pension alimentaire, ce qui est déjà bien, non ? Peut-être que ça lui soulage la conscience. C'était chouette que ma mère me laisse acheter une voiture avec un peu de cet argent. L'aspect moins cool, c'est que maintenant, chaque fois que je pose les mains sur le volant, je pense à lui.

Bon, je me suis assez plaint. Tu vas finir par arrêter de m'écrire si je continue comme ça. Et là, je me retrouverais... quoi ? Condamné à écouter M. Ortega ? Alors, raconte. Un peu à toi de te plaindre, non ?

J'en avais presque les larmes aux yeux. Son père avait oublié le jour exact de son anniversaire ? Quel genre de père était-ce pour fuir la maison et ne jamais rendre visite à son fils ?

J'avais l'impression que le seul fait de m'écrire poussait mon correspondant à se confier de plus en plus. Et je sentais que c'était la même chose pour moi.

Tu veux que je me plaigne ? Ce ne serait rien à côté de ce que tu as à endurer. Et puis, je te l'ai dit, je ne sais pas si je trouverais les mots pour t'aider. Accroche-toi ? Relève la tête ? Des vieux conseils ringards, tout ça.

Non, si j'avais à me plaindre de quelque chose, ce serait de ne pas avoir un seul moment pour moi. C'est comme si ma famille contrôlait chaque seconde de ma vie, décidait de l'heure à laquelle je sors, à quoi je pense. Je vis une existence collective. Tout le monde autour de moi décide de mon destin, et parfois j'ai l'impression de ne faire que suivre le mouvement.

Je vois très bien ce que tu veux dire en parlant de quota de plaintes par lettre. Moi, je crois que j'ai atteint le mien. Il faut absolument que je termine sur une note légère. Aujourd'hui, c'est vendredi. C'est bien, non ? Sauf que, quand tu liras ça, on sera lundi, et le lundi, c'est moche. Alors, voilà, la fin de ma lettre n'est pas très joyeuse. Et, si on parlait plutôt des quinze jours qu'il nous reste à tirer avant la semaine de vacances de Thanksgiving ? Ça te fait plaisir... ou peut-être pas. En m'imaginant à ta place, je n'arrive pas à savoir si je préférerais être à l'école ou à la maison. Désolée, je suis un *peu nulle de te sortir ça... je ne suis pas douée en pyschologie. La musique, c'est le seul langage où je sais m'exprimer, finalement. Écoute la piste 9 d'un groupe qui s'appelle Dead's the New Alive. Ça t'aidera. Du moins pendant 3 minutes et 44 secondes.*

Vaguement déprimée, je pliai le papier et le coinçai à sa place comme d'habitude. Le vendredi, c'était le pire, pour finir. Je devais attendre tout le week-end avant de recevoir une réponse. Et voilà maintenant j'étais impatiente d'être à lundi ! C'était le monde à l'envers. J'aurais dû être ravie à l'idée du match de ce soir. Et David... oui, je devais être contente de le voir. Ça ferait plaisir à Isabel, aussi. Et peut-être que je récolterais quelques indices pour savoir si, oui ou non, je devais l'ajouter à ma liste de suspects.

Chapitre 18

J'adorais ce genre de nuit – assez fraîche pour porter un blouson, mais assez tiède pour qu'il soit léger. Si seulement on ne se rendait pas dans un stade bourré de fans hystériques. Pour être franche, le foot, ce n'était pas exactement ma tasse de thé.

Gabriel et Isabel marchaient devant moi, bras dessus bras dessous, en parlant trop bas pour que leurs mots me parviennent. Étaient-ils en train d'échafauder un plan pour l'après-match, avec la ferme intention de nous voir, David et moi, tomber follement amoureux ?

Remarquant que je traînais derrière eux, Isabel ralentit le pas et, de son bras libre, me prit pas la taille.

– Ça va être super, dit-elle alors qu'on s'apprêtait à prendre nos billets au guichet.

– Oui...

Une fois à l'intérieur, on grimpa vers les gradins. Pas mal de supporters étaient déjà là, un panneau à la main et habillés aux couleurs de leur équipe. J'étais contente qu'Isabel ne nous ait pas demandé de faire la même chose. Quand nous sommes arrivés en haut, le bruit, qui avait semblé s'être atténué durant notre montée, me heurta aussi brutalement qu'un coup de tonnerre.

– Voilà l'orchestre ! déclara Isabel.

Gabriel se tourna vers moi, comme si je devais répondre à cette annonce.

« Super, les chapeaux… » fut l'unique réponse qui me vint à l'esprit.

* * *

On était à cinq minutes de la mi-temps quand Gabriel émit une suggestion :

– On devrait se trouver de quoi grignoter avant le passage de David.

– Allez-y, lui répondis-je. Moi, ça va.

Je les adorais, tous les deux, mais j'avais besoin d'un break devant l'overdose d'affection qu'ils se témoignaient.

– Tu es sûre ? demanda Isabel.

– Certaine.

Je les laissai partir et me mis à chercher des paroles pour dépeindre ce que je voyais autour de moi.

Des lumières dans l'obscurité.

Dans l'attente d'un but.

Moue de déception.

Flirter un peu.

Cette dernière observation était malheureusement inspirée par Cade. Je l'avais vu bavarder avec une fille. En se rendant compte que je les regardais, il m'avait fait un clin d'œil avant de la serrer contre lui. Beurk... Je me levai, jugeant qu'après tout j'avais soif, et partis retrouver Isabel au plus vite. En me retournant, je manquai d'entrer en collision avec un torse. Lucas... Malgré le bruit de la foule, j'étais si près de lui que je perçus les battements des basses dans ses écouteurs.

Tirant doucement dessus, il les laissa pendre au bout de la cordelette et lâcha :

– Oh, désolé... Lily, c'est bien ça ?

Sa présence ici me laissa sans voix. Bien que, pour être franche, sa présence dans n'importe quel endroit m'aurait fait le même effet. Mais, qu'est-ce qu'il fichait à un match de foot ? Je ne savais pas grand-chose sur lui, mais je pouvais au moins assurer qu'un stade n'était pas le genre d'endroit qu'il préférait.

Je cherchai à lui répondre quelque chose de pas trop niais, mais c'était le black out complet dans mon esprit. Je parvins seulement à fermer ma bouche, restée béante au moins dix secondes de trop.

– Euh... ça va ? me demanda-t-il. Je ne t'ai pas fait mal ?

Je secouai la tête sans articuler le moindre mot. Ses écouteurs pendaient devant ses épaules, et il me fallut tous les efforts du monde pour ne pas m'en coller un à l'oreille et découvrir quel genre de musique il pouvait bien écouter. J'avais déjà l'air assez idiote comme ça. Allez, trouve quelque chose à dire. Mes pensées dansaient dans mon cerveau, totalement hors d'atteinte.

Lucas afficha alors un sourire adorable, aussi craquant que désarmant. Je me détendis d'un coup ; j'allais parler ; j'allais sortir quelque chose d'intelligent. Enfin. Je pris une longue inspiration et ouvris la bouche.

– Lucas, lança soudain Cade derrière lui. Je te propose un petit pari d'amis.

– Oui, quoi ?

À voir l'agacement sur le visage de Lucas, je faillis lui sauter au cou.

– Fais-moi confiance. Ici, c'est du bas de gamme, à côté.

Du menton, il indiqua le terrain de foot et, à ma grande surprise, ça fonctionna. Lucas le suivit, en me plantant là avec un petit signe de la main.

Cade venait d'anéantir ma première chance de parler à Lucas. Une raison de plus de le haïr.

– Des nachos, ça te dit ? intervint soudain Gabriel en me présentant un petit plateau de chips nappés d'un cheddar orange, bien tiède et coulant.

Isabel s'accrocha à mon bras, une boisson dans l'autre main.

– Tu rates tout le spectacle.

Ah oui, c'est vrai... Je repris ma place et tentai d'apercevoir David sur le terrain. Ce qui ne m'empêchai pas d'en vouloir à mort à Cade et Lucas.

* * *

Le match terminé, on se rendit tous les quatre dans un parc non loin de chez Isabel. Laissant Gabriel pousser mon amie sur une balançoire, je m'assis avec David à une table de pique-nique.

Je saisis le chapeau de fanfare orné d'une plume qu'il avait posé à côté de lui.

– À quoi ça sert, cette plume ?

– Ça nous donne l'air plus grand.

Il portait encore son costume, qui avait l'air particulièrement inconfortable. Mais ça lui donnait un petit côté mignon, je devais le reconnaître.

– Ah oui ? Je devrais m'en procurer un, alors, fis-je en me le posant sur la tête.

– En fait, ce costume est lié à l'histoire des fanfares, m'expliqua David. En temps de guerre, elles étaient présentes lors de toutes les batailles. Les musiciens portaient un uniforme particulier pour que l'armée ennemie puisse repérer ceux qu'il ne fallait pas tuer, ou quelque chose dans le genre.

– Ah sympa. Je suis bien contente de savoir que tu ne seras pas tué au front.

– Maintenant, c'est juste une tradition qui perdure, sourit-il.

J'inclinai la tête en arrière pour mieux voir sous le rebord de mon chapeau.

– Ça te plaît, de jouer dans cette fanfare ?

– Oui. Mais c'est beaucoup de boulot.

– C'était chouette de t'entendre ce soir, même si je ne te distinguais pas vraiment au milieu des autres de là où j'étais.

Je me demandais si je m'étais bien exprimée.

– Je veux dire... tu as super-bien joué. Enfin je crois. Même si, personne ne sortait vraiment du lot... C'est ce que vous cherchez, quand vous jouez, non ? Vous êtes censés être... tous pareils.

Comment se faisait-il qu'avec Lucas, aucun mot ne sortait de ma bouche, alors qu'avec David je n'avais aucun filtre ?

– Oui... merci.

Il n'était pas très bavard, et je n'arrivais pas à savoir si c'était par timidité, ou s'il n'avait pas vraiment envie d'être là en ce moment. J'ôtai le chapeau, le tordis dans ma main et le reposai entre David et moi.

– En fait, je ne sais rien de toi, lâchai-je subitement.

Sauf que tu joues de la clarinette et que tu détestes la chimie. Qu'est-ce qu'il y a d'autre à savoir sur David... ? Je ne connais même pas ton nom de famille.

– Feldman.

– D'accord, David Feldman, donne-moi les points essentiels.

– Les points essentiels ?

– Oui, ta vie en dix mots.

– D'accord, euh... Mes parents sont divorcés. J'ai un frère bien plus âgé que moi, ainsi qu'une sœur. Ils sont tous les deux mariés et vivent loin d'ici. Mon livre préféré est *Harry Potter*.

– Ça fait six.

– Ah oui ?

– Pas vraiment mais c'est génial. Moi aussi, j'adore *Harry Potter*.

Comme il se contentait de sourire, je décidai qu'il était juste timide.

– Continue.

– Je n'ai pas été malade depuis la cinquième, et...

– Attends, ça mérite une explication. Tu as un système immunitaire de mutant ou tu veux dire que tu n'as pas vomi depuis tout ce temps ?

– Je n'ai pas eu une seule grippe ni le moindre rhume.

– Pourquoi ?

– Je me shoote à la vitamine C.

– Tu peux me faire un petit récapitulatif écrit sur ton régime et tes habitudes de vie, s'il te plaît ?

Je plaisantais mais il sortit aussitôt son téléphone et me le tendit. Il voulait certainement que j'y entre mon numéro. Ce que je fis.

– On en est à dix, alors ? demanda-t-il alors que je lui rendais.

– Je ne sais plus... Mais je crois que je t'ai interrompu au milieu d'une réponse.

– J'allais dire que je n'avais pas raté un jour d'école depuis la cinquième. C'est le côté négatif, quand on n'est jamais malade.

– C'est vrai. Et puis, tu ne peux jamais apprécier l'idée d'être en bonne santé... si tu l'es toujours ! Tu devrais peut-être essayer de tomber malade. En embrassant des gens infectés, par exemple...

Je venais de prononcer le mot embrasser. Pourquoi ? David rougit jusqu'aux oreilles. Peut-être qu'il n'avait jamais été embrassé ? Je ne me sentais pas spécialement expérimentée dans ce domaine, mais ça m'était déjà arrivé. Et je pouvais au moins articuler ce mot sans virer au cramoisi.

– Et toi ? demanda-t-il.

– Je ne suis pas malade en ce moment, donc je ne peux pas t'aider de ce côté.

– Euh... non, je veux dire, ta... tes points essentiels, balbutia-t-il.

Là, je dus rougir un peu, j'admets.

– Oh, d'accord... Tu es venu chez moi ; tu dois en connaître au moins huit. Ensuite, à part la guitare, mes frères et ma famille un peu perchée, j'aime coudre. J'achète des fringues dans des friperies, et je n'ai aucun problème à porter des chaussures qui ont connu d'autres pieds. Je parle toute seule – souvent – et, à l'école, on m'appelle...

– Magnet, acheva-t-il pour moi. Pourquoi ?

– Oh, c'est une longue histoire. Au départ, le blaireau de l'école, qui – va savoir pourquoi – fait rigoler tout le monde, m'a donné ce nom car je suis archi-nulle en basket. Tiens, voilà justement un autre point clé :

je suis nulle en sport ! Et ce surnom stupide m'est resté.

– C'est qui, le crétin ?

– Tu ne vois vraiment pas ? Tu fréquentes ce lycée, que je sache.

Cade m'avait littéralement arraché Lucas... Je n'arrivais toujours pas à le digérer.

– Tel que je le connais, il a dû déjà te recommander de ne pas m'approcher.

Ça ne m'aurait pas surprise.

David me répondit non d'un signe de tête.

– D'après toi, ça pourrait être qui ? insistai-je en lui brandissant son chapeau sous le nez. Tu me dis que tu te balades toujours avec ça sur la tête, et personne ne t'a jamais enquiquiné ?

– Quoi, tu te moques ? répliqua-t-il en riant.

– Absolument pas. Je n'hésiterais pas à le porter, au contraire, s'il allait avec mes tenues.

– Je te crois. Mais tu sembles assez sûre de toi comme ça.

Je crus m'étrangler, avant de répondre :

– Ça c'est marrant.

– Tu as l'air de te ficher pas mal de ce que les autres pensent de toi, continua David le plus sérieusement du monde.

– Tu sais, ce n'est pas parce que j'ai un look bizarre que je me fiche de ce que les gens pensent de moi. Bon, maintenant, réponds à ma question : le gros blaireau de l'école, qui est-ce, d'après toi ?

– Pete Wise.

– Le grand costaud qui joue au polo ?

– Oui.

– D'accord, grommelai-je. Le deuxième gros blaireau, dans ce cas ?

– Lyle Penner.

– Lyle... ? C'est ton numéro deux ? Et le troisième ?

– Mais... Ils seraient combien à me harceler, d'après toi ?

– Je n'en sais rien, fis-je en éclatant de rire. Je crois qu'on est au moins à égalité, là. Mais tu ne m'as toujours pas nommé le plus lourd de tous. Il s'en prend à tout le monde. Si tu te balades avec ce chapeau, c'est impossible qu'il ne t'ait pas déjà donné un surnom.

– Je ne le porte que pendant les matchs, Lily.

Bon, terminé, les blagues autour de ce chapeau.

– D'accord, laisse tomber. Je suis censée prétendre qu'il n'existe pas de toute façon.

– Tu vas me laisser comme ça, sans me dévoiler qui c'est ?

– Cade Jennings, finis-je par lâcher.

– Cade ? C'est lui qui t'appelle Magnet ?

– Oui. C'est un vrai boulet.

David considéra un moment ce surnom puis déclara :

– Je crois comprendre comment il en est venu à t'appeler comme ça. Il est un peu imbu de lui-même, non ?

– Un peu ? !

– Il est sacrément lourd et il la ramène beaucoup. Mais il n'a jamais été méchant avec moi, comme Pete ou Lyle, par exemple.

– Eh bien, avec moi, si ! dis-je sur un ton vexé. Et toujours devant les autres. C'est le pire de tous, du genre à prétendre qu'il fait quelque chose pour toi, alors qu'en fait il se moque totalement de toi.

David hocha lentement la tête et je crus voir défiler dans sa tête, comme dans un film, toutes les vacheries que Cade avait pu infliger aux autres.

De l'autre bout du parc, où je croyais Isabel et Gabe bien trop occupés pour se soucier de nous, j'entendis mon amie crier :

– Arrête de parler de Cade, Lily !

– Mêle-toi de tes affaires, Isabel ! lui hurlai-je en retour.

– Cette discussion, ce n'est pas une première, on dirait, commenta David.

Hélas, non. Et je n'aurais vraiment pas dû m'étaler sur le sujet.

– Ça te dit, une petite course sur les toboggans bosselés ? proposai-je pour changer de sujet.

Baissant les yeux sur son costume, il répondit :

– Hum... pas vraiment. Ce costume est ultra-glissant.

– Eh bien, moi, j'y vais.

En souriant, il me suivit vers les toboggans où, après quelques descentes, j'oubliai totalement Cade et la façon dont il m'avait humiliée devant Lucas. Et puis, après tout, pourquoi m'accrocher à un mec à qui je ne pouvais même pas parler ? Il n'était sans doute pas fait pour moi, voilà tout.

On quitta le parc tous les quatre et, lorsque Isabel me déposa devant la maison, j'osai un instant espérer que David m'accompagnerait jusqu'à ma porte. On avait passé une super soirée ensemble. Mais il ne bougea pas d'un pouce quand la voiture s'arrêta. Déçue, je leur fis un petit signe et remontai l'allée toute seule.

Chapitre 20

La semaine qui suivit fut chaque jour marquée par un message différent.

J'écoute la piste 9 de Dead's the New Alive une fois par semaine. Je ne crois pas que tu connaisses ce groupe. On parle le même langage musical. C'est rare ! Tu connais beaucoup de personnes qui parlent le même langage musical que toi ? J'en ai rencontré peut-être une autre. (Ça sonne comme une chanson, tu ne trouves pas ? Tu parles mon langage, baby... Reconnais que ça ferait des paroles géniales). D'accord, puisque tu m'as donné une stratégie musicale pour affronter mes problèmes parentaux, voici un remède pour parer à ta petite famille dominatrice. Essaie la piste 11 de Serendipity. Ça va te donner l'impression de te trouver au milieu d'une forêt, totalement seule.

Pour répondre à ton autre question : je suis carrément pour les vacances de Thanksgiving. Même si je t'ai raconté que ma vie à la maison était impossible, arrêter l'école quelques jours, ça fait du bien. Et puis, pendant ces congés, je ne reste pas chez moi, de toute façon. Je sors avec des copains, je me balade, je lis. Quant au jour de Thanksgiving, quand je suis forcé de rester à la maison pour fêter ça, c'est du gros n'importe quoi. Ma mère et mon beau-père commandent des tonnes de nourriture, mes grands-parents, leurs amis rappliquent, et ça finit toujours avec quelqu'un qui hurle – le beau-père, le plus souvent – ma mère qui boit trop de vin, et tout le monde essaie de prétendre que c'est un jour comme les autres. Et chez toi ? J'espère sincèrement que la tradition de Thanksgiving, ça se passe un peu mieux que chez nous.

Ma réponse :

Est-ce qu'être fou, c'est considéré comme une tradition ? Parce que notre tradition, c'est ça. D'accord, on en a une vraie, en fait : le test à l'aveugle. D'abord, mon père et ma mère font chacun une tarte au potiron. Avec chacun leur recette, évidemment. Puis ils découpent leur tarte dans une autre pièce et disposent les parts dans des assiettes ; une de chaque pour tout le monde. Après, ils nous forcent – oui, c'est le mot ! – à les déguster les yeux bandés. Et là, on doit leur dire laquelle on préfère. On ne peut pas dire qu'elles ont toutes les deux le même goût ou qu'elles sont aussi bonnes l'une que l'autre. Pas question. On DOIT choisir un camp. C'est vicieux, tu ne trouves pas ? Alors, avec mes frères et ma sœur, on se fait nos règles perso : on essaie de donner la même note aux deux pour les faire tourner en bourrique. Mais, de toute façon, celui qui a gagné finit par s'en vanter tout au long de l'année. Mes parents sont vraiment bizarres.

Sinon, Thanksgiving, chez nous, ça braille, c'est désorganisé et épuisant. Mais les plats sont faits maison et on rigole beaucoup. Donc, je pense que je gagne. Mais… attends.

Je suis sûre qu'on parle le même langage musical parce que la piste 11 de Serendipity est sur ma liste de favoris. (Quant à ta « chanson » disant qu'on parle, toi et moi, le même langage musical… c'est non). Mais, est-ce que, si on comparait nos playlists, elles se ressembleraient tant que ça, au final ? Je n'aimerais pas que ce soit à cent pour cent les mêmes ; ce ne serait pas amusant. Il faut du nouveau pour qu'on s'équilibre, sinon on n'apprend rien ! Tu m'as fait connaître les Crooked Brookes, donc je crois qu'on est quittes pour l'instant.

Mardi, de lui :

Tant mieux si on est quittes. Je n'aurais pas cru qu'une playlist puisse nous rendre redevable ! Mais je crois pourtant avoir une avance sur toi ; j'ai déjà rempli ma part. À toi de me présenter un nouveau groupe, non ? J'en ai vraiment besoin, je viens de passer quelques sales journées, j'avoue.

Ça t'est déjà arrivé de vivre dans l'espoir de quelque chose pour finalement ne rien voir arriver ?

Ça te semble un peu vague, ce que je te dis là, non ? Alors, voilà, c'est à propos de mon beau-père. Un super connard, hyper-exigeant. Je me dis que je pourrais faire ce qu'il attend de moi, et qu'alors il serait plus gentil avec ma mère, plus heureux ou au moins plus sympa. Ça fait six ans qu'il est entré dans ma vie et je n'arrive toujours pas à savoir ce qu'il attend de moi. Il me demande de faire quelque chose, je m'exécute en pensant agir exactement comme il veut, mais il n'est jamais content. Je sais, tu m'as dit que tu n'étais pas douée pour donner des conseils, mais tu ferais quoi, dans cette situation ?

Mardi, ma réponse :

Je ne sais pas. Je suis un peu du genre à faire plaisir à tout le monde, donc je serais probablement nulle, si j'étais à ta place. En tous cas, même si je m'y appliquais au maximum, je ne ferais jamais de miracle pour le satisfaire, je le sais. Mais, en fait, c'est son problème, pas le tien. Si tu n'arrives pas à savoir ce qu'il attend de toi, c'est qu'il ne le sait pas lui-même, et qu'il est impossible à vivre, voilà tout. Tu as essayé d'en parler avec lui ? De lui demander ?

Il te faut donc un nouveau groupe pour t'aider, c'est ça ? Qu'est-ce que tu dirais de How About Yesterday ? Tu les connais ?

Mercredi, de lui :

Oui, je connais ce groupe, et je l'adore, évidemment. C'est juste 'N Sync que je n'aimerais pas retrouver sur ta liste, sinon on n'aurait plus rien à se dire.

En parler à mon beau-père... ? C'est une option, assez évidente en plus, mais que je n'ai pas encore testée. Je me dis que, si je continue à courir aussi vite et aussi longtemps qu'il me le demande, je finirai par le rattraper. Je ne sais pas pourquoi je me préoccupe tellement de ce qu'il pense. Je te l'ai déjà dit, il est odieux avec moi et ma mère, et je devrais me ficher de ce qu'il dit ou fait... d'autant plus que ça ne m'aide pas. Pourtant, sans que j'arrive à savoir pourquoi, son approbation compte à mes yeux. Mais j'aime bien le conseil que tu me donnes. Je vais le suivre. Il te sert, à toi, quand tu parles à tes parents ? Est-ce que tu murmures à leur oreille ? (Tiens, voilà d'autres paroles : Elle murmure à l'oreille de ses parents, voilà pourquoi elle est maître du monde.) Tes tuyaux, ça m'aiderait.

Mercredi, de moi :

Hé, je ne fais que donner des conseils, je n'en prends pas. Des conseils pour parler aux parents, euh... Peut-être leur écrire une lettre pour qu'ils t'écoutent sans t'interrompre ? Je ne sais pas... Je parle beaucoup à mes parents. Par exemple : Tu peux me passer le beurre ? Est-ce que je peux manquer l'école, aujourd'hui ? Tu me prêterais la voiture ?

Non, sérieusement, parfois je parle à ma mère de choses qui comptent. Et la moitié du temps, ça me rend service. L'autre moitié, sa vie est trop dingue pour qu'elle m'entende. Je ne suis pas la seule à manquer d'espace dans ma maison.

Bon, maintenant, on arrête avec les petits problèmes de notre existence ! On se reconcentre sur les vraies questions : trouver un groupe d'enfer dont tu n'as jamais entendu parler. Tiens, End Game ou Flight and Fight, par exemple ? Et puis, s'il te plaît, arrête d'écrire des paroles de chanson avec tout ce que tu entends. Ça me tue !

Jeudi (lui) :

Flight and fight ? Jamais entendu parler de ce groupe. Tu vois, tu en as trouvé un. Ça veut dire que nos playlists ne sont pas totalement raccord ! On est tranquilles. Je suis sûr que tu aimes en secret mes paroles de chanson. Je me trompe ? Elles sont géniales ! Et puis, je ne te vois pas en train de me proposer des paroles. Tu en as cachées quelque part ? Tu dis que tu as écrit des bouts de chanson. Tu devrais inclure quelques paroles dans tes lettres pour que je puisse les lire.

Quant à écrire une lettre à mon beau-père, c'est une super idée. Encore faudrait-il que j'en sois capable. Je veux dire par là que je connais une fille qui ne fait que les parcourir, alors que lui, il pourrait tout lire.

Jeudi (moi) :

J'espère que ce n'est pas à moi que tu penses quand tu dis que tu connais une fille qui parcourt seulement les lettres. J'en lis au moins la moitié.

Ce n'est pas pareil que juste les parcourir. Je pense d'ailleurs que tu sous-estimes leur importance dans ma vie. Du moins, dans mon cours de chimie. C'est presque la même chose que la vie, non ? Et maintenant qu'on est la veille de vendredi, je redoute déjà ce week-end sans lettres. Non, mais, sérieusement (j'utilise beaucoup ce mot), je pense qu'une lettre à ton beau-père serait une excellente idée. Tu devrais essayer et, si ça marche, dis-le moi. Ça pourrait devenir à partir de maintenant le meilleur moyen de communication avec mes parents. Parler, c'est tellement surfait. J'apprends.

Et puis, pas question d'inclure des paroles de chanson dans mes lettres. Je ne partage avec personne mes œuvres non achevées. Quand j'aurai pondu le texte idéal, je te le montrerai.

Vendredi, lui :

Tu ne montres tes chansons à personne ? Ça veut dire que personne n'en a jamais lu aucune ? Comment on est censés écrire des chansons si tu veux que personne ne les entende ? Il est temps de corriger le tir, là.

J'adore Flight and Fight. Mais ils n'ont que trois morceaux. Ou alors, j'ai loupé quelque chose. Dis-moi qu'ils en ont d'autres ailleurs ! Et je veux bien mesurer en lettres cette semaine et les deux jours de sécheresse qu'on va connaître ce week-end. Si seulement il existait un moyen de les envoyer plus vite, via un appareil électronique qui code les messages et les envoie par les airs. Mais ça, c'est impensable.

Vendredi, de moi :

Envoyer des lettres par les airs ? Comme quand des avions attachent des messages à leur queue ? Je croyais que ça ne marchait que pour la pub. Mais, peut-être que ça marcherait aussi pour nos lettres. Je me demande combien ça coûterait...

Non, aucune chanson cachée pour Flight and Fight, malheureusement. Peut-être que tu devrais leur proposer certaines de tes paroles pour leur prochain morceau. Vu qu'elles sont « géniales », je suis sûre qu'ils accepteront. Bon, je devrais arrêter de te charrier avec ça puisque je refuse de te montrer mes chansons... à toi comme aux autres. Tu as raison, il faut que je me corrige, que je bosse sur ma confiance en moi. Je suis vraiment nulle, là-dessus. Je ne suis pas assez cool, surtout avec les choses qui comptent pour moi. J'ai l'impression que, si je ne partage rien, personne ne pourra me juger.

Chapitre 21

Assise sur mon lit, les doigts sur ma guitare et les yeux rivés sur les paroles que j'avais fini par pondre, je cherchais la mélodie idéale à coller sur ces mots :

J'ai fait de l'attente une forme d'habileté
J'ai érigé un rempart autour de mon cœur déchiré
Pour me forcer à attendre encore.
J'ai peint sur mon visage un faux sourire
J'ai ordonné à mes larmes de sécher
Car je savais qu'un jour tu reviendrais.
Pourtant mes... bras sont vides
Et mon... cœur est en miettes
Et mon... âme est torturée
Et ma... gorge me fait mal
Car j'ai ouvert les yeux et j'ai compris
Que tu m'avais laissée derrière

La chanson n'était pas terminée, mais j'étais satisfaite du premier couplet et du refrain. Je tapotai la coupure de journal épinglée sur mon mur.

– Ça vient, ça vient, lui dis-je.

Il ne me restait plus qu'à trouver le courage de chanter cette chanson à quelqu'un. Mais chaque chose en son temps.

Une image avait cheminé dans mon esprit pendant que j'écrivais. Elle m'avait inspiré le faux sourire. Lucas, et la façon dont il m'avait regardée pendant le match de foot. Je savais que ce n'était pas lui, mon mystérieux correspondant – en terminale, ils n'avaient pas de cours de chimie – et donc que cette chanson ne s'adressait pas à lui. Mais son visage m'inspirait. Ça et puis les lettres. Apparemment, mon âme sœur me portait chance. Ses lettres me motivaient pour composer. Et, malgré les interruptions permanentes de la maison, il me suffisait de relire une de ses lettres pour me replonger dans ma composition. C'était incroyable. Ça me faisait planer. Je pouvais me blottir dans ma bulle pour écrire et rêver de mon correspondant.

* * *

Si je fredonnais un lundi dans les couloirs du lycée, est-ce que je me ferais jeter ? On ne fredonnait pas, le lundi. Autant garder la chanson dans ma tête. Mon cœur chantait aussi, en bondissant dans ma poitrine tandis que je me dirigeais vers la classe de chimie. En entrant dans la salle, je fus saisie par le bruit qui m'entourait. Les élèves parlaient, riaient, tripotaient leur portable. Mon regard se tourna vers le bureau du prof... pour y découvrir un remplaçant. Sans attendre, mes yeux se braquèrent sur ma place habituelle. Pour y trouver, assise à côté de Lauren, Sasha, qui normalement s'asseyait au deuxième rang.

Non !

Je savais que nos places étaient attribuées à chacun précisément, et que le remplaçant quel qu'il soit devait observer cet ordre. J'allai donc récupérer la mienne. Sasha et Lauren étaient en pleine conversation qu'il me fut impossible de ne pas entendre.

– J'ai bien essayé, disait Sasha, ça n'a pas marché. Qu'est-ce qu'il aime d'autre, sinon ? Je te jure que jamais je n'ai fait autant d'efforts pour attirer l'attention d'un mec !

– Mais, pourquoi tu ne lui demandes pas carrément de sortir avec toi ? s'étonna Lauren.

– J'ai essayé ça aussi. Il a rigolé. Comme si je blaguais !

Elles parlaient de Cade ? Peut-être que Isabel avait raison. Peut-être que lui et Sasha ne sortaient pas encore ensemble.

Arrivée devant elles, je me raclai la gorge et souris à Sasha quand elle leva les yeux vers moi.

– Oh, salut, Lily. On échange, tu veux bien ? Je suis au deuxième rang.

– Monsieur Ortega a dû laisser le plan de classe au remplaçant, tu sais.

– On est déjà toutes les deux assises ici, ce n'est pas grave. Ce n'est pas comme s'il savait qui est qui.

– C'est vrai.

Je veux juste lire ma lettre !

Je voyais les mots encore gravés dans le bois, aussi lumineux qu'un néon en pleine nuit. La flèche qui pointait vers la base du bureau, indiquant clairement qu'il y avait quelque chose en dessous, était, elle, tout aussi évidente. Pourquoi je n'avais rien effacé ?

– Quoi ? demanda-t-elle, étonnée.

Si je disais quelque chose, c'était sûr qu'elle découvrirait le message.

– Rien...

Je pivotai et, les pieds aussi lourds que du plomb, me dirigeai vers le deuxième rang... non sans penser à quel point Sasha et Cade étaient assortis.

À mi-chemin, je tournai la tête vers elle. Finalement, je n'avais peut-être pas à m'inquiéter qu'elle découvre la lettre. Il était possible que mon correspondant ait été, lui aussi, déplacé. Et qu'il n'y ait pas de lettre, cette fois.

Ou peut-être que Sasha allait la trouver car ses yeux étaient maintenant fixés sur le bureau et que, la tête légèrement penchée de côté, elle lisait les mots qui y étaient inscrits. Mon cœur menaçait d'exploser dans ma poitrine. Lauren lui murmura quelque chose, et Sasha se mit à rire, son regard changeant de direction. Je lâchai un soupir de soulagement.

Je passai la quasi-totalité du cours tournée vers elles, si bien que Sasha, très énervée, finit par me balancer un geste obscène de la main. Moi qui pensais avoir été discrète...

Vers la fin du cours, la porte s'ouvrit en grinçant et Cade Jennings entra. De mieux en mieux.

– Vous désirez ? lui demanda le remplaçant.

Les yeux de Cade scannèrent la classe avant de s'arrêter sur Sasha. À son sourire, il répondit par un clin d'œil. Il semblait qu'elle n'ait pas à s'inquiéter, après tout. Cade s'avança de quelques pas et s'adressa au remplaçant de M. Ortega.

– Je suis chargé de vous prévenir que votre cours devra se terminer dix minutes plus tôt pour laisser aux élèves le temps de se rendre à la réunion.

– Ah, oui ?

Alors que Cade semblait trouver très drôle la blague qu'il avait manifestement montée de toutes pièces avec ses copains, je commençais à me dire que je devrais peut-être écrire une lettre à mon correspondant, même si je n'avais pas encore lu la sienne. Ce n'était pas toujours à moi d'être celle qui répondait. Je lui écrirais donc un mot, que je laisserais sous le bureau en sortant.

Je sortis une feuille de papier pendant que le remplaçant relisait ses notes, afin de confirmer les dires de Cade.

C'était limite, aujourd'hui. Monsieur Ortega a un remplaçant, et les places en cours ont été totalement chamboulées. Souviens-toi, j'essayais de terminer sur une note légère et j'ai fini par parler de ces lundis qui fichent le cafard... effet contraire, non ? Alors, voilà, je retire ce que j'ai dit sur ces pauvres lundis, parce que je me suis surprise à fredonner, ce matin, en me rendant au cours de chimie. C'est interdit de fredonner le lundi ? En tous cas, c'était à cause de toi.

– Je ne vois rien là-dessus, déclara le remplaçant.

– C'est pour ça que je viens vous le dire, répliqua gaiement Cade.

– Votre nom ?

– Jack Ryan.

Il prononça ces mots d'une voix parfaitement claire et naturelle ; surtout ne pas prendre un ton moqueur qui le trahirait. Derrière moi, Sasha étouffa un petit rire au moment où les yeux du prof se fixaient sur Cade.

– Attendez ici un instant, jeune homme.

– Je le ferais volontiers, répondit Cade, mais c'est que je suis en mission secrète.

Il se dirigea vers la porte et, avant de sortir, fit un petit signe à Sasha. Elle lui sourit juste avant qu'il disparaisse.

Le prof jeta sur la classe un regard ennuyé.

– Qui, parmi vous, acceptera de me donner son nom ?

Personne ne répondit. Pourtant, j'étais si tentée de le faire. Pour que Cade subisse enfin les conséquences de ses actes. Pourtant, je restai muette, comme les autres.

La sonnerie retentit et, en grimaçant, je me précipitai pour terminer ma lettre.

Désolée, c'est très court, j'ai commencé trop tard. Je me rattraperai demain.

Je pliai mon papier et rangeai lentement mes affaires. Il me restait à attendre que tout le monde soir sorti. En me levant, je faillis me cogner contre le menton de Sasha.

– Tu as un problème avec moi ? me demanda-t-elle sèchement.

Je reculai d'un pas. J'aurais dû savoir que le fait de la surveiller pendant au moins la moitié du cours serait très mal interprété.

– Non, pas du tout.

– Tu m'en veux d'avoir piqué ta place, c'est ça ? Tu ne crois tout de même pas que Lauren est copine avec toi ?

Je ne m'attendais pas à ça.

– Non.

– Tant mieux.

– Il y a un problème, mesdemoiselles ? interrogea soudain le remplaçant.

Un sourire apparut sur le visage de Sasha tandis qu'elle minaudait pour répondre :

– Non, on parlait juste de se retrouver plus tard. À tout à l'heure.

Pivotant sur elle-même, elle s'éloigna en emportant ses jambes immenses et sa coiffure parfaite.

– C'est ça, compte là-dessus, lui lançai-je beaucoup trop tard pour qu'elle m'entende.

– Quoi... ? demanda le prof.

– Oh, rien, répliquai-je avant de retourner à ma place d'origine.

Je m'y assis en prétendant relacer ma chaussure. Puis j'échangeai nos lettres sous le bureau et sortis de la classe... trop contente, au bout du compte, d'y avoir trouvé un message qui m'était destiné.

Je m'installai dans le premier coin tranquille et me plaquai la lettre sur le cœur. C'était bien de me retrouver seule. Mon cœur battait encore de ma confrontation avec Sasha.

Oui, tu devrais arrêter de te moquer de moi et de mes chansons. Je pense que Flight and Fight pourraient accepter mes suggestions. Je m'apprêtais juste à écrire un texte sur tout ce que je déteste en chimie. Ça devrait être un super bon morceau. OK, je vais arrêter... Peut-être ! Mais seulement si tu partages avec moi ce que tu écris. Je veux le lire. Ne t'en fais pas, je suis sûr que ça me plaira. Après, ça reste ta propriété, et je comprends que tu cherches à la préserver. Moi aussi, j'ai du mal à partager mon côté intime... sauf avec toi, j'ignore pourquoi.

Je pensais à votre façon trop sympa de fêter Thanksgiving. C'est peut-être juste que j'ai un besoin urgent de tarte au potiron. Ou d'une vie familiale un peu folle. On dirait qu'on a des problèmes complètement opposés. Ma famille m'ignore, la tienne est trop présente. Peut-être qu'on pourrait les rassembler pour qu'elles s'équilibrent mutuellement.

Peut-être qu'on pourrait se stabiliser mutuellement, toi et moi…

Heureusement que le mur dans mon dos m'empêchait de vaciller. Je me sentais toute molle. Peut-être que mon correspondant m'équilibrerait, oui. Peut-être qu'on était parfaits l'un pour l'autre. Je souris, relus sa lettre puis la pliai soigneusement avant de la ranger avec celles que je gardais dans mon sac à dos.

Ma tête se balada dans les nuages quelques secondes quand je me dis qu'il fallait absolument qu'on se rencontre si autre chose devait se passer entre nous. Moi sur le papier, ce n'était pas la même chose que moi dans la vraie vie. En fait, si, j'étais exactement la même… en moins maladroite. Je repensai aux deux fois où je m'étais retrouvée seule avec David et à quel point j'étais mal à l'aise. Une fois qu'il saurait qui je suis, mon correspondant ne voudrait sans doute jamais plus me revoir. Ou alors, c'était peut-être une très bonne idée d'apprendre à connaître quelqu'un à travers des lettres.

Ça pourrait donc bien marcher entre nous… ou affreusement mal.

Bon, on se calme, Lily. Il ne m'avait pas non plus proposé un rendez-vous. Il m'avait juste dit qu'il était possible qu'on s'équilibre mutuellement. C'était juste une observation. On continuerait de la même façon. C'était bien. Les échanges épistolaires étaient parfaits.

Ou... je pouvais ravaler ma peur, faire face à mes craintes et le rencontrer.

Mon téléphone vibra dans ma poche. Un texto d'Isabel.

Tu es où ? On devait se retrouver autre part, aujourd'hui ?

J'arrive.

Les couloirs étaient vides tandis que je me dépêchais de rejoindre Isabel à l'heure du déjeuner. Mais, arrivée au niveau de la sortie, je stoppai net en découvrant Lucas, seul, devant la porte. Il portait un jean noir et un t-shirt. Ses écouteurs sur les oreilles, il feuilletait un bouquin. Le cœur battant, je me forçai à continuer comme si de rien n'était. Ce serait trop évident, maintenant, si je cherchais à l'éviter.

Peut-être que je devais dire quelque chose. Quelque chose d'intelligent, du genre « Tu écoutes de la musique ? C'est cool ! » Je ris intérieurement. Trop forte, Lily. Non, je devais trouver quelque chose de cool. Son t-shirt. Ce serait sans doute celui d'un groupe incroyable, qu'avec un peu de chance j'écoutais aussi ; je pourrais donc lui citer quelques paroles. Ça le ferait grave.

J'arrivai à sa hauteur et posai les yeux sur son t-shirt. Sur un fond bleu délavé apparaissait le nom de Metallica. Ça ne m'aidait pas. Déçue, je baissai les yeux. Et, soudain, je remarquai le manuel de chimie qu'il feuilletait. Il suivait les cours de chimie ? Alors qu'il était en terminale ?

Mon cerveau me rappela subitement que je me tenais là sans parler depuis bien trop longtemps. Mes yeux accrochèrent les siens. Il me regardait, maintenant, ses écouteurs retombés sur les épaules. Quand les avait-il ôtés ?

– Salut, dit-il.

– Salut. On est tout seuls ici.

Quoi, mon cerveau ? C'est ça que tu voulais cracher, non ? Je te remercie...

Mais, quand Lucas me gratifia de son sourire en coin, je décidai que ce n'était pas la fin du monde.

– Oui, on est tout seuls. Cool, tes baskets.

Je levai le pied comme s'il voulait voir mes Doc de plus près.

– Trouvées dans une friperie.

– Ça aussi, répliqua-t-il en me montrant son t-shirt.

– Il est chouette. Tu es en chimie ?

– Excuse-moi ?

– Tu... suis les cours de chimie ?

Mon téléphone vibra de nouveau dans ma poche. Isabel, à tous les coups. Lucas avait dû l'entendre car il posa sur moi un regard interrogateur.

– C'est Isabel... Elle m'attend.

Il sourit de nouveau, avec l'air de comprendre que j'essayais d'échapper au plus vite à cette conversation. Ce n'était pourtant pas ce que je cherchais. Mais je sentais maintenant que je devais faire comme s'il avait raison.

– Euh, à bientôt, balbutiai-je.

– Oui, fit-il en remettant ses écouteurs.

En m'éloignant, j'avais l'impression que mon corps allait s'envoler. Lucas pouvait être... Non. Je n'allais pas laisser mon cerveau m'imposer des scénarios complètement absurdes juste parce que je voulais que ce soit vrai. Mais... ça pouvait l'être. Je pouvais au moins ajouter Lucas à ma liste des suspects.

J'ouvris mon carnet à la dernière page et y inscrivis son nom, en gros. Tandis que je repassais en revue les possibilités, ça prenait de plus en plus de sens. Mon cœur battait la chamade. Ça pouvait marcher. On pouvait fonctionner ensemble.

Chapitre 22

Le lendemain, je me réveillai le sourire aux lèvres, bien décidée à écrire une lettre à mon correspondant en lui suggérant qu'on se rencontre enfin. Il semblait y faire allusion, lui aussi, et j'étais prête. Ce serait génial. Je passai toute la matinée à songer à l'endroit où on pourrait se retrouver juste après les cours. Près de la salle de composition. Ça symboliserait parfaitement ce qui nous avait réunis en premier lieu : la musique.

Je laissai échapper un soupir, imaginant Lucas en train de m'attendre à la porte. Puis je me remis à trier le courrier dans les boîtes des profs. C'était une de mes tâches habituelles, que j'exécutais en quatrième heure dans le bureau principal. Un boulot pas trop compliqué, qui me laissait largement le temps de rêvasser... même si, la plupart du temps, rien ne m'empêchait vraiment d'être dans la lune.

Mme Clark entra dans le bureau, un carton à la main.

– Lily, il faudrait que tu ailles porter cela à Monsieur Ortega. Ce sont les bilans qu'il a demandé à faire imprimer.

– Maintenant ?

Avec un sourire en coin, elle répondit :

– Non, pendant la prochaine heure, quand tu ne seras plus ici. Bien sûr, maintenant !

– Mais, Monsieur Ortega est en plein cours, et il est libre pendant la prochaine heure. Peut-être que l'élève qui prend ma relève ici pourra les porter...

– Non, c'est maintenant qu'il en a besoin.

– Oh, d'accord.

Elle me fourra les documents dans la main et ajouta :

– Vite, s'il te plaît.

Je me levai, le poids de la boîte me déséquilibrant un instant. J'étais certaine que mon correspondant serait à notre place, et je me sentais nerveuse.

Je sortis du bureau des profs et traversai les couloirs en direction du bâtiment C. Puis je pénétrai dans la classe de chimie par la porte du fond, et j'attendis, sans faire un pas de plus. J'apercevais Isabel, au premier rang, pas vraiment le meilleur point d'observation. Et, au dernier rang, à ma place, se trouvait un garçon, la tête penchée en avant, en train d'écrire. Peut-être qu'il ne prenait que des notes. Oui, il prenait des notes.

M. Ortega me fit signe d'approcher et me montra son bureau. Je m'avançai d'un pas rapide et y posai la boîte en carton.

– Merci, me dit-il avant de poursuivre son cours.

Isabel me sourit et me fit un léger signe. Je lui retournai un petit geste amical et repartis vers la porte. Je voyais maintenant de face le garçon assis à ma place au dernier rang. Une lourde mèche lui retombait sur le front tandis qu'il continuait d'écrire sur son papier. Il avait l'air tellement absorbé par ce qu'il faisait. Pourquoi M. Ortega ne lui faisait-il aucune réflexion ? Parce qu'il prenait des notes, me dis-je alors. Vraiment concentré... presque bizarre de prendre tant de notes en chimie.

J'étais doué pour faire semblant.

Je pouvais donc faire semblant de ne pas voir que c'était Cade Jennings qui s'acharnait en ce moment sur sa feuille, même s'il semblait parfaitement évident qu'il ne prenait pas de notes.

Mais je dus arrêter de me mentir à moi-même quand je le vis plier le papier en quatre et le glisser sous le bureau. Sans un regard derrière moi, je me ruai hors de la salle avant qu'il ne me voie.

Chapitre 23

Cade ne pouvait pas être mon correspondant.

Pas lui.

Je ne pouvais pas le croire.

C'était un blaireau, insensible, égoïste, et arrogant, et non pas un gars amusant, sympa, avec un goût particulièrement affûté en musique. Lucas, lui, était censé être mon correspondant. J'avais passé la nuit dernière à m'en persuader.

Cade n'était assurément pas quelqu'un qui m'équilibrerait. Il ne faisait au contraire que me déstabiliser.

Je remontais le couloir d'un pas furieux. Pourquoi je suis entrée dans cette classe ? Pourquoi n'avais-je pas trouvé quelqu'un en chemin pour remettre à ma place ce carton à M. Ortega ? Je ne pourrais jamais défaire ce moment. Terminé, ces lettres anonymes aussi parfaites. J'avais envie de pleurer. De hurler. De retourner dans cette salle et dire à Cade qu'il n'avait pas le droit de jouer deux personnages à la fois.

J'entrai dans les premières toilettes venues pour reprendre le contrôle de mes émotions. Je refusais de pleurer. Cade Jennings n'aurait jamais ce pouvoir sur moi.

Je m'appuyai contre le mur carrelé, laissant sa fraîcheur traverser mon t-shirt et m'apaiser. Face à moi, sur le mur opposé, se trouvait un grand miroir. Mes cheveux étaient un peu plus en bataille que d'habitude. Je portais un t-shirt brun, un jean skinny et des baskets montantes blanches ornées de dessins faits à la main. C'était l'une de mes tenues les plus simples. J'ôtai de mon cou le collier que Ashley m'avait offert des siècles plus tôt, et je regardais les breloques qui y étaient fixées – un papillon, un chat, une fleur, une note de musique, des trucs fantaisie qui n'avaient aucun lien entre eux mais qu'elle avait trouvés mignons à l'âge de dix ans. Elle se moquait de moi car je le portais encore aujourd'hui, mais je l'adorais.

Deux filles entrèrent en riant dans les toilettes. Elles s'arrêtèrent tout net en me voyant. Je m'écartai du mur et sortis.

* * *

En cours de chimie, je tirai prudemment sa lettre de sous le bureau. Je tremblais. Pour la première fois, j'avais peur de la lire.

Fredonner un lundi ? C'est déjà arrivé, ça, dans l'histoire des lundis ? J'accepte d'en prendre la responsabilité, comme tu arrives à me faire rire au milieu d'un cours de chimie !

Dommage qu'on n'ait pas la possibilité d'échanger des lettres pendant les congés. Une semaine, c'est long. Ton idée de faire passer nos messages par des avions était bonne mais je parlais de ces nouveaux trucs que font les ados et qu'on appelle des textos. Qu'est-ce que tu en penses ? Ou est-ce que je ne suis pour toi que le gars qui te distrait pendant la chimie ? Mais, ce rôle, ça me va parfaitement, en fait. Animateur en cours de chimie. Non, ça ne me va pas en fait. Mais c'est sûr que tu vas me trouver un autre nom, toi, la fille des mots. Fille des mots ? Je crois que tu avais raison en m'interdisant d'écrire des paroles.

La lettre aurait dû me faire rire, mais elle me donna juste envie de cogner quelque chose. Je la repliai exactement comme il l'avait fait et la remis sous le bureau. Cade ne savait pas que c'était à moi qu'il écrivait. Donc, pour lui, le destinataire de cette lettre était absent aujourd'hui. Et puis, je n'irais plus au bahut pour le restant de l'année. Je n'allais pas répondre à Cade Jennings. Jamais.

À la fin du cours, je me levai pour partir quand M. Ortega m'appela :

– Lily ? J'aimerais vous parler.

Mon cœur cessa de battre. Il avait capté le coup des messages ? J'allais me faire sermonner pour avoir écrit sur le bureau et perdu mon temps en classe ? Cade avait encore une fois trouvé le moyen de m'empoisonner l'existence ? Si j'avais pu, j'aurais récupéré la lettre glissée sous le bureau et je l'aurais planquée. Pas question que M. Ortega la lise. Comme la classe se vidait, je m'avançai lentement vers l'estrade où m'attendait mon prof de chimie.

– Je n'ai pas eu le meilleur des rapports de la part de mon remplaçant, hier, déclara-t-il après s'être raclé la gorge. Je dois dire que je suis très déçu.

– Quoi... ? demandai-je, un peu déroutée.

– Il a dit que, non seulement vous et Lauren avez bavardé tout au long du cours, mais que vous avez adressé un geste très impoli à un élève, et qu'avant de ressortir de la classe vous avez eu une altercation avec un autre.

Je mis trop de temps à comprendre que le remplaçant m'avait prise pour Sasha.

– Oh, on avait échangé nos places, lâchai-je alors. Il m'a prise pour une autre.

– Il a aussi déclaré qu'un jeune homme est entré dans la classe à la fin du cours, avec l'idée de faire une blague d'assez mauvais goût. C'était un de vos amis, mais vous avez refusé de lui dire de qui il s'agissait.

– Ce n'est pas un de mes amis, m'empressai-je de répliquer en rougissant.

Le message sous le bureau... je tremblais.

– Alors, qui était-ce ?

Pourquoi je ne le lui dirais pas, après tout ? Je ne devais rien à Cade. Rien du tout.

– Ce n'est pas à moi de le dire.

M. Ortega fronça les sourcils.

– Je suis vraiment très déçu. Vous aurez deux semaines de retenue après les cours. Que je raccourcirai si vous changez d'avis quant à tout me dire et vous montrer responsable de vos actes.

– Mais...

– Ce sera tout, Lily.

* * *

– Qu'est-ce qui se passe ? s'inquiéta Isabel à l'heure du repas.

Tout ce que je voulais, c'était lui raconter ce qui s'était passé. Je ne pensais d'ailleurs qu'à ça. Mais, si elle réagissait mal ? Qu'est-ce que je lui dirais ? J'imaginais déjà notre conversation.

– Rien du tout ! Tu te rappelles ce gars avec qui j'échange des lettres en cours de chimie ? C'est ton ex. J'échange des lettres avec ton ex.

– Celui que tu détestes ?

– Oui, celui avec qui tu as rompu parce qu'il me déteste et que je le hais. Apparemment, on s'entend bien sur le papier. Parfaitement, même. Alors, peut-être que je le fréquenterai par lettre pour le reste de ma vie. C'est cool, non ?

– Carrément, c'est cool, répondrait Isabel. C'est vrai, je suis sortie avec lui et je lui ai parlé pendant des heures, des jours, des semaines et des mois... mais, voilà, il est à toi, maintenant.

Non. Ça ne se passerait pas comme ça. Je jugeai finalement que ce serait mieux d'avoir cette délicate conversation en dehors de l'école. Juste au cas où je fondrais en larmes, ou je me liquéfierais.

– On peut se parler, plus tard ? demandai-je à Isabel. Après le lycée. Il faut que je te dise quelque chose.

L'air inquiet, elle m'interrogea :

– C'est quoi, ce mystère ? Ça va ?

– Plus tard. Je te raconterai plus tard.

– D'accord...

Chapitre 24

Cette journée, déjà bien trop longue, s'acheva une heure plus tard que d'habitude à cause de ma retenue.

Tout en arrêtant la voiture en haut de l'allée, Ashley me déclara :

– Tu m'as l'air grognon, aujourd'hui. Ce n'est pas dramatique, une colle. Je m'y suis retrouvée presque tous les mois. C'est super, ça donne tout le temps de faire ses devoirs.

Je n'avais pas envie de lui dire que mon humeur n'était pas due à ma série de retenues mais à l'implosion de l'univers épistolaire dans lequel je nageais depuis des semaines.

– Oui, c'est génial, marmonnai-je.

– Devine qui m'a proposé un rencard ? demanda-t-elle subitement.

Comme si j'avais envie d'entendre parler de sa vie amoureuse...

– Qui ?

– Mark. Le garçon de l'histoire de nourriture entre mes dents. Apparemment, j'avais déjà réussi mon examen de passage après les deux premiers stages. Ouf.

– Il t'a dit ça ? « Ashley, d'abord, je t'ai trouvée mystérieuse, ensuite je t'ai trouvée fascinante, et puis, quand j'ai vu ce morceau sur tes dents, je t'ai trouvée trop mignonne et amusante. Alors, maintenant, tu veux boire un verre ? »

– Oui, sourit-elle, c'est à peu près ce qu'il m'a dit.

– Comment ?

– En me proposant un rendez-vous.

Je saisis mon sac à dos et descendis de voiture.

– Ça a dû ressembler plutôt à ça : « Hum, elle est mignonne, celle-là, je pourrais bien me la faire. » Parce que les garçons ne pensent qu'à ça. Ils se fichent complètement de la personnalité de la fille ou de la relation qui pourrait suivre.

Je percevais parfaitement l'amertume de ma voix mais je ne cherchais pas à m'en défaire.

– Waouh, fit Ashley en levant des sourcils surpris. Blasée ?

– Oui, j'ai au moins accompli ça ; je suis passée au stade supérieur.

– Quoi ?

– Rien.

Je me dirigeai vers ma chambre, impatiente de me calmer avec ma guitare avant d'appeler Isabel.

J'aurais dû me douter qu'il se passait quelque chose car ma porte était grande ouverte et mon étui ne se trouvait qu'à moitié glissé sous mon lit. J'aurais dû me douter mais, non, rien. Je sortis l'étui, d'un geste très calme. Les attaches étaient défaites mais je me dis que j'avais oublié de les fermer la veille. Je soulevai le couvercle.

La première chose que je vis : les cordes, toutes détendues, et deux d'entre elles carrément cassées. Je ne m'en inquiétai pas pour autant, j'en fus juste contrariée. Les cordes, ça se remplaçait facilement. Mais, quand je vis toutes ces rayures sur le manche de mon instrument, là je perdis mon sens de l'humour.

– Non, non, non ! m'écriai-je en sortant la guitare de son étui.

Pour m'apercevoir que seul le manche me restait dans la main, complètement arraché à la caisse elle-même.

Au bord de l'apoplexie, je hurlai :

– Nooon... ! Maman !

Elle arriva à ma porte, le souffle court.

– Quoi ? Qu'est-ce qu'il y a ? Qu'est-ce qu'il t'arrive ?

Comme je brandissais devant elle le manche brisé de ma guitare, elle resta interloquée puis lâcha :

– Oh, non... qu'est-ce qui s'est passé ?

– Qu'est-ce qui s'est passé ? explosai-je, cette fois. Jonah, voilà ce qui s'est passé ! Je t'ai demandé des millions de fois de l'empêcher d'entrer dans ma chambre.

– C'est Jonah qui a fait ça ?

– Qui d'autre ?

– N'en conclus pas forcément que...

– Je n'ai rien à en conclure, les faits sont là.

Je balançai le manche dans son étui et me laissai tomber sur le lit, la tête contre l'oreiller.

– Oh, ma chérie. On va trouver une solution...

– Quoi ?! articulai-je d'une voix étouffée par le matelas. On n'a pas les moyens de m'acheter une autre guitare. Il m'a fallu six mois pour me payer celle-ci. Je ne vois pas ce qu'on peut trouver d'autre.

– Elle est réparable ?

– Le manche a été arraché, il y a des éclats partout. La cassure n'est pas nette.

Ma mère vint s'asseoir à côté de moi. Quand elle me frotta le dos, je la repoussai. Elle comprit vite et n'insista pas.

– Je suis vraiment désolée, Lil. Tu viendras avec moi à toutes les foires, me dit-elle doucement. Je t'aiderai à gagner de quoi t'en racheter une.

Relevant la tête, j'essuyai les larmes de mes yeux.

– Pourquoi je devrais gagner de quoi m'en racheter une ? protestai-je. Ce n'est pas Jonah qui devrait bosser avec toi aux foires pour m'en racheter une ?

– Il n'a que sept ans.

– Il est assez vieux pour se rendre compte de ce qu'il fait.

– Ma fille...

– Maman, tu peux t'en aller, s'il te plaît ? Je voudrais rester seule.

– D'accord.

Je ne répondis rien, elle se leva et ressortit. Je l'entendis appeler Jonah juste après avoir refermé ma porte. Puis ils parlèrent ensemble dans le couloir. J'écoutai, mon visage toujours collé au matelas.

– Jonah, c'est toi qui as cassé la guitare de ta sœur ?

– Quoi ? Non !

– Tu es allé dans sa chambre et tu as cassé sa guitare ?

– Non, pas du tout !

C'est ça, donne-lui l'occasion de dire non, maman. Bien joué. Elle aurait juste dû lui dire : « Je sais que tu as cassé cette guitare. » Mais, bon, aucune importance. Elle était cassée. Et, que Jonah l'avoue ou non, ça ne changeait rien.

Je perçus un petit grattement sur ma poignée, puis j'entendis maman dire :

– Laisse-la tranquille, pour le moment. Tu lui parleras plus tard.

Elle avait dû conseiller à tout le monde de me laisser tranquille car personne ne vint m'embêter de toute la soirée. Personne. Après avoir attendu tant d'années pour me retrouver seule, j'avais enfin obtenu ce que je voulais.

Je sortis mon carnet et repris la chanson que j'avais commencée. Impossible de l'écrire maintenant. Elle parlait de lui... de Cade. Je frissonnais. Je ne pouvais écrire qu'une seule chanson sur lui. Je pris une nouvelle page et me lançai.

Tu voudrais qu'on t'entende
Alors, tu écris tes mots vides
Tu remplis ta vie d'illusions
Car tout n'est que perception
Le monde ne voit de toi qu'un côté
Et il écoute tout ce que tu dis
Tu as soif de son attention
Pour nourrir ton addiction
Tu as deux côtés
Deux faces
Que tu essaies de cacher
En deux endroits

Et je te déteste, Cade, car tu es le plus gros connard de la Terre, et tu devrais disparaître pour toujours et arrêter de m'écrire des lettres stupides en jouant les gentils et torturés.

Dégoûtée ! Ces chansons amères qui m'étaient inspirées par Cade semblaient meilleures que toutes celles que j'avais écrites avant lui. Je barrai ces paroles d'une croix bien épaisse, puis retournai à la dernière page où je rayai de la liste tous mes suspects. Pourquoi ça n'a pas pu être toi ? pensai-je en traçant une croix sur le nom de Lucas.

Puis je déchirai la coupure de journal épinglée sur mon mur et la chiffonnai en boule. Même si j'arrivais à finir au moins une chanson, je ne pourrais plus en composer la partie guitare. Et il n'était pas question que j'en prenne une qui parlait de Cade. Je fis valser le papier à travers ma chambre. Oui, je me la jouais dramatique mais, pour une fois, j'avais des raisons.

Je sortis mon téléphone de ma poche et appelai Isabel.

– Hé, salut, Lil ! répondit-elle.

– Salut, dis-je d'une voix d'où je crus avoir fait disparaître les larmes.

Raté.

– Vas-y, je t'écoute, reprit-elle. Qu'est-ce qui se passe ?

– Jonah a massacré ma guitare.

– Oh, non ! Comment il a fait ?

– Je ne sais pas. Il nie tout en bloc. Mais elle est cassée, complètement foutue.

– Oh, Lily, je suis désolée, dit-elle doucement. Tu adorais cette guitare. Tu as bossé tellement dur pour te l'offrir...

– Oui.

– Ta mère va te la remplacer, non ?

– Elle n'a pas les moyens pour ça, Iz. Elle ne pouvait même pas m'acheter une bobine de fil avant sa paie.

De nouveau, les larmes me montaient aux yeux.

– Et, ça, ce n'est pas une bobine de fil...

– C'est abusé.

– Oui...

– Mais, tu sais, Lily, ça va finir par s'arranger.

– C'est juste que... cette guitare, c'était tout pour moi, tu sais. La seule chose pour laquelle j'étais douée. La seule chose qui m'apportait la paix et le bonheur. Je n'ai pas besoin de grand-chose, mais de ça, oui.

– Alors, tu vas trouver le moyen d'en avoir une autre, m'assura Isabel avec fermeté. Ça prendra certainement du temps mais tu y arriveras.

Je savais qu'elle avait raison.

– Oui...

– Si je pouvais, je t'en achèterais une.

Je souris à travers mes larmes.

– Je n'accepterais jamais ça de toi, Iz.

– Oui, je sais... fit-elle en riant.

Je reniflai avant de m'essuyer le nez sur ma manche.

– Alors, qu'est-ce que tu voulais me dire, au déjeuner ? me demanda-t-elle au bout d'un moment.

Je me dis alors que je préférais lui de parler de vive voix.

– Tu es occupée, là ? Je peux passer ?

– Bien sûr, tu peux.

Je raccrochai, réunis les lettres de Cade et sortis de ma chambre.

Chapitre 24

Je fixais Einstein sur le plafond d'Isabel, parce que j'étais incapable de la regarder. Je préférais que ce soit lui qui me juge.

– J'ai quelque chose à t'avouer.

– D'accord...

Isabel s'assit sur la chaise devant son bureau.

– Tu te souviens que j'échangeais des lettres avec quelqu'un, en cours de chimie ? demandai-je à Einstein.

– Oui. Une fille ?

– Une fille ?

Depuis le temps que je savais la vérité, il me fallut quelques secondes pour me rappeler que, moi aussi, je l'avais cru pendant un moment.

– Non... je veux dire, oui... mais j'ai découvert que ce n'était pas une fille, en fait.

– Comment tu t'en es aperçue ?

– Parce qu'une fois, il a parlé de lui au masculin. Désolée, je croyais te l'avoir dit.

– Pas grave.

J'attendis un instant. J'attendis qu'elle laisse échapper un petit cri, un soupir de satisfaction, quelque chose m'indiquant qu'elle appréciait que mon correspondant soit un garçon. Mais elle ne fit rien. Elle resta silencieuse. Sans doute que je lui paraissais tellement perdue.

Je m'assis pour lui faire face. Elle avait l'air aussi grave que moi.

– Tu te rappelles, il y a quelques années, quand tu as laissé tomber un garçon parce qu'il s'immisçait entre nous deux ?

– Tu parles de Cade ?

– Oui.

– Bien sûr, je me souviens, dit-elle avec un petit rire. Je ne voudrais pas que tu penses que c'est uniquement à cause de toi que j'ai rompu avec lui. Tous les deux, vous passiez votre temps à vous plaindre l'un de l'autre, c'était lassant, à la fin. Mais, que tu sois présente ou pas, Cade et moi, ça n'aurait pas marché.

Je laissai passer quelques secondes avant d'articuler :

– C'est Cade, mon correspondant.

Isabel ne dit rien.

– Cade Jennings, répétai-je en ayant encore du mal à y croire. C'est lui qui m'écrit, en chimie.

Je pris mon sac, que j'avais jeté sur le lit en entrant, et en sortis toutes les lettres de Cade avant de les tendre à Isabel. Mais, là encore, elle ne remua pas le petit doigt.

– Et, maintenant, j'arrête de lui écrire, ajoutai-je avec fermeté. Je ne lui ai pas répondu aujourd'hui, et je ne le ferai plus.

Elle continua de se taire, et je notai qu'un détail manquait à son expression : de la surprise.

C'est là que je compris.

Isabel était au courant.

Je lui avais dit que j'avais un correspondant. Et Cade, qui était en chimie avec elle, écrivait ces lettres sans la moindre discrétion. Ce qu'elle n'avait pas manqué de remarquer. Elle était très douée pour ça.

Je me levai, rangeai les papiers dans mon sac et demandai :

– Pourquoi tu ne me l'as pas dit ?

– Parce que tu le détestes et que tu avais l'air tellement contente de cet échange.

– Depuis combien de temps tu le sais ?

– Pas très longtemps, je te le jure.

– Mais, pourquoi tu ne me l'as pas dit ? insistai-je. Je me suis pris une vraie claque en le voyant assis à cette place aujourd'hui. Une petite mise au parfum, ça n'aurait pas été de trop, tu sais.

– Je sais, fit Isabel, les mains ouvertes devant elle. J'espérais juste que tu finirais par comprendre que ce n'était pas quelqu'un avec qui poursuivre ces échanges. Parce que tu le détestes.

– C'est vrai, je ne peux pas le voir. Mais ses lettres sont différentes...

– Attends, reprit-elle, l'air de plus en plus grave. Tu l'apprécies maintenant ? À cause de ses lettres ?

– Quoi ? Non ! Pas du tout !

Elle parut soulagée.

– C'est David qui te plaît, non ?

– David... oui, il est sympa...

Elle soupira, cette fois.

– Vous seriez parfaits l'un pour l'autre. Si vous vous en donniez les moyens.

– Mais, pourquoi tu tiens absolument à nous mettre ensemble, David et moi ? demandai-je, les mains sur les hanches.

Isabel haussa les épaules mais son expression en dit long.

– Je pensais qu'il te conviendrait mieux, c'est tout.

– Mieux que qui ?

– Que l'alternative.

– Cade, c'est ça ?

– Exactement !

Je restai interloquée.

Elle était jalouse. Elle ne voulait pas que je sache que c'était avec Cade que je correspondais parce qu'elle était jalouse ! Même si entre elle et lui c'était fini depuis deux ans et qu'elle ne l'aimait plus, elle ne voulait pas qu'on y touche.

– Je suis désolée, dit-elle encore une fois, sur un ton plus doux. Mais, ça devrait t'être égal. Tu n'aimerais pas Cade, de toute façon. Ça ferait trop bizarre, vu toute l'histoire. Vu que je l'ai laissé tomber pour toi, il y a deux ans.

– Mais... ce n'est pas pour moi que tu l'as largué ! Tu l'as dit il y a deux minutes.

Maintenant que je savais la vérité, Isabel accepta de relever les yeux qu'elle gardait fixés au sol depuis un moment. Elle avait rompu avec Cade à cause de moi. Parce que je ne m'entendais pas avec lui. Je l'avais toujours suspecté mais elle m'avait toujours assuré le contraire. Et, maintenant, elle me l'avouait.

– Bon, eh bien, je ne me mettrai plus jamais entre vous, lâchai-je sur un ton sec. Tu peux le reprendre.

– Hein ? Je suis avec Gabriel, maintenant. Je n'ai pas envie de récupérer Cade.

– Et tu ne veux pas qu'il soit avec moi, je me trompe ?

– Tu m'as dit que tu n'en voulais pas.

– C'est vrai.

En fait, quoi ? Je ne savais même pas ce que je voulais.

– Je dois y aller, déclarai-je soudain en me dirigeant vers la porte.

– Non, Lily, attends.

– Je n'ai pas envie d'en parler… maintenant.

– On en rediscutera, hein ?

– Oui. Mais pas tout de suite.

***

Il n'était que vingt heures trente mais j'étais déjà au lit, les yeux rivés au plafond. Il n'y avait pas d'Einstein pour me regarder, seulement une grande surface blanche.

Je soupirai.

Pourquoi j'en voulais tant à Isabel ? Je ne voyais qu'une seule raison : elle m'avait menti. Exprès. Ça faisait mal. Alors, est-ce que je pouvais encore lui faire confiance ?

Pourtant… il y avait autre chose que cette histoire de confiance qui me tracassait.

Est-ce que peut-être – juste peut-être – j'avais espéré qu'elle m'approuve d'apprécier Cade ?

Mais, moi, apprécier ce type ? Non, même pas en rêve !

D'un autre côté, je pouvais comprendre que Isabel se montre possessive. Deux ans plus tôt, j'avais quand même aidé à leur séparation. Je n'étais pas une vraie amie.

Un vacarme d'enfer régnait à la maison. Mes frères se préparaient au coucher, dans la salle de bains d'à côté ; ma mère leur criait de se brosser les dents pendant au moins deux minutes ; mon père leur demandait de se calmer.

Je fermai les yeux, préférant finalement écouter les bruits de la famille plutôt que ceux qui résonnaient dans ma tête.

Demain serait un autre jour. Meilleur, il le fallait.

Chapitre 25

Tu réalises comme il est décevant de déplier un papier en s'attendant à trouver la lettre de quelqu'un... tout ça pour ne sortir qu'un message avec ta propre écriture ? C'est nul ! Tu dois être malade... D'accord, ce n'est pas cool pour toi, mais imagine ce que ça me fait, à moi. Désolé que tu sois souffrante ; j'espère que tu iras mieux très vite. (Joint au message, le dessin maladroit d'un bol de soupe.) D'accord, j'avoue, ça ressemble à une tortue déformée, mais ça avait la prétention d'être un bol de soupe. La chose qui ressemble à la tête d'une tortue, c'est une cuillère. Tu la vois, maintenant ? Non ? Promis, je n'essaierai plus de dessiner. Désolé de t'avoir fait souffrir avec ça, alors que tu es malade, en plus.

D'accord, un quiz. Quelle musique tu écoutes quand tu es au fond de ton lit ? Elle est différente de ce que tu écoutes d'habitude ? Moi, quand je suis *malade, j'écoute de la variété. Je ne sais pas pourquoi, ce n'est pas mon genre de musique quand je suis en forme. Peut-être que ça m'aide à évacuer la maladie, je ne sais pas. Il faut qu'on pense à des paroles un peu nunuches pour nos fans quand ils sont alités. Quelque chose comme… Hum… tu croyais que j'allais me mettre à écrire des paroles de chanson, c'est ça ? Eh bien, j'ai retenu la leçon. Je n'en écrirai jamais.*

Et ta vie à la maison ?

Je fermai les yeux. Je ne répondrais pas. Hors de question. Ces lettres étaient de Cade. Il me détestait. Je le détestais.

Je repliai la lettre et la rangeai sous le bureau. Si j'arrêtais d'écrire, il finirait par faire la même chose. Mais il fallait que j'arrête de lire, aussi. Et, ça, c'était plus difficile. Car, même si je savais de qui il s'agissait à présent, ces petits instants de lecture restaient excitants. Et puis ça me faisait souvent sourire.

Je ne voulais pas me sentir liée à Cade. Je ne voulais pas le trouver amusant. Je connaissais l'autre facette de son personnage. Et je ne voulais pas non plus savoir pourquoi il se comportait comme ça en public. Il était assez mature pour ne pas traiter les gens comme des moins-que-rien, même si son beau-père était horrible avec lui.

Et, moi, j'étais assez mature pour être honnête et lui dire que je ne pouvais plus lui écrire.

Je sortis les deux lettres qui se trouvaient sous le bureau, les jetai dans mon sac et considérai la feuille de papier vide que j'avais sous les yeux. Inutile d'être méchante. Je ne voulais pas l'humilier, même si c'était exactement ce qu'il aimait me faire. J'étais au-dessus de ça.

Je n'étais pas malade, mais merci pour le bol tortue. C'était si mal dessiné que c'en était presque artistique. Presque. J'ai eu deux sales journées, en fait.

Les larmes me piquaient les yeux alors que j'écrivais. Je voulais lui raconter tout ce qui s'était passé. Je voulais lui dire : « D'abord, j'ai deviné qui tu es. Ensuite, mon frère a cassé la seule chose qui aurait pu m'aider à surmonter cette découverte, et puis ma meilleure amie et moi, on a eu la pire dispute qu'on ait jamais eue, ce qui fait qu'elle ne peut même pas me soutenir. » Mais j'en étais incapable. Je me demandais quel avis il aurait pu me donner au sujet de mon frère, au sujet d'Isabel. C'était Cade Jennings. Il avait des millions d'amis, des soutiens partout. Moi, je n'avais que Isabel.

Je me suis disputée avec ma meilleure amie. Et puis, mon petit frère a cassé quelque chose qui comptait beaucoup pour moi. Quelque chose d'irremplaçable, et j'étais tellement furieuse que, quand il a voulu m'embrasser ce matin pour s'excuser, je l'ai rembarré. Et je m'en veux d'avoir agi comme ça... mais je suis toujours hyper-contrariée.

Cette fois, une larme tomba sur mon papier, et je l'essuyai vite fait. Je regrettais encore d'avoir tourné le dos à Jonah, ce matin. Son visage était si triste, après ça, mais moi j'étais encore trop sous le coup de la colère pour pouvoir le réconforter. Et puis, sur le moment, je ne pensais pas devoir le rassurer, même si le regard de ma mère m'avait bien fait comprendre le contraire. Ce gamin s'en tirait toujours sans punition. Il fallait peut-être qu'il apprenne que c'était trop facile d'embrasser quelqu'un pour se faire pardonner. Et voilà que j'essayais encore de justifier mon attitude de ce matin.

Mais, en fait, je me dis que ma guitare ce n'est qu'un objet. Et mon frère, c'est une personne. Un objet, ce n'est pas plus important qu'une personne.

Et toi, Cade Jennings, tu n'es pas plus important que mon amitié. Et je te déteste plus encore de t'être t'interposé entre nous.

C'était ce que je devais écrire. Mais, non, je terminai comme ça :

Enfin, voilà, je n'étais pas malade.

Ce n'était pas le message que j'avais pensé envoyer. Celui que j'avais en tête était censé inclure ces mots : Je ne t'écrirai plus. Mais il en était loin, très loin. Et maintenant, pourquoi étais-je en train de le plier et de le glisser sous le bureau ?

Il m'en fallait une autre. Une dernière lettre. Ensuite, j'arrêterai officiellement.

* * *

Je devais absolument parler à Isabel. À deux, on pouvait tout arranger. Il fallait juste qu'on reparle de tout ça ensemble. J'étais partie trop vite, la veille, sans reconnaître aucune de mes erreurs. C'est ce que je me dis en sortant du cours de chimie. Je devais dire à Isabel que je regrettais d'avoir été à l'origine de sa rupture avec Cade sous prétexte que j'étais trop immature pour réussir à m'entendre avec lui à l'époque (et peut-être maintenant). Et qu'elle avait le droit de ne pas vouloir que je lui écrive.

J'espérais que le fait d'admettre ça arrangerait tout. Sauf que Isabel ne m'attendait pas comme d'habitude pour déjeuner. Elle ne répondait pas non plus à mes textos. Je ne la voyais nulle part. Elle préférait sans doute prendre un peu ses distances.

Je décidai donc de me trouver quelque chose à grignoter avant de m'installer dans un coin retiré de la bibliothèque pour manger et réfléchir tranquillement.

Il y avait trois files pour le service des sandwichs, et je choisis la mauvaise. Ce n'est qu'au bout d'un moment que je vis Cade, Sasha et compagnie en train de faire la queue juste derrière moi.

Je voulus partir, mais ç'aurait été trop évident... et trop nul.

Sortant mon téléphone, je fis mine de lire des textos.

C'est alors qu'une voix résonna derrière moi :

– Joli short.

C'était Sasha. Je savais qu'elle parlait de moi. C'était un jean que j'avais coupé au-dessus des genoux et sur lequel j'avais rajouté des patchs. Je ne voulais certainement pas me retourner mais, quand Cade se mit à rire, c'est la colère qui me poussa à le faire.

Il avait un bras autour de Sasha, une attitude un peu différente des autres fois, où c'était elle qui semblait alors être pendue à lui. Qu'est-ce qui avait changé ?

Je plantai mon regard dans le sien, comme si c'était lui l'auteur de cette remarque, et demandai :

– Pardon, c'était quoi ? Je ne parle pas le bouffon.

Il ne broncha pas, se contenta d'incliner la tête en disant :

– Ah, bon ? Je croyais que tu le parlais couramment.

Ça n'aurait pas dû me blesser. J'étais habituée. J'avais entendu bien pire. Pourtant, ça me heurta, mais je ne voulais pas qu'il le voie. Je sortis de la file d'attente, sans vraiment savoir où j'allais, quand j'aperçus Lucas assis un peu plus loin avec ses amis, en train d'écouter de la musique. Présent et absent à la fois.

Je m'approchai et, arrivée devant lui, je tirai doucement sur le fil de ses écouteurs. Qui tombèrent sur ses genoux, le forçant à lever les yeux. Ignorant son regard surpris, je lâchai :

– On sort ?

– Quoi ? Maintenant ?

– Non. Vendredi. Vendredi qui vient. Après-demain. Il y a un concert au club All Ages, à Phœnix. C'est un nouveau groupe. Tu veux m'accompagner ?

J'étais super-stressée, sans comprendre encore comment j'avais osé venir lui proposer ça. Les amis de Lucas me regardaient d'un air perplexe.

– Oui, bien sûr, finit-il par répondre.

– Tu es sûr ?

– Oui, tout à fait. On se retrouve là-bas à huit heures ?

– D'accord. Vendredi à huit heures.

En m'éloignant, j'eus le plus grand mal à ne pas hurler et sauter de joie.

Chapitre 27

Le lendemain matin, alors que je me rendais en cours, je vis Isabel courir vers moi, l'air déterminée.

– On a le temps ! me dit-elle, essoufflée, en me tendant une petite liasse de papiers.

Elle m'avait écrit une lettre ?

– C'est quoi ?

– La dernière chose à laquelle j'ai pensé avant de me coucher, hier soir.

Je dépliai les papiers, pour y découvrir des annonces piochées sur le site de vente Craigslist, du style :

« Guitare acoustique, peu servie, en excellent état. Cordes neuves, fonctionne parfaitement. 150 dollars ou faire une offre. »

Il y en avait d'autres similaires, à tous les prix.

Je souris. Toutes plus abordables que la mienne et ses 400 dollars, elles dépassaient quand même mon budget. Je jetai un regard hésitant à Isabel, consciente qu'elle faisait des efforts pour me réconforter.

– Désolée...

On lâcha ce mot en même temps, puis on afficha le même sourire.

– Attends, dit-elle alors, il faut que je te dise... J'aurais dû te prévenir tout de suite que c'était Cade.

Jetant un rapide regard autour d'elle, Isabel poursuivit à voix basse :

– Je regrette, sincèrement... J'ai eu tort, et j'imagine ce que tu as pu ressentir en apprenant avec qui tu échangeais toutes ces lettres. Ça ne m'est pas venu une seconde à l'idée que tu pourrais lui dire des choses que tu ne voulais pas qu'il sache. Je pensais juste que vous ne parliez que de musique ensemble.

– Moi aussi, je regrette. J'aurais dû te montrer ces lettres, et là, tu aurais compris. Et puis, je regrette aussi de m'être mise comme ça entre vous deux, quand vous étiez ensemble.

Elle secoua la tête, si vivement que ses cheveux vinrent s'emmêler devant son visage.

– Non, Lil, tu n'as pas à t'excuser. On ne peut pas séparer quelque chose qui n'est pas déjà cassé.

Je la pris dans mes bras pour l'embrasser, en préférant croire qu'elle était sincère. Même si je savais maintenant que, tout au fond d'elle-même, elle estimait que c'était ma faute. Et je devais reconnaître que, d'une certaine manière, j'étais responsable.

– Tu es la meilleure amie sur cette planète, lui dis-je en brandissant la liste d'annonces. Et, merci pour ça.

– Je sais que ces guitares ne valent pas la tienne. Tu avais économisé pour t'en acheter une superbe. Mais, c'est toujours ça, non ?

– Oui, c'est très bien. Je pourrai m'en offrir une comme celles-là dans une quinzaine de jours.

Peut-être juste à temps pour m'inscrire à ce concours, pensai-je, de nouveau pleine d'espoir. Si je gagnais, je pourrais m'offrir une autre guitare, et plus encore.

– Merci, Iz.

– Pas de problème.

Je glissai les papiers dans mon sac à dos à l'instant où retentissait la première sonnerie.

– Au fait... j'ai proposé une soirée à Lucas.

– Ah, oui ? demanda-t-elle, les yeux ronds de surprise. Quand ?

– Hier. Je lui ai proposé un concert ce week-end. Et, s'il te plaît, dis-moi que tu m'accompagneras avec Gabriel.

– Évidemment ! s'exclama Isabel en me passant un bras autour de la taille. Je n'arrive pas à croire que c'est toi qui as fait le premier pas.

– Mon non plus ! Et il a accepté.

J'étais encore sous le choc, d'ailleurs.

– Bien sûr, pourquoi il n'aurait pas accepté ? fit-elle en me poussant du coude. C'est ce que j'essaie de te dire. Tu n'as pas besoin d'écrire des lettres anonymes quand tu t'appelles Lily Abbott.

– Hé, attends, il ne faut pas s'emballer, non plus.

– Mais, alors, comment ça s'est passé ?

– Comment s'est passé quoi ?

Avec un petit regard de côté, elle demanda :

– Tu as arrêté d'écrire à Cade, non ? Je te connais. Tu as dû te sentir obligée de lui expliquer pourquoi... dans une autre lettre. Qu'est-ce que tu lui as dit ?

– Non, je ne lui ai pas encore expliqué pourquoi. Mais je vais le faire...

– Oui, je sais. Mais, n'oublie pas, c'est Cade Jennings, l'ennemi numéro un.

Avec un petit rire, elle m'embrassa à son tour puis s'éloigna car ses cours l'attendaient.

– À plus.

Oui, c'était ça. L'ennemi numéro un.

* * *

Je suis désolé. On dirait que tu étais bien pire que malade – tu étais déprimée. Est-ce je peux faire quelque chose ? Je n'ai jamais rompu avec un meilleur pote mais j'imagine que ce n'est pas drôle. Mais je suis sûr que ça va s'arranger.

Ton frère, qu'est-ce qu'il t'a cassé ? Je n'ai pas de frère ou sœur plus jeune, donc je n'ai pas à m'inquiéter de ce genre de truc. Chaque année depuis que je suis à la fac, je dois aider à coacher des gamins en sport – service « volontaire », comme ils disent. Ces gosses, ils peuvent être odieux à certains moments, mais ça me plaît quand même beaucoup. Ils sont marrants.

Mais, attends... j'étais parti pour te consoler, et... Non, les gamins, c'est galère, en fait. On devrait naître adulte. Tu ne crois pas que ce serait mieux ? Non, sérieusement, si je m'étais fait casser quelque chose d'irremplaçable, je serais fou. C'est compréhensible. Ne te reproche pas la réaction que tu as eue avec ton frère. C'était quoi, le super conseil que tu m'as donné, dans une autre lettre ? Accroche-toi. Relève la tête. Et, aussi, cette chanson que tu m'as conseillée, géniale. Réécoute-la.

Voilà, c'était la dernière lettre que j'avais lue de lui. Oui, je pouvais sourire de son contenu mais, en me rappelant son commentaire trop nul de la veille, je retrouvai ma colère. Puis, en relisant la lettre, je me radoucis. Du gros n'importe quoi.

Impossible aussi de ne pas me demander comment il allait. On avait passé les dernières lettres à parler de moi. Est-ce qu'il espérait à chaque seconde un appel de son père ? Quelle horreur d'être abandonné comme ça par quelqu'un qui était censé vous aimer. Et voilà que je me préparais, moi aussi, à faire la même chose.

J'avais pitié de lui, et je le détestais pour ça. Je le détestais de me montrer une autre image de lui. J'avais le sentiment que ces lettres montraient son vrai visage. Mais, à quoi ça servait de savoir ça ? Jamais il ne le montrerait devant les autres.

Tu sais, ton super conseil, c'était exactement ce dont j'avais besoin. Je m'accroche, oui, et, dès que j'ai relevé la tête, je me sens mille fois mieux. Je n'aurais jamais cru que ce genre de recommandation marcherait.

Non, franchement, je me sens un peu mieux aujourd'hui. Ma copine et moi, on s'est rabibochées ce matin. Ça va, maintenant. Et, si on n'est pas encore d'accord sur tout, on le sera bientôt, j'en suis sûre. Quant à mon frère et moi, on garde nos distances. Je sais que je me radoucirai parce que c'est lui le prince de la maison et, il a beau être exaspérant, je l'adore. Mais il ne veut toujours pas admettre ce qu'il a fait. J'ai du mal avec les gens qui n'assument pas qui ils sont. Dès qu'il aura admis sa faute, je me sentirai bien mieux.

D'accord, ce que je venais d'écrire relevait un peu d'une agression passive. Mais, c'était plus fort que moi, il fallait que ça sorte. Je fourrai la lettre dans sa cachette habituelle et pus enfin me concentrer sur ma chimie.

Chapitre 27 (bis)

– Ta colle, ça ne m'arrange pas du tout, tu sais.

– Salut, Ashley... moi aussi, je suis ravie de te voir.

Je refermai la portière et ma sœur sortit du parking.

– Tu es si pressée ? ajoutai-je.

– Oui, du boulot, tout simplement.

– Alors pourquoi ce n'est pas maman qui est venue me chercher ?

– Elle a une foire, pas tout près.

– Un jeudi après-midi ?

– Écoute, je ne connais pas tous les détails de son emploi du temps. Demande-lui.

Préférant cesser de poser des questions qui, manifestement, l'agaçaient, je défis ma queue-de-cheval et me lissai lentement les cheveux.

– Maman a dit que quelqu'un passait prendre Wyatt dans pas longtemps pour son premier entraînement de base-ball, précisa alors Ashley. Alors, assure-toi qu'il mange bien avant, et sans traîner.

– D'accord.

– Et, pour le dîner, on fait ce qu'on veut.

Ce qui voulait dire, un bol de céréales.

– OK.

Elle s'arrêta pour me laisser tout juste le temps de descendre puis repartit aussi sec.

– Merci pour la balade... lançai-je à la voiture qui s'éloignait.

Dans la maison, je criai en direction de la salle de télé :

– Wyatt, dépêche-toi de manger quelque chose ! Tu as entraînement de base-ball.

Puis je montai dans ma chambre, troquai mon jean contre un short, ma chemise contre un débardeur, et mes baskets contre des guêtres de laine – parce que je voulais porter une tenue d'été alors qu'on se dirigeait tout droit vers l'hiver. L'hiver d'Arizona, mais quand même. Je commençai à me sentir mieux quand je butai sur le bord de mon étui de guitare. En râlant, je le repoussai du pied jusqu'à le faire glisser tout au fond sous le lit. C'est à cet instant que ma porte s'ouvrit.

– On frappe avant d'entrer, lançai-je avant de me retourner.

Je découvris Jonah debout dans l'embrasure. Il poussa le battant mais ne passa pas le seuil. J'aurais dû ouvrir mes bras et le laisser courir vers moi, mais je n'offris rien qu'un sourire crispé.

– Oui ? Tu veux quoi ?

– C'est pas moi qui ai fait ça, articula-t-il en fixant l'espace sous mon lit.

– Jonah, soupirai-je, il faut savoir prendre ses responsabilités quand on fait quelque chose de mal. Si tu ne peux pas me dire ce que tu as fait, comment veux-tu que je te croie sincère quand tu dis que tu regrettes ?

– Je regrette que tu me détestes, lâcha-t-il avec une moue.

– Tu te trompes. Non, je ne supporte pas que tu aies cassé ma guitare ; non, je ne supporte pas que tu touches à mes affaires sans me le demander... mais je ne te déteste pas. Jamais, je ne te détesterai.

– J'ai pas touché à ta guitare.

Autant laisser tomber. Un jour, la vérité éclaterait. Et, même là, ça n'aurait plus d'importance. Ma guitare serait toujours en miettes.

– D'accord... Allez, va vite manger quelque chose.

Je me rassis sur le lit et mis mes écouteurs pour me défouler avec Blackout super-fort et essayer de ne plus penser aux lettres de Cade.

En même temps, j'ouvris alors mon carnet et me plongeai dans l'observation d'un dessin que j'avais commencé pendant ma colle, sans trouver exactement ce qui me gênait en lui.

C'est alors que, par-dessus la musique, j'entendis la sonnette de l'entrée. Pensant que c'était la mère d'un des copains de Wyatt venue chercher son fils, j'arrêtai la musique, me levai et allai ouvrir.

Pour tomber nez à nez avec Cade Jennings.

Je me liquéfiai sur place. Et Cade avait l'air tout aussi stupéfait que moi.

J'étais si choquée que je lui claquai le battant au nez.

Mais, qu'est-ce qu'il faisait ici ? Il avait compris le coup des lettres ? Mon cœur battait à tout rompre. Trop tard pour grimper quatre à quatre les escaliers jusqu'à ma chambre et me changer, il m'avait vue avec mes guêtres. Je reculai d'un pas, l'entendis taper trois coups à la porte, arrangeai un peu mes cheveux en bataille et lui rouvris.

Le premier choc passé, Cade avisa ma tenue et mes cheveux de son habituel air suffisant.

– Je ne veux pas t'entendre, soufflai-je.

– Je n'ai rien dit.

– Non... mais, tes yeux, si.

– Ah, oui ? Et, qu'est-ce qu'ils t'ont dit, mes yeux ?

– Tu le sais parfaitement.

Il eut un petit rire et haussa les épaules.

– Pourquoi tu es là ? lui demandai-je.

– Je suis le coach de Wyatt. On a entraînement, aujourd'hui.

– Oh !

Nooon... Cade était le coach de mon frère ! Pas étonnant qu'il soit surpris de me voir ; il ne savait évidemment pas que j'étais la sœur de Wyatt.

– D'accord... Sois gentil avec lui, s'il te plaît.

– Mais, oui, fit-il avec un sourire narquois. Ce n'est pas de sa faute s'il t'a comme sœur.

– Bon... lâchai-je sur un ton exaspéré, je vais le chercher.

J'espérais qu'il resterait près de la porte mais il me suivit dans la cuisine. Wyatt n'y était pas. Il n'y avait que Jonah, qui mangeait ses céréales.

Me tournant vers Cade, je le vis regarder sous sa basket de luxe. Il avait dû marcher sur les corn-flakes qui traînaient par terre. Super. Il frotta alors son pied contre le carrelage puis s'appuya sur le comptoir en manquant de faire valser un bol de céréales à moitié rempli de lait.

Quant à moi, j'étais au bord de l'implosion. Cade était chez moi et se permettait une nouvelle fois de me juger, avec bien sûr de nouveaux critères à ajouter à sa liste. D'un geste agacé, j'embarquai le bol et le posai dans l'évier.

Wyatt choisit cet instant pour débouler dans la cuisine.

– Bonjour, lança-t-il à Cade. Voilà, je suis prêt !

– Bonjour Wyatt !

Mon frère me jeta un regard étonné.

– Qu'est-ce qu'il y a, Lily ? Tu as l'air énervée.

– Ah, oui ?

– Tu es toujours en colère après Jonah parce... ?

– ... qu'il a fini tous les corn-flakes, oui.

– C'est pas vrai, j'ai pas fini les corn-flakes ! protesta Jonah, assis à l'autre bout de la table.

– Alors, où sont-ils ?

– Je sais pas... articula-t-il en se remettant à manger.

Wyatt se gratta le nez, sans doute prêt à me contredire, quand je lâchai :

– Tu devrais y aller, maintenant, sinon tu seras en retard.

Lorsque Cade partit vers la porte d'entrée, j'arrêtai mon frère et le pris par le bras pour lui souffler à mi-voix :

– Hé, ne dis pas à ton coach que j'ai cassé ma guitare, d'accord ?

– Pourquoi ?

Parce que, en y réfléchissant, il pourrait se dire que l'histoire de mon frère et de ma guitare cassée, ça ressemblait un peu beaucoup à une certaine lettre que je venais de lui écrire.

– Parce que je ne veux pas qu'il pense du mal de Jonah, voilà.

– Il aimerait pas Jonah, s'il le savait ?

– Non, mais autant éviter de dire du mal de Jonah devant les autres.

– D'accord, fit-il avant de rejoindre Cade dans l'entrée.

* * *

Angoissée, j'attendis deux heures le retour de Wyatt. Je tentai de me distraire en cousant, en écrivant ou en dessinant, mais rien ne fonctionna. Et, quand je vis la voiture de Cade s'arrêter devant la maison vers sept heures et demie, je me précipitai pour descendre accueillir mon frère. Je le laissai faire un petit signe d'au revoir à Cade puis, à peine celui-ci disparu, je demandai :

– Alors ? C'était comment ?

– C'était génial ! J'adore le base-ball. On a tous reçu un surnom. Tu veux savoir le mien ?

C'était bien dans les habitudes de Cade de donner un surnom à tout le monde.

– Oui... fis-je, vaguement inquiète.

– Éclair Rose !

– Éclair ? Rose ?

Wyatt leva un pied vers moi pour me montrer le côté de sa chaussure à crampons... où apparaissait, en rose fluo, la virgule de Nike. Comme d'habitude, maman avait dû trouver ses baskets d'occase dans un dépôt-vente.

– Oui. Les autres ont trouvé ça drôle, quand le coach Cade l'a dit. Ils ont rigolé. Mais tout le monde aimait, en fait.

Je ravalai ma colère, histoire d'éviter que mon frère ait la honte. C'était un nom dont tout le monde allait rire, tout en se rappelant en même temps de rester cool avec ça.

– C'est amusant, comme surnom, lui dis-je enfin.

– Oui, c'est bien, hein ?

– Bon, maintenant, va te doucher.

Il s'apprêtait à monter l'escalier quand il se retourna pour me demander :

– Lily ?

– Quoi ?

Il regarda ses pieds puis lâcha :

– Non... rien.

Je n'aimais pas ça du tout. Cade se serait moqué de lui ? Sans oser aller jusqu'à le lui demander, je voulais que mon frère sache qu'il pouvait en parler avec moi, s'il en avait envie ; qu'il n'était pas seul.

– Tu es sûr ? lui demandai-je doucement. Tu peux me parler, si tu veux.

– Non, non, ça va...

Il n'avait peut-être pas envie d'en parler mais, moi, si. Avec la personne concernée.

* * *

Le vendredi qui suivit, je scrutais les couloirs avant l'heure des cours, sans savoir exactement quels étaient les horaires de Cade. J'avais vu sa voiture sur le parking, je savais donc qu'il était là. D'habitude, je faisais tout pour l'éviter mais, aujourd'hui, c'était l'inverse. J'avais les sens en alerte, je trépignais.

Il se tenait devant son casier, le fixant comme s'il en avait oublié la combinaison.

Je fonçai vers lui sans réfléchir et, arrivée à sa hauteur, je lui plantai un doigt sur l'épaule.

– Là, tu as abusé.

Tournant vers moi un regard fatigué, il demanda :

– Qu'est-ce que tu veux ?

– Tu as surnommé mon frère Éclair Rose ? Pour que tous les autres se moquent de lui, c'est ça ?

– C'est ce qu'il t'a dit ? s'étonna-t-il. Que les autres s'étaient moqués de lui ?

– Oui. Il a dit qu'ils ont tous rigolé.

– Pendant deux secondes.

– Ils ne l'auraient pas fait si tu lui avais donné un autre surnom.

– Ah, tu crois ? Tu as vu les crampons qu'il portait ? Je savais qu'ils se moqueraient tous de lui ; c'est pour ça que je leur ai coupé l'herbe sous le pied, si tu veux savoir.

– En lui trouvant un surnom ridicule ?

– En m'arrangeant pour que ça fasse cool.

Tous les mots que je m'étais préparée à lui sortir restèrent coincés dans ma gorge. Je lui jetai un regard vide. Grand moment de solitude.

– Alors ? dit-il au bout d'une éternité. Ça y est, tu t'es débarrassée de toutes les injustices que tu allais me balancer ?

Sans me laisser le temps de répondre, Cade fit mine de s'éloigner. Puis il se retourna et ajouta :

– La personne qui lui a acheté ces crampons... c'est à elle que tu devrais t'en prendre.

L'instant d'après, il avait disparu.

Je marmonnai quelque chose d'inaudible puis regardai son casier... qu'il n'avait pas ouvert. C'était mon intervention qui lui avait fait oublier ce qu'il cherchait, ou en avait-il déjà sorti quelque chose avant mon arrivée ? Dans ce cas, pourquoi était-il resté planté devant au moment où je l'avais interrompu ? Non, je n'allais pas commencer à m'inquiéter pour Cade. Il n'avait pas besoin de mon aide. Il savait se prendre en main tout seul.

Chapitre 28

Entrevoir le visage de Cade maintenant que je lisais ses lettres était à la fois rageant et satisfaisant. Rageant parce qu'il était beau gosse et le savait ; et satisfaisant parce que ça me soulageait de mettre enfin une tête sur des paroles. Ça les rendait plus personnelles.

Même si ce visage me fichait en rogne...

Tu t'es réconciliée avec ton frère ? C'est presque Thanksgiving. Je ne sais pas si ça a un rapport, mais j'ai toujours pensé que les vacances étaient la bonne période pour faire ce qu'on a envie de faire. Alors, moi aussi, je vais faire ce que j'ai en tête.

Voilà comment se terminait sa lettre. Tellement vague que, depuis, je mourais d'envie de savoir ce qu'il projetait.

Je me mordis la lèvre. Je n'avais pas juré que plus jamais je ne répondrais à ses lettres ? Mais, un échange de plus, ça embêtait qui, au final ?

Et, qu'est-ce que tu as en tête exactement ? Écouter en une fois l'intégrale des Pink Floyd ? Ça fait longtemps que j'en ai envie. C'est peut-être mon truc de Thanksgiving parce que, mon frère et moi, on s'est rabibochés. Ou, du moins, j'ai accepté qu'il n'admette jamais vraiment ce qu'il a fait. Mais, c'est mon frère. Alors, oui, tout ce qui nous reste à faire, c'est le gros câlin de réconciliation. Les câlins, c'est bourré de pouvoirs de guérison magiques.

Et toi, comment vas-tu ? Tout se passe bien, dans ta vie ?

Je glissai ma lettre dans sa cachette habituelle, non sans m'en vouloir, bien sûr. Je me sentais comme une droguée qui n'arrivait pas à décrocher. Et ça me rendait encore plus furieuse contre Cade. Mais c'était le dernier jour avant les vacances de Thanksgiving. Un break d'une semaine, qui me guérirait sûrement de mon addiction. Un peu comme une désintox. Mieux encore, pensai-je en souriant, une sortie avec Lucas. Ce qui m'attendait dans quelques heures.

* * *

Quatrième jour de colle. Plus que six jours. Ça n'avait pas été si pénible, finalement, pensai-je en ouvrant la porte de la salle où se passait la retenue.

C'est là que je vis Sasha, assise au bureau où je m'installais d'habitude, dans le fond de la salle.

Voilà, elle m'avait piqué ma place. Pourquoi se gêner ?

Je me demandais ce qu'elle avait bien pu faire pour se prendre une colle... elle qui pensait à coup sûr que c'était à moi de purger sa peine.

Je trouvai finalement une place à l'autre bout de la salle. Il y avait une élève de terminale assez mignonne assise à côté de Sasha. Je ne connaissais pas son nom, mais elles bavardaient bien ensemble. M'efforçant de les oublier, j'esquissai le croquis d'une chemise dans mon carnet. C'était plus difficile à dessiner qu'une jupe, mais je voulais tenter le coup. Ce qui donna un petit haut sympa, près du corps et à col montant. La veille au soir, j'avais sorti ma machine à coudre et trouvé un super tissu. Il ne me restait plus qu'à le découper et en assembler les morceaux.

Jusque-là, j'avais parfaitement réussi à ignorer la voix haut perchée de Sasha... quand je l'entendis prononcer son nom : Cade.

Malgré moi, je tendis l'oreille.

– Tu sors avec lui, maintenant ? lui demanda la fille de terminale.

Moi aussi, je brûlais de le savoir. Mon crayon s'arrêta sur le col que je dessinais.

– Oui, répondit Sasha d'un air ravi.

– C'est arrivé comment ?

– L'autre jour, comme ça... il m'a filé un rencard. C'était trop mignon.

– Pourquoi ?

– Pourquoi quoi ?

– Pourquoi il t'a filé un rencard ?

– Pourquoi pas ? Tu devrais plutôt te demander pourquoi ça lui a pris si longtemps. Il a enfin compris ce qu'il ratait.

Je repris mon dessin. Très bien. Parfait. Sasha et Cade sortaient ensemble. Le monde tournait rond, maintenant. Cade avait trouvé chaussure à son pied.

Chapitre 29

Le groupe Frequent Stops hurlait sa musique mais c'était génial. Je décidai de télécharger certains de leurs morceaux dès mon retour à la maison. Est-ce que Cade les connaissait ? Il faudrait que je lui écrive pour lui dire d'ajouter Frequent Stops à sa playlist.

Sûrement pas ! Franchement, je ne tournais pas rond...

Du coin de l'œil, je regardai Lucas. Sa tenue de soirée ne différait pas tellement de celle qu'il portait au lycée – un jean et un t-shirt, les écouteurs en moins. On était là depuis une heure. J'étais venue en voiture à Phœnix avec Gabriel et Isabel, qui n'avait pas arrêté de parler, comme pour me libérer de ma nervosité. Mais, pourquoi étais-je dans cet état ? Toujours aussi craquant avec ses cheveux en pagaille, Lucas m'attendait dehors, un timide sourire sur les lèvres. Je lui présentai Isabel et Gabriel, et on entra ensemble dans le club, chacun armé d'un bracelet de plastique rouge, signe que l'alcool nous était interdit.

On se retrouva à moins de cinq mètres de la scène, un peu trop près des haut-parleurs pour tenir une conversation normale. Mais, trop tard... je ne l'avais pas fait exprès.

– Tu aimes ce groupe ? hurlai-je à l'oreille de Lucas.

– Quoi ? fit-il en s'approchant de moi.

– Tu aimes ce groupe ?

Il hocha la tête.

– Tu écoutes souvent ce genre de musique ?

– Quoi ?

– C'est le genre de musique que tu aimes ? répétai-je quand il se pencha de nouveau vers moi, son épaule frôlant la mienne.

– J'aime tous les genres.

– Je me demande si nos playlists se ressemblent.

– Comment ?

– Non, laisse tomber, ce n'est pas grave...

Peut-être que, pour finir, j'avais fait exprès de nous installer là.

– D'accord...

Lucas ajouta quelque chose que je ne compris pas. On aurait dû faire comme Isabel et mimer nos paroles.

– Quoi ? criai-je en m'approchant moi-même de lui, cette fois.

Il m'indiqua Isabel et Gabriel qui se dirigeaient vers le bar.

– Tu veux aussi quelque chose à boire ?

– Oui, merci...

Il n'y avait pas beaucoup de gens, ce soir, comme c'était souvent le cas avec les groupes moins connus.

Sur scène, le chanteur braillait dans son micro, le front inondé de sueur.

– Ils s'arrêtent quand ? demandai-je à Lucas.

Cette fois, il parut m'entendre ou, du moins, comprendre mes gestes car il se retourna aussitôt vers le groupe.

* * *

Mes oreilles bourdonnaient encore et ma poitrine vibrait quand on se retrouva dehors, à l'autre bout du parking. Autour de nous, la nuit, la rue, tout était calme. Les concerts me laissaient toujours une impression un peu confuse. Personnellement, je n'éprouvais pas le besoin d'être sous les projecteurs et de faire le show. Du moment que mes mots pouvaient être chantés, que ma musique pouvait être jouée par un artiste insufflant la vie et la passion dans mes créations, j'étais heureuse.

On s'arrêta devant la voiture de Lucas, une Ford Focus bleu marine. Isabel se tamponna les oreilles à plusieurs reprises, en disant :

– Ils devraient distribuer des boules Quies à l'entrée.

Ses oreilles devaient siffler car elle parlait très fort.

– Tu parles comme une grand-mère ! la taquina Gabriel.

Mais, lui aussi s'exprimait très fort, ce qui me fit rire.

– C'était génial, déclara Lucas, un grand sourire aux lèvres.

– Oui, incroyable, ajoutai-je. Tu les avais déjà vus ?

– Non, ce sont des gars du coin ; un groupe assez récent, en fait.

– Mais bientôt, quand ils seront célèbres, on pourra dire qu'on les connaissait depuis longtemps...

– Oui, on pourra un peu la ramener, reprit Lucas.

Ce qui m'arracha un sourire.

– Et peut-être, alors, que Lily sera aussi connue et qu'elle pourra crâner pareil, ajouta Gabriel.

Faisant tournoyer ses clés autour de son doigt, Lucas me demanda :

– Tu fais partie d'un groupe ?

– Dans mes rêves, oui, avouai-je avec une moue.

– Elle joue de la guitare et compose aussi, précisa Isabel.

– Oui... jusqu'à il n'y a pas longtemps, avouai-je. Mais plus maintenant. Ma guitare est cassée.

– C'est réparable ?

– Pas sûr. Elle est salement amochée.

– Je connais une fille, au magasin de musique, qui répare les guitares. Je te donnerai ses coordonnées.

– Ah, oui ? Ce serait génial. Merci.

– Une guitare cassée, il n'y a rien de pire, reconnut-il.

J'allais tomber d'accord avec lui sur ce sujet quand j'intégrai subitement ce qu'il venait de dire.

– Attends, tu joues ?

– Oui.

– Cool.

– Oui, génial, renchérit Isabel en me lâchant un sourire.

– Je vais essayer de la joindre très vite, promit Lucas. Mais le magasin n'est peut-être pas ouvert à cause de Thanksgiving.

– C'est bon, ça peut attendre quelques jours, tu sais.

– Je t'envoie un message, si j'arrive à la contacter.

– Dans le ciel ? demandai-je en riant.

– Non, par texto... répondit-il sans comprendre.

– Laisse tomber, je plaisantais... Oui, un texto, ce sera parfait.

Arrête de faire référence à tes lettres, comme si tout le monde savait de quoi tu parles, Lily.

On échangea nos numéros puis il ouvrit sa voiture et tendit les mains vers moi. Vaguement surprise, je le laissai me prendre dans ses bras pour m'embrasser sur la joue.

– Merci d'être venu. C'était super.

– Oui. À bientôt.

Quand il partit, je tapai dans la main d'Isabel. Et voilà, j'avais le numéro de Lucas !

La soirée parfaite.

Je pouvais enfin me débarrasser de mon correspondant.

Chapitre 30

– Il est encore dans la maison, celui-là ? s'étonna mon père en enjambant le lapin.

J'étais avec Ashley dans le salon, en train de regarder un documentaire sur les fourmis rouges – son idée, pas la mienne – que je trouvais étrangement fascinant.

Assise à table, occupée à enfiler les perles d'un collier, maman répondit :

– Il a besoin de faire un peu d'exercice. S'il avait une cage un peu plus grande...

Elle posa sur papa le regard suppliant dont elle avait le secret.

– Je ne construis pas de manoir pour les lapins.

– Les filles, j'ai parlé d'un manoir ?

– Ah, non, fis-je en levant les mains, ne nous mêle pas à ça. Ce lapin, c'est une histoire de fous. Je suis du côté de papa.

– Il n'y a pas de côté, lâchèrent les parents d'une seule voix.

Ashley haussa un sourcil étonné puis dit :

– Alors, on n'a plus à voter ? C'est fini ?

– Si, si, on continue de voter, répliqua ma mère en riant. Mais, rappelle-toi, c'est un jeu. Et prépare-toi à voter dans deux jours pour la meilleure tarte au potiron de la planète. J'ai perfectionné ma recette.

– Bon, viens, Lily, déclara Ashley qui avait bondi sur ses pieds. On va se promener.

– Mais, on laisse tomber les fourmis rouges ?

– Oui, allez, viens, insista-t-elle en me tirant par la manche.

– D'accord, d'accord, on va se promener.

On ne s'était pas éloignées de vingt mètres que, déjà, elle me demandait :

– Pourquoi tu as jeté la coupure de journal ?

– Quoi ?

– Celle que je voyais trôner sur ton mur depuis des semaines.

– Je ne l'ai pas jetée, elle est toujours quelque part dans la chambre... chiffonnée en boule.

– Mais, enfin, je croyais que tu avais fini par surmonter ta trouille et que tu t'étais décidée à montrer tes chansons.

– Oui, c'est vrai, mais ma guitare est cassée... donc je ne peux plus.

Je ne lui précisai pas que Lucas connaissait quelqu'un capable de la réparer. Pourquoi reprendre espoir alors que ça risquait de n'aboutir à rien, au final ?

– Trouve-toi une autre guitare, laissa tomber Ashley alors qu'on tournait au coin de la rue.

– Tu sais très bien que je n'ai pas les sous pour ça.

– Tu peux en louer une.

– Je...

– C'est bien ce que je pensais. Tu sautes sur la première excuse pour fuir ce concours.

– Ashley, ma guitare est cassée. Si elle ne me sert pas à écrire les paroles d'une chanson, elle m'est indispensable pour composer. C'est quand même une bonne raison, non ?

– Dans ce cas, si c'est la seule raison, tu peux au moins partager les paroles de tes chansons avec ta famille pour Thanksgiving.

J'hésitai un instant puis lâchai :

– D'accord, je vais le faire.

– Ah, cool. Grand-père et Grand-mère seront là, aussi.

– Je sais.

– Et puis, tante Lisa et ses enfants. Et aussi oncle Lyle avec les siens.

– Je sais.

Je n'y croyais pas... Elle essayait maintenant de m'en dissuader, juste pour me faire avouer que j'étais terrifiée ?

– Et il y aura Mark, aussi.

– Je sais... attends... qui ?

– Le gars dont je t'ai parlé, à mon boulot. Ça devient sérieux.

– Tu blagues, là ?

Ma sœur n'engageait jamais de relation sérieuse avec qui que ce soit.

– Le gars à qui tu montres de la nourriture entre tes dents ?

– Oh, ça suffit, rétorqua-t-elle en me bousculant.

– C'est bon, je rigolais.

– Alors, voilà, je l'ai invité à notre repas de Thanksgiving.

OK, un petit ami à la maison le soir de Thanksgiving, ça changerait.

– Si tu aimes ce garçon, ne le laisse pas entrer dans la maison, lui conseillai-je malgré tout. Surtout pendant les fêtes.

Elle rit comme si je plaisantais puis changea subitement d'expression.

– Oh, non... oui, tu as raison. Je n'aurais pas dû.

– Attends, ce n'est pas trop tard pour lui dire de rester chez lui.

– La famille peut se montrer normale au moins une journée, non ? Ça ne devrait pas être trop difficile. On a été normaux, à une époque.

Pourtant, elle avait l'air d'en douter.

– C'est ton enterrement que tu prépares.

– Oui... en fait, tu as raison, répéta-t-elle après un long moment d'hésitation. Il vaut mieux qu'il reste chez lui.

– Oui.

– Il restera chez lui, mais toi, tu vas quand même nous montrer tes chansons à Thanksgiving.

* * *

– Tu as fait quoi ?

Comme je nappais la dinde d'une sauce bouillante, je faillis en renverser la moitié sur le carrelage de la cuisine. J'en reçus quelques gouttes sur le poignet, que j'essuyai rapidement.

– S'il te plaît, Lily, soupira ma mère, ne va pas en faire un drame. Je pensais que tu le connaissais.

– Non, je ne le connais pas, et c'est pour ça que je ne veux pas de lui à notre repas de Thanksgiving.

– Écoute, ton frère l'a invité, et il a accepté, voilà.

Ashley se glissa une olive dans la bouche puis demanda :

– Wyatt l'a invité pour Thanksgiving ? Drôle d'idée.

– Oui, c'est une drôle d'idée, répétai-je. Appelle Cade et dis-lui qu'on a changé nos plans.

– Qui est ce Cade ? interrogea tante Lisa qui venait de nous rejoindre dans la cuisine, un bébé calé sur la hanche.

Elle était arrivée une heure plus tôt avec ses trois enfants et mes grands-parents. Mon oncle, sa femme et leurs quatre gamins étaient là depuis la veille. Et on attendait encore l'autre sœur de maman.

Oh, et puis Cade.

– C'est l'ami de Lily, répondit ma mère.

Je rougis jusqu'aux oreilles.

– Non, on n'est pas amis, articulai-je, les dents serrées. C'est juste le coach de base-ball de Wyatt.

Je plaçai la saucière près des pommes de terre et hasardai une vague protestation :

– Maman, notre famille est trop dingue pour recevoir des invités.

Pourquoi Cade n'allait-il pas passer Thanksgiving chez Sasha ? Histoire de torturer une autre famille...

Ashley, qui s'en prenait maintenant au plateau de légumes crus, suggéra :

– Il pourra bavarder avec Mark.

– Quoi ? m'écriai-je. Tu ne lui as pas conseillé de rester chez lui, finalement ?

– Non. Mais tout le monde va s'appliquer à être normal aujourd'hui, d'accord ? Normal !

Ashley sortit de la cuisine, sans doute pour conseiller au reste de la maisonnée de se tenir « normalement ».

Mais, ce mot, ma famille ne le connaissait pas. Elle allait devoir se montrer plus spécifique.

Je m'essuyai les mains et, d'un pas automatique, me dirigeai vers la salle de bains. Plantée devant le miroir, je m'observai quelques secondes puis ajoutai une touche de mascara à mes cils déjà noirs, un nuage de blush sur mes pommettes et un peu de gloss sur mes lèvres. Pas pour Cade mais parce que c'était Thanksgiving.

Entendant la sonnette de l'entrée, je fermai les yeux et prononçai pour moi-même quelques paroles d'encouragement.

Je suis contente que Cade puisse passer Thanksgiving loin de chez lui. Il en a besoin. Et j'arriverai à le supporter pendant un après-midi.

Vraiment ?

Nouveau coup de sonnette.

Personne dans cette maison n'avait donc la bonne idée d'aller ouvrir ?

Autant le faire soi-même, en fait. Je pourrais montrer à Cade dans quoi il s'aventurait ou, mieux, l'inciter à faire demi-tour.

J'ouvris la porte, pour la refermer aussi sec derrière moi et me retrouver face à Cade qui, la main levée, s'apprêtait à sonner de nouveau. Il portait un chouette pantalon près du corps et une chemise à manches courtes. Ses cheveux étaient sagement tirés en arrière, et il tenait à la main ce qui ressemblait à un paquet cadeau.

Considérant la porte fermée, il déclara :

– Ton frère m'a invité...

– Je sais. Il t'a dit que chez nous, c'était un peu la folie ?

– Non.

– Bon, alors, te voilà prévenu. Maintenant, si tu veux, tu peux t'en aller avant que les autres sachent que tu t'es pointé.

Je voulais ajouter qu'à mon avis notre famille ne représentait pas la meilleure alternative à la sienne, mais ça aurait signifié que je savais qu'il était mon correspondant.

– J'ai dit à ton frère que je serai là, répliqua Cade.

– D'accord. Mais, comme je voudrais passer une bonne journée, on fait une trêve, tu veux bien ? Pas de saletés, aujourd'hui... parce que c'est Thanksgiving.

– Parce que c'est Thanksgiving ?

Et voilà que je me prenais encore à citer une de ses lettres. C'était sorti comme ça. Mais, comment l'aurait-il deviné ? J'étais bien la dernière personne qu'il pouvait imaginer être sa correspondante.

– À moins que ce soit trop galère pour toi de te maîtriser...

– Tu viens déjà de rompre la trêve avec ce commentaire, me fit-il remarquer avec un demi-sourire.

– Attends, ça ne commence que quand tu auras mis les pieds dans la maison.

– Pour se terminer dès que j'aurais mis les pieds dehors, c'est ça ?

– Exactement.

– D'accord, fit-il en me tendant la main comme pour conclure un marché.

Je faillis me dérober mais je me dis que j'avais tout intérêt à la jouer cool dès le début.

– Très bien, fis-je en acceptant qu'il me serre la main.

Mais, quand j'essayai de la retirer de la sienne, il la garda et murmura :

– Tu es jolie, ce soir.

– Quoi ? Ne te fatigue pas à en faire trop. J'ai dit, pas de saletés ; ça ne veut pas dire qu'on doit se faire des compliments.

Un lent sourire lui étira les lèvres.

– J'ai l'impression qu'on va s'amuser. Et que ça va être plus dur pour toi que pour moi.

– Parce que tu as l'habitude de faire semblant, c'est ça ?

– Non, juste parce que tu me parais incapable d'être gentille.

Il lâcha ma main et ouvrit la porte, me laissant toute bête sur le perron.

Alors, on avait signé une trêve ou pas ? Parce que, la sceller avec des insultes, ça ne promettait rien de bon.

Il avait raison, je n'étais pas certaine de tenir le coup.

– Cade est ici, tout le monde ! lançai-je à la cantonade en le suivant dans l'entrée.

– Coach ! s'exclama Wyatt en accourant.

On aurait dit qu'il allait se jeter dans ses bras mais il se reprit et tendit le poing pour le coller au sien. Cade s'exécuta avec un petit sourire. Jonah apparut à son tour et demanda de faire la même chose.

– Je m'appelle Jonah. J'ai sept ans et, dans deux ans, tu seras mon coach.

– J'aimerais bien, lui répondit Cade. Mais je risque d'être à l'université, tu sais.

– Tu pourras venir m'entraîner, insista Jonah.

– Pourquoi pas, si j'en ai la possibilité? Wyatt, tu peux me conduire vers ta maman ? J'ai un cadeau pour elle.

– Pourquoi tu lui as apporté un cadeau ?

– Parce que ça se fait, quand on est invité chez quelqu'un.

– Moi, j'ai jamais fait ça, reprit Wyatt, songeur. Sauf pour un anniversaire... mais, là, c'est pas un anniversaire.

Un bras passé sur ses épaules, Cade lui dit :

– Tu as raison.

Dès qu'ils eurent tourné les talons, je poussai un soupir de soulagement. Oui, je pouvais y arriver. Je n'avais qu'à voir Cade comme le garçon avec qui j'échangeais des lettres, celui qu'admirait mon frère, et non le type qui se moquait de moi dans les couloirs de l'école tout en conseillant à ses copains de m'éviter.

Alors que j'allais voir si ma mère avait besoin d'aide dans la cuisine, un nouveau coup de sonnette me fit faire demi-tour. J'ouvris la porte sur un garçon inconnu, armé d'une bouteille de cidre. Il semblait s'être coiffé avec un pétard, mais ses vêtements étaient nickel ; je décidai donc que sa coupe un peu sauvage. C'était volontaire. Et puis, mes cheveux, tous les jours, c'était un peu ça aussi, non ?

– Bonjour, lui dis-je.

– Bonjour, je m'appelle Mark.

Le petit ami de Ashley ?

– Ah, oui, tu es le...

Le garçon qui avait vu de la nourriture entre les dents de Ashley ? Non, impossible de lui dire ça...

– Oui ?

– Non, non, rien. Entre. Je m'appelle Lily.

– Ah, reprit-il comme s'il comprenait maintenant le sens d'un vague mystère. Qu'avait bien pu lui dire Ashley sur moi, et comment aurais-je pu le deviner en deux phrases seulement ?

– Ash ! criai-je en entrant dans la maison. Ton... ami est ici !

Elle apparut dans l'entrée, auréolée d'un nuage de parfum et de laque. Je ne voyais pas dans sa coiffure ce qui avait besoin de laque mais, bon, elle en consommait des tonnes.

– Mark ! Bonjour !

Avisant la bouteille de cidre, elle ajouta :

– Oh... c'est pour nous ? Merci.

Elle glissa ses doigts dans les siens et l'entraîna vers le salon.

Depuis quand notre maison était-elle devenue le lieu de rendez-vous de ceux qui fêtaient Thanksgiving ? Des gens qui déboulaient avec un cadeau ? L'après-midi promettait d'être assez étrange.

Chapitre 31

Ce n'était pas parce que nos invités observaient une certaine forme d'étiquette qu'on allait, dans la famille, changer nos manières de faire. À peine mon père eut-il prononcé le mot « amen » que mes frères et leurs cousins, sans nous laisser le temps de dire ouf, se jetèrent sur le comptoir où trônait la dinde découpée par maman.

La cuisine se mit soudain à bourdonner comme une ruche. Ma mère ôtait les couvercles et les papiers d'aluminium qui protégeaient les plats, mon père coupait la viande, ma sœur remplissait les verres, mes grands-parents dirigeaient les choses depuis la table, ma tante essayait d'installer sur une chaise haute son bébé qui hurlait tout ce qu'il savait, ses autres enfants se pourchassaient autour de l'îlot central tandis que mon oncle hurlait des ordres à ses gamins. Et, au milieu de tout ça, Cade, figé sur place, se demandait quoi faire.

Les visites dans notre maison avaient décidément besoin d'être accompagnées d'un mode d'emploi.

Un coup d'œil à la pendule au-dessus de la cuisinière m'indiqua deux heures cinq. Une heure... c'était le temps que Cade resterait ici avant de trouver sa première excuse pour déguerpir. J'étais prête à parier ma guitare cassée.

L'air narquois, je lui dis :

– Je t'ai prévenu. Et, si tu veux arriver à grignoter quelque chose, tu as intérêt à foncer.

Ce qu'il fit. En dix secondes il avait attrapé une assiette, se servait d'une main experte et arrivait au bout du comptoir où Ashley l'attendait avec une boisson. C'était moi, maintenant, qui demeurais figée comme une pierre. Résultat, quand je me décidai à me servir, je trouvai le panier de pain vide. Voyant que Wyatt en avait embarqué trois, je lui en volai un au passage.

– Hé ! s'écria-t-il, indigné par mon sans-gêne.

Je lui tapotai les cheveux, mordis dans le petit pain avant de le lui rendre, et saisis une assiette. Une fois servie, je trouvai la table pleine, et les tabourets devant le bar tous occupés. Je décidai donc de m'installer dehors à la table de pique-nique, où l'on pouvait encore manger à l'aise en cette saison car on était en Arizona – l'État qui, avec sa chaleur, tentait de tuer chaque été ses habitants mais parvenait à se faire pardonner tant les hivers étaient doux.

En passant devant la cage du lapin, je lui jetai un haricot vert, puis je m'assis, pour être bientôt rejointe par Ashley et son mec. Ce fut alors au tour de Cade de sortir. Mon estomac se noua.

Mark, quant à lui, semblait un peu défait, à l'image de ses cheveux qui avaient perdu tout leur gonflant.

– C'est bien plus tranquille ici, remarqua-t-il en jetant autour de lui un regard soulagé.

– Ça ne va pas durer, rétorquai-je.

– De toute façon, je ne peux pas rester longtemps.

Wouah, dix minutes, et Mark mettait déjà en œuvre une stratégie de retrait.

– Ah, bon ? s'étonna Ashley, déçue.

– Je te l'avais dit, non ? Mes grands-parents m'attendent.

J'espérais que Cade nous sorte quelque chose de similaire, trouve la même excuse facile, mais il était bien trop occupé à dévorer les plats de maman.

– Je ne crois pas qu'on ait été présentés, déclara Ashley à Cade. Tu es le coach de Wyatt, c'est ça ?

– Et l'ami de Lily, aussi, précisa-t-il en me jetant un sourire en coin.

– Oh, vous êtes copains, tous les deux ?

La surprise dans sa voix était presque insultante.

– On se connaît du lycée, c'est tout… repris-je sur un ton glacial.

Et on se déteste, avais-je envie de rajouter.

– Mais on n'est pas dans le même groupe d'amis.

La porte de derrière s'ouvrit pour laisser passer Jonah et deux de mes cousins. Tandis que les plus petits couraient jouer sur l'herbe, Jonah se dirigea vers la cage du lapin.

– Hé, coach, lança-t-il à l'adresse de Cade, tu veux voir Bugs Lapin ?

– Bugs Bunny, tu veux dire ?

– Mais non, c'est un lapin.

Cade me regarda sans comprendre, et je souris avant de préciser :

– Ben oui, c'est un lapin.

– OK, d'accord, c'est un lapin, conclut-il enfin. C'est cool.

Quand Jonah ouvrit la cage, je criai en même temps que Ashley :

– Non, laisse-le à l'intérieur !

– Je voudrais juste le prendre un peu, protesta-t-il avant de l'apporter devant Cade et Mark.

Ce dernier lui demanda :

– Tu as déjà mangé du lapin ? C'est bon, tu sais.

Horrifié, Jonah recula d'un pas, tandis que Ashley, pouffant de rire, flanquait un coup de coude à son ami.

– Il plaisante, Jonah.

– Oui, c'est juste une blague, renchérit Mark. On ne va pas manger Bugs Bunny.

– Bugs Lapin, corrigea Cade, amusé.

Il gratouilla l'animal entre les oreilles, et Jonah dut comprendre qu'il voulait le tenir car, sans prévenir, il lui lâcha le lapin sur les genoux. Surpris, Cade n'eut pas le temps de le retenir que, déjà, Bugs Lapin sautait sur la table. En l'espace de dix secondes, il réussit à mettre au moins une patte dans chaque assiette.

Redoutant une nouvelle catastrophe, je me levai et le pris dans mes bras... pour la première fois, en fait. J'avais dû mal m'y prendre car les griffes de ses pattes arrière se plantèrent, telles des lames, dans mes mains. Je poussai un cri, le laissai tomber sur le sol, et il en profita pour détaler au fond du jardin.

J'examinai mes avant-bras. Les coupures n'étaient que superficielles, mais l'une d'elles m'avait fait saigner, et des gouttes couleur rubis commençaient à perler sur ma peau. Quand je levai les yeux, je vis Cade courir après Bugs, Jonah sur ses talons.

– Franchement, le lapin, c'est très bon, insista Mark, ravi de sa petite plaisanterie. Mais, je dis ça comme ça...

Les mains en avant, Cade plongea pour un atterrissage parfait, et parvint à piéger la bestiole. Jonah frappa dans ses mains, et mes deux cousins qui nous avaient rejoints sautèrent de joie en applaudissant à leur tour. Cade, toujours par terre, roula sur le dos et plaqua sur sa poitrine le lapin... qui se laissa caresser comme un petit chat

– Il va te faire pipi dessus, lui lançai-je en guise d'avertissement.

Cade prit ça pour une blague, rigola et laissa les trois gamins câliner l'animal qu'il gardait contre lui. Non, ce n'était pas le plus charmant tableau du monde. Pas question de l'admettre !

Cade arracha quelques brins d'herbe et chercha à en nourrir Bugs.

– Il n'aime pas l'herbe, lui dit Jonah. Il mange des carottes, de la salade et des boulettes.

– Des boulettes ? Qu'est-ce que c'est ?

– J'en sais rien. Mais elles puent.

Cade rit de nouveau, de façon tout à fait naturelle, cette fois, et les gamins l'imitèrent. J'étais contente qu'il s'amuse. La lettre qu'il m'avait écrite sur leur Thanksgiving en famille était si triste, et je pouvais être heureuse pour lui... au moins aujourd'hui. Demain, ce serait une autre histoire.

Jonah délivra Cade de la bête sauvage qu'il gardait sur la poitrine, et la remit dans sa cage. Ashley et Mark emportèrent nos assiettes à la cuisine, et mes petits-cousins retournèrent à leur cueillette de pâquerettes. Cade resta allongé sur l'herbe, les mains nouées derrière la tête, les genoux relevés. Mes pieds devaient avoir un cerveau perso car ils m'entraînèrent d'eux-mêmes auprès de lui.

– Il est très mignon, ton frère, me dit-il.

– Ah, il le sait. J'en connais un autre comme ça...

Ça m'était venu tout seul, un peu malgré moi.

– Tu ne parles pas de moi, j'espère ? demanda Cade en riant. Parce que, rappelle-toi, on a instauré une trêve.

Il tapota le sol à côté de lui et me dit :

– Allez, assieds-toi.

Je n'aimais pas qu'on me donne des ordres mais, encore une fois, mon cerveau ne semblait plus contrôler mon corps. Je m'assis, Cade roula sur le côté pour me faire face, et se redressa sur un coude. Puis il me regarda. Si longuement que je commençai à me sentir mal à l'aise.

Je ne voulais pas être la première à dire quelque chose, mais je ne pus m'en empêcher.

– Tu devrais faire chasseur de lapin, pour gagner des sous. Tu as l'air doué.

– C'est presque aussi viril que cow-boy, sourit-il.

Malgré moi, je me mis à rire.

– Et, tu veux faire quoi, dans la vie ?

C'était vrai, on n'avait jamais évoqué la chose dans nos lettres.

– On croirait entendre mon père, soupira-t-il.

Je remarquai qu'il n'avait pas employé le mot « beau-père », même si je croyais savoir que c'était de lui qu'il parlait.

– Ce n'est pas une réponse.

– Du base-ball. C'est mon envie du moment, en tous cas. Mais, si tu entends parler d'opportunités avec des lapins, fais-moi signe.

Je savais reconnaître une non-réponse, quand je l'entendais. Et, celles de Cade – dans ses lettres, du moins – j'en avais l'habitude. Pourtant, ça me faisait un peu mal de constater qu'il n'était pas prêt à se livrer de vive voix.

Mais, évidemment, il n'allait pas s'ouvrir à moi, Lily. Je n'étais pas quelqu'un qu'il appréciait. Je n'étais pas cette inconnue qu'il croyait être sa correspondante.

– Tu as encore faim ? lui demandai-je pour changer de sujet. Il doit rester des tas de trucs à l'intérieur.

– Non, ça va. En fait, j'ai déjeuné chez moi, avant de venir.

– Alors… pourquoi tu es venu ?

– Parce que ton frère m'a invité. C'est un bon gamin.

Je passai une main sur l'herbe, laissant les brins me chatouiller les paumes.

– C'est la seule raison ?

Je voulais qu'il me parle de chez lui. Qu'il s'épanche un peu, comme il l'avait fait dans ses lettres. Qu'il me dise s'il passait une mauvaise journée avec nous. Peut-être que je cherchais à lui prouver qu'il pouvait se confier à moi.

– Tu aurais voulu qu'il y ait une autre raison ?

Inclinant la tête de côté, il afficha un demi-sourire. Je compris alors ce que j'insinuais sans le contexte des lettres.

– Non, bien sûr que non ! Je me demandais juste pourquoi tes parents ne t'ont pas poussé à rester avec eux. Les miens ne me laissent pas sortir le jour de Thanksgiving.

Sa belle assurance parut s'évanouir. Il se recoucha sur l'herbe.

– Ouais... je suis sûr que mes parents aussi aimeraient que je reste à la maison. Ma mère aime qu'on soit tous ensemble.

– Vraiment ?

Ce n'était pas ce qu'il m'avait dit... ou, du moins, écrit.

– Bien sûr. Quelle mère n'aimerait pas ?

Ce garçon se créait une sacrée carapace, je devais avouer. Qu'est-ce qu'il fallait faire pour qu'il se montre lui-même, en dehors de ses lettres ?

– Toutes les mamans ne sont pas forcément gentilles. On peut en dire autant des papas.

Cade ne cilla même pas. Il tourna la tête et m'observa de nouveau.

– Tu saignes.

Je baissai les yeux pour découvrir effectivement quelques gouttes rouges.

– Oui, c'est Bugs qui m'a eue. Ce n'est pas très grave.

– Tu devrais peut-être désinfecter. Ce n'est pas la créature la plus saine du monde.

Je devinai que notre conversation était finie à la façon dont Cade se posa un bras sur les yeux comme s'il s'apprêtait à commencer une sieste. Ça me blessa plus que je n'aurais voulu.

Chapitre 32

Il était cinq heures et demie, et Cade ne s'était toujours pas échappé. Je lui avais donné une heure, et voilà qu'au bout de quatre, il était encore là. J'avais honteusement perdu mon propre pari. Mark, lui, avait mis les voiles depuis longtemps. Il n'avait même pas attendu que mes grands-parents racontent l'éternelle histoire de maman, encore ado, qui faisait la grève de la faim le jour de Thanksgiving en refusant de manger de la dinde. Ni de partager avec nous la tarte au potiron qu'on s'apprêtait à déguster.

La tarte au potiron. L'événement que je repoussais depuis une heure, en tentant de survivre à la présence de Cade. Il ne pouvait pas être là au moment où on observait la tradition familiale que je lui avais si bien décrite dans une de mes lettres ! Il partirait d'une minute à l'autre, je le savais. Il le devait. C'était ce que j'espérais depuis cent vingt minutes, maintenant. Des minutes pendant lesquelles je regardais, morte d'impatience, mes petits-cousins se pendre aux chevilles de Cade pour l'empêcher de marcher ; où j'entendais mon père lui expliquer comment il avait construit l'étagère du salon ; où je voyais ma mère utiliser son poignet pour mesurer le bracelet d'homme qu'elle était en train de fabriquer.

Je ne comptais plus le nombre de fois où j'avais rougi jusqu'aux oreilles, où Cade avait paru amusé ou un peu désorienté. Je me demandais combien de ces histoires allaient être répétées à Sasha la semaine suivante.

– Où est Sasha, au fait ? lui demandai-je subitement.

Assis dans le canapé face à moi, le poignet toujours entouré du cordon de cuir que maman tressait, il haussa les épaules pour répondre :

– Dans sa famille. Et Lucas ?

– Lucas... ? Pourquoi je saurais où il est ?

– Je vous ai vus ensemble à un concert, l'autre soir.

Je frémis intérieurement.

– Les Frequents Stops ? Tu y étais aussi ? Je savais que tu...

Les aimais, manquai-je de dire avant de me reprendre.

– Tu savais quoi ?

– Que... tu y serais, bredouillai-je. J'ai entendu Sasha en parler.

– Elle n'y est pas allée.

– Oh, alors elle devait savoir que tu irais.

– Oui, elle le savait.

– Lucas et moi, on...

Est-ce que j'avais vraiment besoin d'expliquer à Cade ma relation – ou, en l'occurrence, ma non-relation avec Lucas ? Il ne méritait aucune explication. Surtout devant ma mère. Elle savait que j'étais allée au concert avec Isabel, Gabriel et un ami du lycée, et basta. Mais, heureusement, elle n'écoutait qu'à moitié ce qu'on disait.

– On s'est bien amusés, continuai-je. C'était cool.

D'un geste vif, maman retourna le poignet de Cade.

– Ne bouge pas, je vais chercher le fermoir.

Elle se leva, sortit et, pour la première fois de la journée, le salon parut silencieux.

Dans le salon, les enfants regardaient un film tandis que mes tantes, mon oncle, papa et les grands-parents s'occupaient de la vaisselle. Quant à Ashley, j'ignorais où elle avait disparu.

– Désolée, fis-je en indiquant le poignet toujours levé de Cade.

– Non, c'est marrant... j'ai un bracelet.

– Hum... je ne crois pas que tu vas le garder. Tu es son mannequin, c'est tout.

– Son mannequin ?

– C'est pas forcément un compliment.

– Parce que, si tu me fais un compliment, tu risques une attaque, je sais.

– Ah ah, peut-être pas une attaque mais mon cerveau pourrait bien se révolter.

Ce qui ne le fit pas rire du tout. Les yeux sur le cordon de cuir à son poignet, il répliqua :

– Oh, arrête. Tu n'as pas besoin que je te dise que tu es mignonne pour savoir que c'est vrai.

Je crus défaillir. Il avait vraiment balancé ça ?

– Ça va ? interrogea-t-il alors. Tu as l'air toute pâle.

Je lui flanquai un coup de pied et il se mit à rire.

– Et toi, tu me trouves comment ? lâcha-t-il.

– Toutes les filles te trouvent mignon, non ?

À ma grande surprise, il ne parut pas insensible à cette réflexion. Elle parut l'embarrasser, même, et je me demandais pourquoi. Tout en étant persuadée que lui le savait. Gêné, il se passa une main dans les cheveux. Puis il dit, presque trop doucement pour que je l'entende :

– Mais, toi, tu n'es pas « toutes les filles ».

Quoi ? J'avais bien entendu ? Il me taquinait, comme il l'avait fait toute la journée ? Et puis, qu'est-ce qu'il voulait dire par là ? C'était une insulte ? Notre trêve était finie ?

Maman choisit pile cet instant pour revenir au salon.

– Désolée, je n'arrivais pas à mettre la main sur ce fermoir. Et on n'a plus que cinq minutes avant la fin du film. Ensuite, on attaque la tarte.

Elle me fit un petit sourire de connivence.

– Non ! m'exclamai-je malgré moi.

Maman s'arrêta, une main sur le fermoir.

– Quoi ? Qu'est-ce qu'il y a ?

– Il... est trop tôt, non ?

– Pas du tout ! Il est tard, même.

– Normalement, on fait ça avec la famille seulement.

– Lily !

Et là, ce fut Ashley qui se matérialisa comme par magie, mon carnet à la main.

– Allez, à toi ! lança-t-elle avec un sourire.

J'avais complètement oublié ma promesse de lire devant tout le monde une de mes chansons. Paniquée, je rétorquai :

– Non ! Certainement pas.

Je me levai et me précipitai sur elle pour lui arracher mon précieux carnet.

– Mais, tu avais promis...

Il était hors de question que je lise une chanson maintenant. La seule que j'avais à moitié terminée était justement celle sur Cade. Et il était là, devant moi.

– Bah, j'ai changé d'avis.

– J'en étais sûre !

– Non, j'allais le faire, mais...

Ashley me jeta un regard déçu et sortit du salon au moment où les autres y entraient. Mon père n'avait pas oublié le bandeau, pour le test à l'aveugle. Je réfléchis à toute vitesse. J'étais sur le point d'être trahie. Cade comprendrait que j'étais sa correspondante. Il serait horrifié. Et toute la famille apprendrait en même temps ce qu'au lycée on pensait réellement de moi. J'étais dans un stress épouvantable.

– C'est... une tradition particulière, balbutiai-je à l'adresse de mon père. Je ne pense pas que ça se fait devant tout le monde.

– Lily, articula-t-il sur un ton réprobateur.

– Je suis vraiment désolée, souffla ma mère à Cade, s'excusant pour moi.

Celui-ci se leva, défit le cordon de cuir qui lui entourait le poignet, et le lui tendit.

– Ce n'est pas grave. C'est très bien comme ça. Il faut de toute façon que je parte. C'est Thanksgiving, après tout. Ma mère sera contente que je rentre. Merci de m'avoir accueilli. J'ai passé un après-midi incroyable.

Je m'en voulais atrocement. Je fichais Cade dehors parce que j'avais peur. Je craignais que, demain, il redevienne celui que je connaissais. Que, moi, je redevienne celle que j'étais. Je craignais de voir qu'il n'était finalement pas celui que j'espérais ; qu'il était bien l'autre, celui que je détestais. Je craignais d'avoir envie de le découvrir. Je flippais complètement.

Je le suivis dans l'entrée, cherchant le meilleur moyen de le faire partir sans avoir à lui en donner la raison. Arrivé devant la porte, il demanda :

– Alors, notre trêve a une date limite ? Ou c'est l'heure pour toi de redevenir une...

Il n'acheva pas sa phrase mais je savais parfaitement comment la terminer. Et puis, ça m'aida à ne pas chercher d'explication. J'ouvris la porte et déclarai :

– Quatre heures, c'est le maximum que je puisse tenir avec toi.

Une phrase que je regrettai aussitôt. Je voulus lui dire que je ne pensais pas ce que je disais. Que, au contraire, j'avais passé un très bon moment avec lui, aujourd'hui.

– Ce n'est pas ce que disent les autres filles... mais tu n'es pas une fille normale, je me trompe ? fit-il avec un sourire ironique.

– Au revoir, Cade.

– À bientôt, Lily.

Sans se retourner, il descendit l'allée vers sa voiture.

Je refermai la porte et m'y appuyai le front. Le battant était froid, ce qui me dit que j'avais le visage brûlant. De honte ou de colère, j'étais incapable de le dire.

– Lily ! appela ma mère du salon. On commence !

– J'arrive !

La tarte au potiron que je passai les quinze minutes suivantes à goûter ne me parut pas aussi bonne que d'habitude. Peut-être un arrière-goût de culpabilité ?

Chapitre 33

Le samedi après Thanksgiving, j'étais à la cuisine, assise devant la machine à coudre, en train de terminer une jupe, quand mon téléphone vibra dans ma poche. Sur l'écran s'afficha le nom d'Isabel.

– Salut, lui dis-je.

– Tu veux passer à la maison ?

– Impossible, je baby-sitte. Oh, attends deux secondes, le micro-ondes m'appelle.

Récupérant ma jupe qui pendait au coin de la table, je la posai en vrac sur la machine puis allai ouvrir le four. J'en sortis quatre hot-dogs archi-fumants.

– Wyatt, tu les as laissés chauffer bien trop longtemps.

– Mais je les aime bien comme ça.

Je les déposai sur la table devant lui et Jonah, avec une bouteille de ketchup.

– Allez, mangez... mais ne touchez surtout pas à ça, leur recommandai-je en indiquant la machine à coudre et la jupe posée dessus.

Puis je retournai à mon téléphone.

– Tu veux passer, toi ? proposai-je à Isabel.

– D'accord ! J'arrive.

Quand elle se pointa à la maison, on s'embrassa comme si on ne s'était pas vues depuis des siècles. Et, effectivement, des années semblaient avoir passé depuis le concert.

– Alors, ce Thanksgiving chez Gabriel, c'était comment ?

– Très chouette. Je n'y suis pas restée très longtemps... tu sais comment sont mes parents avec les fêtes.

On alla au salon pour se vautrer dans le canapé.

– Oui, je sais. Déjà, j'étais étonnée qu'ils te laissent y aller. Il y avait beaucoup de gens ?

– Pleins de copains. Et chez toi ?

– Cade était à la maison.

Je me sentais obligée de lui raconter chaque petit détail le concernant, maintenant ; il ne fallait pas qu'elle croie que je lui cachais des choses.

– Quoi ! demanda-t-elle, choquée. En quel honneur ?

– C'est Wyatt qui l'a invité.

Elle savait déjà que Cade était le coach de mon frère, cette saison.

– Noon !

– Si.

– Et, alors ?

– Eh bien, il est resté ici pendant plus de quatre heures.

Elle se plaqua une main sur la bouche puis articula :

– Oh, là là, ta journée a dû être atroce.

– Non, contrairement à ce que tu peux croire, ça s'est très bien passé. On avait décidé de faire une trêve.

– Une trêve ! Ton idée ou la sienne ? Enfin, peu importe, je ne sais pas pourquoi je te demande ça... C'est tellement toi.

– Ça veut dire quoi ?

– Tu es drôle, c'est tout. Alors... je n'en reviens pas... toi et Cade, vous vous entendez bien, maintenant. C'est un vrai miracle. Tu crois que ça a quelque chose à voir avec les lettres ? Il sait que c'est toi qui lui écris ?

– Non, il ne l'imagine même pas. Et, aux douze coups de minuit – enfin... quand il est parti – on a rompu la trêve. Et on n'est plus amis du tout, je peux te l'assurer. C'est à cause de lui et de sa petite copine si j'ai écopé de deux semaines de colle, après tout. J'ai une rancune à respecter.

– Une rancune à respecter... franchement. Mais tu ne m'as jamais expliqué comment c'est arrivé, en fait.

– À cause d'un remplaçant et d'une erreur d'identité.

– On se croirait dans un roman à énigmes.

– C'est un peu ça, oui. Enfin, c'était nul. Sasha avait pris ma place et s'était amusée à faire des trucs pourris en mon nom.

J'installai confortablement mes jambes sur les genoux d'Isabel avant d'ajouter :

– Mais on s'en fiche, maintenant. Tout ça, c'est du passé.

– Et avec Lucas, ça roule ?

Je me rendis soudain compte que je n'avais pas pensé à lui une seule fois de la journée.

– Il ne m'a pas appelée... pas envoyé de message non plus.

– Ce n'est pas trop grave.

– Mais, ça fait plus d'une semaine !

– La semaine de Thanksgiving, n'oublie pas. Il est peut-être parti quelque part. Stresse pas.

– D'un autre côté, si ça ne marche pas entre lui et moi, je n'en ferai pas une maladie.

– Lil ! Pourquoi tu fais déjà une croix sur lui en disant que ça ne marchera pas ?

– Je ne fais pas une croix sur lui, protestai-je faiblement.

– Si. Tu essaies de te protéger en quittant la danse avant même qu'elle commence.

– Non, c'est juste que... Je ne veux pas que tu t'en fasses pour moi si tout ça n'aboutit à rien. Je n'ai pas besoin de Lucas pour être heureuse. Je peux l'être sans lui, avec lui... ou avec quelqu'un d'autre.

– Quelqu'un d'autre ? Qui ?

Une fois de plus, je me sentis rougir. Pourquoi ?

– Quelqu'un en général. Dans l'absolu.

– Oui, c'est ça, fit-elle, dubitative. Le quelqu'un d'autre, c'est Cade, en fait.

– Non, carrément pas !

Je protestai avec tant de véhémence que je n'entendis pas la petite phrase qu'elle venait d'ajouter.

– Quoi ?

– J'ai dit, retour à Thanksgiving.

– Ah, oui... Thanksgiving. Alors ?

Sentant mes joues encore rouges, je tentai à tout prix d'éviter le regard d'Isabel. Je balançai mes jambes par terre et me mis à ranger fébrilement les magazines éparpillés sur la table basse.

– Vous avez parlé de quoi, avec Cade ? me demanda-t-elle.

– Je ne sais pas trop. Du lapin. De mon frère. De sa famille.

Enfin, cette dernière précision n'était pas totalement vraie. J'avais essayé de lancer le sujet sur sa famille mais il était très vite passé à autre chose. Cela dit, on en avait parlé dans nos lettres ; ce qui me rappelait une question que je voulais poser à Isabel.

– Quand toi et Cade étiez ensemble, il te parlait de ses parents ?

– Ses parents ? Pas vraiment.

Elle ôta ses tongs et remua ses orteils aux ongles vernis avant d'enchaîner :

– Ils sont riches et voyagent beaucoup, j'ai cru comprendre. Pourquoi ?

– Et son beau-père, il était sympa avec toi ?

– Son beau-père ? Non, c'est son vrai père... Enfin, je crois. Il l'appelle papa. Il possède les assurances Jennings, si je ne me trompe pas.

Cade n'avait donc pas dit à tout le monde que ses parents étaient divorcés ? J'en avais conclu que, si son vrai père n'était jamais là et qu'il n'avait pas à faire la navette entre ses parents, il n'aurait jamais rien à expliquer, s'il ne le voulait pas. Il m'avait bien précisé, dans une de ses lettres, qu'il restait très discret là-dessus.

– En fait, en y repensant, tu as raison, fit Isabel, la tête légèrement inclinée. Il a bien dit une fois que c'était son beau-père, mais juste comme ça, en passant. Peut-être qu'il a été adopté. Ce serait pour ça qu'il porte son nom.

– Je n'en sais rien.

– Je ne crois pas qu'il connaissait très bien son vrai père. Ils ont divorcé longtemps avant de venir s'installer dans le coin.

Pas si longtemps...

– Oui, peut-être.

– Je n'arrive toujours pas à comprendre comment vous avez pu passer quatre heures ensemble, reprit Isabel. C'est vrai, quand j'étais avec lui, vous ne pouviez pas rester dans la même pièce plus de trois minutes sans vous aboyer dessus.

– Oui, je sais...

Quand elle était avec lui... Ils avaient réellement été ensemble. Ce n'était pas de la préhistoire. Cade était vraiment sorti avec ma meilleure amie.

– Mais, ne t'inquiète pas, on ne s'est pas insultés. Les cochons n'ont pas encore des ailes.

– Tu en es sûre ? demanda Isabel, les yeux tournés vers la fenêtre. J'aurais juré en voir un dans le ciel, en venant ici.

– Attends, dis-je en saisissant mon téléphone, je regarde mon appli météo.

Elle sourit et me passa les bras autour du cou.

– Tu m'as manqué.

– Toi aussi, tu m'as manqué. Attends, je vais voir si mes frères sont prêts à se coucher, pour qu'on puisse se faire un petit film.

On en était à la moitié de la vidéo quand un détail me revint soudain à l'esprit. Quelque chose que j'avais dit à Isabel. La raison pour laquelle je m'étais pris cette colle. Sasha était à ma place lorsque Cade était entré en salle de chimie. Il l'avait vue assise à mon bureau. Avant que je comprenne que c'était lui, mon correspondant mystère. Voilà pourquoi il était entré – non pas pour lancer une blague destinée à faire sortir ses copains un peu plus tôt, mais pour voir qui était assis à cette place. Il pensait donc que sa correspondante était Sasha.

Je me mis à rire.

– Quoi ? interrogea Isabel.

Je n'arrivais pas à croire que Cade puisse penser que Sasha lui avait écrit ces lettres. Ce n'était tellement pas son style. Mais, au fond, les messages de Cade ne lui ressemblaient pas non plus. Je me redressai avec un hoquet. C'était pour ça qu'il avait fini par lui proposer de sortir avec elle ? Parce qu'il la prenait pour l'auteur de ces lettres ? À ma grande surprise, cette idée me rendit folle furieuse. Il devait être trop content que sa correspondante mystère soit une fille si belle et populaire. Ça tombait trop bien pour le chéri de toutes ces filles.

– Quoi ? demanda-t-elle une deuxième fois.

– Je viens juste de réaliser un truc.

Je lui expliquai alors notre échange de places et le coup des lettres.

Elle me jeta un regard à la fois étonné et dégoûté.

– Mais, c'est horrible !

– Tu trouves ? C'est peut-être mieux qu'il pense que c'est elle.

– Il va en vouloir à mort à Sasha, quand il ne recevra plus ses lettres.

– Il pensera peut-être qu'elle a arrêté de lui écrire parce qu'ils sont ensemble, maintenant. Et, moi, je le pousserai peut-être à penser ça.

– Tu ne vas pas faire ça !

– Ça ne sera pas difficile. Les gens gobent facilement ce qu'ils ont envie de croire. Et, Cade a envie que ce soit vrai. Il a envie que l'auteur de ces lettres soit Sasha.

L'air grave, Isabel ne chercha pas à me contredire.

Chapitre 34

Le lundi suivant, en classe de chimie, je ruminais mon plan. Même si je savais que Cade voulait que sa correspondante soit Sasha, il serait difficile de le convaincre que c'était elle. Il lui suffisait de lui poser quelques questions du style : avait-elle un frère ou une sœur plus jeune qu'elle ? Aimait-elle la même musique que nous ? Il comprendrait assez vite. Il devait même déjà l'avoir compris, sans que j'aie eu besoin de lui écrire. À moins que...

Sasha avait vu le bureau et ses mots gravés dans le bois, le jour où elle avait pris ma place. Peut-être qu'elle avait capté quelque chose. Si Cade lui avait parlé des lettres, peut-être qu'elle avait fait mine de savoir de quoi il parlait... et qu'elle avait joué le jeu.

Je passai la main sous le bureau. Je croyais m'être guérie de ce besoin après une semaine de vacances, après avoir appris que l'auteur de ces lettres était Cade, mais mon cœur se remit à battre quand j'y trouvai un nouveau message.

Tu as réussi à écouter tous les Pink Floyd d'une traite ? C'est trop top. J'aurais aimé y penser. Non, je pensais trop à la lettre que je devais écrire à mon père. Je sais qu'on avait parlé d'écrire à mon beau-père mais, quand je me suis retrouvé devant la feuille blanche, j'ai réalisé que c'était à mon père que je devais parler. Il peut ignorer un appel mais ce serait plus dur d'ignorer une lettre, non ? Enfin, voilà, je l'ai écrite et je l'ai envoyée pendant les vacances. Maintenant, je n'ai plus qu'à attendre. J'ai l'habitude d'attendre des réponses depuis qu'on échange des lettres, toi et moi. Ça m'a appris la patience. Enfin, non, pas vraiment. Je meurs d'ennui, ici. J'ai besoin de distraction. J'ai passé Thanksgiving avec une autre famille parce que j'avais besoin de penser à autre chose (souviens-toi de ce que je t'ai dit à propos de mes Thanksgiving qui sont devenus une vraie galère). Et, le fait de me retrouver ailleurs, c'était chouette. Ça faisait longtemps que je n'avais pas vu à quoi ça ressemblait, une vraie famille. Et, celle-là, c'était le top du top. Un peu comme une peinture. Tu sais, ce type qui peint des scènes classiques de la vie américaine qui ont l'air trop belles pour être vraies ? Eh bien, c'était ça. C'était le meilleur Thanksgiving que j'avais eu depuis des siècles. Et le tien, ça s'est passé comment ?

Je m'efforçai de ne pas rire de sa description de ma famille, en lui répondant.

Tu veux parler de Norman Rockwell ? Je suis sûre que tu n'as pas passé Thanksgiving avec la famille d'un de ses tableaux. Il n'y a pas de famille parfaite.

Je faillis écrire « la mienne encore moins », mais je me ravisai. Est-ce que le fait de réfuter cette description, c'était lui avouer qu'il avait passé Thanksgiving avec moi ? Non, puisqu'il pensait écrire à Sasha.

Je suis contente que tu te sois un peu amusé avec eux. Je comprends pourquoi tu as tant besoin d'une famille. C'est déjà dur d'attendre un jour entier la réponse à une lettre, aussi j'imagine ce que tu peux ressentir en attendant aussi longtemps. Ton père va te répondre. Il doit le faire. Tu attends qu'il te dise quelque chose de spécifique ? Ou qu'il fasse quelque chose de particulier ? Ou tu veux juste avoir des nouvelles de sa vie ? J'espère que tu n'as pas essayé de lui écrire une chanson parce que, dans ce cas, tu n'auras jamais d'écho ;-) Non, sérieusement, tes lettres sont passionnantes. Impossible de ne pas y répondre.

C'était du moins le cas pour moi. Jamais, malgré tout ce que je savais ou pensais de lui, je ne pourrais arrêter de lui répondre. Parce que ses lettres avaient sur moi une sorte de pouvoir contre lequel j'étais incapable de lutter.

* * *

Non seulement les lettres de Cade ne pouvaient se passer de réponse mais elles me remplissaient l'esprit de paroles de chansons. Quel cruel effet du hasard, quand on y pensait : je ne trouvais cette inspiration qu'après avoir échangé des pensées avec Cade ! Et, aujourd'hui, c'était pareil. Assise en salle de retenue, j'avais écrit des couplets entiers.

Tu m'as ensorcelée
En me disant tes secrets
Comment tout arrêter ?
Non, ne laisse rien s'arrêter.
Tu m'as ensorcelée
Mais si tu me connaissais
Tu voudrais que ça cesse
Je ne veux pas que ça cesse

J'étais si absorbée par mon écriture que je n'entendis le prof se lever et sortir de la salle qu'une fois la porte fermée derrière lui. Mes yeux se posèrent sur la pendule. Il restait trente minutes de cours. Je n'avais pas non plus entendu Sasha, toujours en colle elle aussi, arriver derrière moi. Je sursautai donc violemment quand elle s'empara de mon carnet pour y plonger un regard avide.

– Qu'est-ce que tu écris ?

Le temps de me ressaisir et je bondis sur elle pour lui arracher mon trésor et – pourquoi pas ? – la frapper avec. Mais je savais que c'était exactement ce qu'elle attendait. Elle voulait que je me jette sur elle et que je la pourchasse à travers la salle tandis qu'elle lirait mes textes à haute voix devant les autres élèves qui, déjà, salivaient de plaisir. Alors, dominant la panique qui me gagnait, je restai à ma place et m'efforçai de garder un visage aussi neutre que possible.

S'attendant à ce que je lui coure après, Sasha s'était réfugiée au fond de la classe. Et, de là, elle lut les dernières lignes de ma chanson en hurlant de rire.

– Tu voudrais que ça cesse... Je ne veux pas que ça cesse !

J'ordonnais à mon visage de ne pas rougir. Entendre lire mes chansons à voix haute, que ce soit dans la bouche de ceux que j'aimais ou non, c'était ma terreur.

Un ami de Sasha se mit à rire avec elle.

– C'est quoi ? Un poème ?

Je bouillonnais, tout en essayant de me rappeler ce qu'il y avait d'autre dans ce carnet. Est-ce que j'avais nommé Cade dans cette chanson amère que j'avais pondue après avoir découvert que c'était lui mon correspondant ? Non, non, s'il vous plaît, mon Dieu, je n'avais pas fait ça !

Oooh, si... je l'avais écrit !

Elle n'avait qu'à revenir deux pages en arrière. Il n'y avait que deux croquis entre ma chanson et la page qu'elle lisait. Et M. Mendoza, s'il était parti aux toilettes, pourquoi mettait-il tant de temps à revenir ?

Avec un sale petit sourire, Sasha passa à la page précédente. Mon cœur allait flancher, j'en étais sûre. Si je bondissais maintenant en franchissant deux rangées de bureau, je pouvais l'attraper à temps. Elle portait des talons, après tout.

Elle brandit bien haut mon carnet pour montrer à tout le monde mon dessin de chemise.

– Maintenant, on sait d'où ça lui vient, ce goût atroce pour s'habiller ! glapit-elle.

Elle aurait dû commencer à se lasser devant mon manque de réaction. Surtout que les autres ne riaient pratiquement plus, à présent. Mon carnet aurait dû être jeté par terre, à ce stade, ou, au moins, être revenu sur mon bureau.

– Je me demandais pourquoi tu avais toujours le nez collé dans ce carnet, poursuivit Sasha. Maintenant, on sait. Des dessins nases, et des poèmes encore pires.

Je compris alors pourquoi mon absence de réaction ne marchait pas. Ça ne datait pas d'aujourd'hui, en fait. Elle devait se poser des questions sur mon carnet depuis longtemps. Et elle ne faisait pas ça seulement pour m'humilier mais pour satisfaire sa curiosité. Elle allait donc continuer à regarder.

J'avais l'estomac en vrac. Il était temps de passer au plan B.

Le sac à dos de Sasha était posé au pied du bureau qu'elle occupait quelques minutes plus tôt. Si son téléphone s'y trouvait, j'étais certaine qu'elle accepterait l'échange.

Elle passa à une autre page. Comme si elle lisait un livre d'image à une classe de maternelle, elle brandit mon carnet bien haut devant tous. Pour dévoiler le dessin d'une jupe à moitié finie.

Je me levai. Et, alors que je m'approchais de son sac, la porte s'ouvrit et M. Mendoza entra.

– Mesdemoiselles, dit-il en s'adressant à nous deux, vous avez certainement une raison pour avoir quitté votre place, mais je ne veux pas le savoir. Un jour de retenue en plus pour chacune de vous.

Je pus voir sur le visage de Sasha qu'elle n'était pas prête à me rendre mon carnet. Déjà, elle retournait à sa place en continuant de le feuilleter.

– Elle m'a pris mon carnet, déclarai-je en m'avançant vers le prof.

– C'est mon carnet, rétorqua Sasha avant qu'il ne réponde quoi que ce soit.

Elle lisait les paroles de ma chanson, maintenant. Ses yeux allaient et venaient le long de la page. Elle avait dû tomber sur le nom de Cade car elle s'arrêta subitement pour me fusiller du regard.

– Rendez son carnet à Lily, lui ordonna M. Mendoza. Maintenant !

Sans l'écouter, elle continua de le feuilleter. Je la vis tiquer, sans doute en lisant certaines notes écrites en marge, et qui était censées m'inspirer. Était-elle tombée sur celles qui mentionnaient le père de Cade ? Qui parlaient de sa vie chez lui ?

J'étais dégoûtée.

– Sasha, grogna M. Mendoza.

Elle referma violemment le carnet puis le jeta dans ma direction. Il atterrit à mes pieds dans un bruit sec. Je le ramassai et l'ouvris à l'une des pages sur lesquelles elle était forcément tombée. Même si un grand X recouvrait certains mots, la plupart restaient lisibles. Entre autres, ceux qui parlaient de nos échanges de lettres. Si seulement je n'avais pas rajouté mes divagations à la fin de la chanson, elle n'aurait pas su de qui il s'agissait.

Mais le mal était fait et, maintenant, elle savait. Quant à ce qu'elle allait faire de tout ça, je devais me préparer au pire.

Chapitre 35

Frapper quelqu'un dans l'enceinte de l'école donnait lieu à un renvoi immédiat. Je ne voulais pas être renvoyée. C'est ce que je me dis en sortant de colle et en me dirigeant vers le parking.

J'avais été la première à quitter la salle et je devais vite partir sans regarder Sasha, sinon je serais incapable de me maîtriser. Mais, arrivée au parking, je ne fus pas plus aidée, car ni ma sœur ni ma mère n'étaient là pour m'attendre.

Je sortis mon téléphone et envoyai un SMS à Ashley.

Quelqu'un passe me prendre, aujourd'hui ?

– Lily ? appela une voix derrière moi.

C'était Sasha.

Je fis volte-face, reculai d'un pas et, tel un boxeur, portai les poings en avant, prête à me battre.

– Quoi ?

– Il sait que c'est toi ?

Je crus halluciner.

Elle avait donc tout compris. Il fallait maintenant que je trouve une réponse, et vite. Qu'est-ce qu'il arriverait si je lui disais la vérité ? Elle courrait lui dire ? Continuer à jouer le jeu comme si c'était elle ? Si c'était bien ce qu'elle faisait déjà...

Je devais prendre une décision.

– Non, il ne sait pas.

En revanche, pas question de lui dire qu'il pensait que c'était elle.

Avec un sourire narquois, elle enchaîna :

– Ça m'étonnerait. Lauren a dit que presque tous les jours tu écrivais ou tu lisais des lettres en cours de chimie. Et qu'elle ne savait pas avec qui tu échangeais des messages.

Ce n'était donc pas juste grâce aux paroles de chanson trouvées dans mon carnet que Sasha avait capté toute l'histoire. Lauren lui avait parlé de mes lettres.

– Si Cade savait que c'était toi, il serait fou, continua-t-elle. Il ne peut pas te supporter.

– Je sais.

Une boule se formait dans ma gorge, sans que je sache vraiment pourquoi. Tout ce qu'elle avait dit, je le savais déjà. Pourquoi ma colère devenait-elle de la tristesse ? Pourquoi ma furieuse envie de la frapper se transformait-elle en un désir de me cacher dans mon lit pour ne jamais en sortir ?

– Si tu entendais la moitié de ce qu'il dit sur toi, tu ne te risquerais pas à avoir des sentiments.

– Je n'ai pas de sentiment. J'ai un... petit ami.

Des mots qui sortirent complètement étouffés de ma gorge, parce que Lucas n'était pas techniquement mon copain. Mais, à ce moment précis, j'aurais aimé le crier haut et fort.

– Tes poèmes disaient le contraire, continua Sasha.

– Je te dis qu'il ne m'intéresse pas.

– Je ne dirai pas à Cade que c'est toi, mais il faut que tu arrêtes de lui écrire. On est ensemble, lui et moi.

– Je sais.

Deux coups de klaxon résonnèrent. Je me retournai, m'attendant à voir ma sœur à l'entrée du parking.

Mais c'était Cade.

– Ah, voilà mon chauffeur, dit Sasha en jubilant.

Elle dut prendre une seconde de trop pour courir vers sa voiture car il en sortit aussitôt et se dirigea vers nous.

De pire en pire...

– Salut, les filles.

– On y va ? lui dit Sasha pour toute réponse.

– Super, tes cheveux aujourd'hui, Lily, me lança-t-il soudain.

Je me forçais à ne pas y porter la main pour les aplatir. En plus, il se moquait, avec son habituel sourire suffisant. Sasha eut un petit rire ravi.

– Vous êtes copines de colle, c'est ça ? demanda-t-il.

– Pas du tout, m'empressai-je de le rassurer.

Dieu merci, je n'avais plus envie de pleurer. J'étais juste hors de moi.

– C'est encore une de tes ennemies ? ajouta-t-il, railleur.

– Ne fais pas comme si tu ne savais pas ! Ta copine était justement en train de me rappeler pourquoi je n'aime pas traîner avec des gens comme vous.

– Si tu ne traînes pas avec nous, c'est juste parce qu'on n'a pas besoin de toi, corrigea Sasha en riant.

Cade eut l'air de vouloir dire quelque chose mais il hésita, comme s'il attendait une réponse de ma part. Que je ne lui donnai pas. J'en avais tellement fini avec ces deux-là.

Je tournai les talons et m'éloignai, non sans jeter un dernier regard derrière moi... Pour, malheureusement, voir Sasha lui passer un bras autour de la taille. Ce fut à elle de se retourner alors pour m'envoyer un clin d'œil, comme si on était deux conspiratrices.

J'aurais vraiment dû la frapper.

Chapitre 36

Ma mère entra dans ma chambre et posa une petite boîte devant moi.

– Lily, tu pourrais me rendre un service ?

Je levai un regard distrait de mon carnet. Je tentais de noyer mon chagrin dans l'écriture de chansons, mais... rien ! J'étais encore trop retournée par ce qui s'était passé avec Sasha après notre heure de colle.

– Euh... oui, fis-je en repoussant mes cheveux en arrière.

– Il faudrait que tu ailles livrer ça pour moi.

– Qu'est-ce que c'est ?

– Un bijou.

– D'accord. Tu as une adresse ?

Maman m'avait déjà demandé de faire ce genre de livraison à des clients.

– Et, c'est déjà réglé ou ils doivent me donner des sous ?

– Pas de règlement. C'est un cadeau d'excuse.

– Un cadeau d'excuse ?

– Oui, de ta part.

– De ma part ? Pourquoi ?

Les mains sur les hanches, elle répondit :

– Parce qu'on avait l'autre jour un invité avec qui tu t'es montrée parfaitement impolie. On n'en a pas parlé tout de suite parce que c'était Thanksgiving, mais on va le faire maintenant. Ce garçon a été très gentil et tu l'as très mal accueilli.

D'abord interloquée, je finis par retrouver ma voix.

– Oui, je sais... je suis désolée.

J'avais beau être vraiment désolée, je n'avais aucune envie d'aller porter cette boîte à son destinataire, et j'espérais de toutes mes forces que, si maman s'en rendait compte, elle n'insisterait pas pour que j'y aille. Parce que, même si notre invité n'avait pas mérité ce traitement, ce jour-là, il le méritait amplement pour tous les autres jours.

Et sa peste de petite amie, encore plus.

– Bon, ça ne devrait pas être trop difficile, alors, fit maman en tapotant la boîte avant de s'en aller.

– Maman, attends !

Elle s'arrêta sur le seuil de ma chambre.

– Peut-être que Wyatt pourrait le lui donner jeudi, avant son entraînement de base-ball ? Je n'ai peut-être pas besoin de le faire maintenant, du coup, et d'utiliser ta voiture ?

Une voiture un peu en vrac, pleine de bazar mais qui, quelque part, lui ressemblait. Même si elle représentait l'histoire de ma vie, j'évitais au maximum de la conduire, surtout dans les quartiers super-chics où se situait la maison d'un garçon qui trouverait là un nouveau moyen de se moquer de moi.

– Ou alors, je peux lui remettre à l'école.

Ou jamais.

– J'aimerais que tu lui portes maintenant, Lily. Allez. Et profites-en pour t'excuser.

Ça, ce n'était même pas la peine d'y penser.

* * *

Ça faisait des siècles que je n'avais pas mis les pieds chez Cade, et j'avais espéré à l'époque ne jamais devoir le refaire. Pourtant, voilà que je me retrouvais devant cette grande porte à double battant.

Tout en sonnant, je priai pour qu'il ne soit pas là. Ou qu'un genre de valet vienne répondre à sa place. Alors, je pourrais lui laisser la boîte et m'enfuir.

Mais la chance n'était pas avec moi. Après le coup de la guitare, la colle et l'embrouille avec Sasha, je ne devais pas m'attendre à un coup de pouce du destin.

Ce fut Cade qui répondit, tout auréolé de son mètre quatre-vingt, de ses cheveux légèrement humides et de son sourire hollywoodien.

– Hé, salut, me lança-t-il comme s'il trouvait normal de trouver là, sur le pas de sa porte.

– Hello... murmurai-je, les yeux baissés.

– Entre.

Ma mère l'avait-elle prévenu de mon arrivée ? Pourquoi semblait-il aussi peu surpris de me voir ?

Je pénétrai dans son immense vestibule, en pensant que mon imagination en aurait exagéré la taille ; mais non, il était encore plus grand que dans mon souvenir, orné d'un sol de marbre – très – blanc, d'immenses vases et d'une imposante peinture avec rien que des lignes, blanches, elles aussi.

Je lui tendis la boîte, tout en continuant d'éviter son regard.

– C'est de la part de maman.

– En quel honneur ?

Il l'ouvrit et en sortit le bracelet de cuir qu'elle avait assemblé sur son poignet, le jour de Thanksgiving.

– Ah oui, le bracelet d'homme. Tu ne m'avais pas dit que je lui servais juste de mannequin ?

– Oui... jusqu'à ce que je me montre impolie avec toi. C'est un cadeau d'excuse parce que « ma fille a été odieuse ».

– Dans ce cas, elle m'en doit encore cinq cents, ironisa-t-il.

– Très amusant. Enfin, tu n'es pas obligé de le porter.

Il n'arborait pas de plumes, c'était déjà ça.

– Ou tu peux le donner à ta mère, si tu veux...

– C'est un bracelet d'homme, Lily, me rappela-t-il sur un ton moqueur. Ma mère n'est pas un homme, que je sache. Non, je vais le porter. Et, quand je le mettrai, il me rappellera que tu es venue t'excuser d'avoir été odieuse avec moi.

– Je ne me suis pas excusée, rétorquai-je en acceptant finalement de rencontrer son regard amusé.

– Oh... alors, c'est ta mère qui s'excuse pour ton comportement avec moi ?

– Oui, fis-je avec un petit rire.

– Mais, pas toi ?

– Si, moi aussi. Allez, à plus tard.

– Attends.

Comme je reculais vers la porte, je stoppai net.

– Il faut que tu me montres comment le mettre.

Alors qu'il partait vers l'intérieur sans un mot, je crus comprendre que j'étais censée le suivre. Je pensai un instant ne pas le faire puis je me dis que, si j'agissais ainsi, je serais bonne pour lui offrir un autre bracelet.

Je le rejoignis dans une cuisine gigantesque. La boîte et le bracelet reposaient maintenant sur le comptoir central, face à Cade qui se préparait un sandwich. Je l'avais manifestement interrompu au milieu d'un snack. Gardant prudemment le meuble entre nous, je m'y accoudai d'un air faussement dégagé.

Cade referma son sandwich et mordit dedans.

– Tu veux quelque chose ? me proposa-t-il, la bouche pleine.

– Non, ça va, merci.

Je saisis son bracelet et ajoutai :

– En fait, c'est un fermoir tout ce qu'il y a de classique. Tu l'ouvres ici et tu le fixes à l'autre bout, comme ça.

– Attends, laisse-moi finir de manger ; tu me montreras directement sur le poignet.

Je n'allais pas m'énerver parce que c'était précisément ce qu'il cherchait à obtenir – mon agacement. Je remis le bracelet dans sa boîte, repris appui sur le comptoir et attendis. Derrière lui apparaissaient deux baies vitrées, au-delà desquelles j'apercevais une piscine.

Je repensai à l'anniversaire qu'il avait organisé pour ses quatorze ans. Après avoir dégusté les plats du traiteur, on était sortis piquer une tête. Enfin, les garçons. Les filles, elles, étaient restées sagement assises sur le rebord de la piscine, comme si le fait de se mouiller allait les faire fondre. J'avais mis mon maillot, à tout hasard, mais n'acceptais de me baigner que si Isabel m'accompagnait. Surtout parce que ce maillot, prêté par ma sœur, était trop grand pour moi. En discutant avec Isabel, j'avais glissé la main dans la poche de mon short et senti un papier au fond. En le sortant, j'avais découvert un billet de cinq dollars. Tellement surprise de ma trouvaille, j'avais laissé échapper un puissant « waouh, c'est mon jour de chance ! » Cade s'était alors approché en disant : « Si ça suffit à te rendre heureuse, je peux t'en donner un comme ça tous les jours. »

Les pieds du tabouret de bar à côté de moi grattèrent soudain le sol, ce qui me tira de ma rêverie. Cade y était assis, comme s'il avait été là depuis le matin. Combien de temps avais-je regardé par la fenêtre ? Le coude sur le comptoir, il attendait en me tendant le bracelet.

Je soupirai, le pris et le lui passai autour du poignet.

– Ce n'est pas difficile, c'est un fermoir archi-classique. Tu l'ouvres en tirant cette petite tige, tu y fais entrer la boucle en métal et tu lâches. Ça se ferme tout seul. Voilà.

– Tu l'as fait avec deux mains. Comment je vais faire, moi, avec une seule ?

– Je ne sais pas. Appuie ton poignet sur le comptoir pour tenir le bracelet immobile.

Je lui rendis le bracelet et l'observai quelques secondes pendant qu'il s'évertuait à le fermer d'une main. Prête à éclater de rire, je me mordis la lèvre.

– Tu trouves ça drôle ? Tu peux le faire, toi, d'une seule main ?

– Oui.

– Prouve-le moi.

Je passai le cordon de cuir autour de mon poignet puis en attachai les deux bouts.

– D'accord, ça a l'air facile, comme ça. Mais c'est ton truc, tu as l'habitude de manipuler ce genre de chose.

– Non, ce n'est pas mon truc, comme tu dis, répondis-je en riant.

– Si, c'est dans les gênes.

– À t'entendre, on est des trafiquants, ou des truands.

De nouveau, Cade essaya d'attacher ce bracelet à son poignet, non sans grogner de frustration à chaque seconde.

– Donne-moi ton bras.

Je m'approchai pour, au bout d'un instant, m'apercevoir que j'avais avancé entre ses genoux grands ouverts alors qu'il était assis sur la chaise de bar. Ça aurait été idiot de reculer maintenant, comme si j'étais gênée de me retrouver ainsi. Car, justement je ne l'étais pas. Et lui non plus. En revanche, son parfum musqué me montait délicieusement à la tête.

Je pris le bracelet, une extrémité dans chaque main, et tentai de l'attacher autour de son poignet. Sauf que, maintenant, mes mains tremblaient.

– Tu sens bon, me souffla-t-il.

Je fermai les yeux, à peine capable de respirer.

– Ne bouge pas.

– Ce n'est pas moi qui bouge.

– Arrête.

– Mais, je ne fais rien.

– Tu ne me facilites pas les choses.

– Je peux te poser une question ?

– Oui, vas-y.

– Pourquoi est-ce qu'on se dispute comme ça ?

Les mâchoires m'en tombèrent.

– On ne se dispute pas. Enfin... On a une drôle d'histoire...

– Je n'ai jamais compris pourquoi.

– Tu m'as donné un horrible surnom en sport, une matière où je ne me sentais déjà pas très à l'aise.

– Je croyais t'aider, en fait. Tu n'arrêtais pas de te prendre le ballon de partout. Je pensais que si j'en faisais une blague, ça ferait rire les autres. Avec toi, et non contre toi.

– Eh bien, on ne peut pas dire que ça ait fonctionné.

– J'ai vu. Alors, c'est tout ? Je t'ai inventé un surnom et je me suis fait une ennemie pour la vie ?

– Tu fais ça à tout le monde, Cade. Tu les humilies par charité. Après, tu balances des commentaires cruels, et on ne sait jamais si c'est parce que tu cherches à être drôle ou parce que tu ne réalises pas qu'ils sont durs à encaisser. Mais ils le sont. Comme aujourd'hui, quand tu te moquais de mes cheveux.

– Quoi ? Je ne me moquais pas de tes cheveux. Ils sont sublimes, tes cheveux.

Sublimes, mes cheveux ? J'en bégayai d'émotion.

– Ah, oui ? Eh bien, euh... Ah, et autre chose : la façon dont tu as traité Isabel, c'est vraiment moche.

– J'ai été moche avec Isabel ? Moi ? Et toi, tu as vu comment tu l'as traitée ?

– Moi ? Qu'est-ce que j'ai fait ? C'était ma meilleure amie. Et elle l'est toujours, je te rappelle.

– Tu as vraiment été lourde avec elle. Elle t'appelait pour organiser des sorties et tu annulais au dernier moment parce que tu devais garder tes frères. Et moi, je me retrouvais avec quelqu'un de contrarié pendant tout le reste de la soirée.

Je tiquai à la description qu'il faisait de moi.

– J'ai des obligations familiales, elle le sait très bien.

– Et puis tu t'en prenais à moi comme si j'étais celui qui la laissait seule au beau milieu d'un dîner au restaurant ou d'une soirée.

– Non, c'était toi qui la laissais seule, même quand tu étais avec elle. Tu étais ailleurs, tu l'ignorais, tellement occupé avec ton téléphone ou je ne sais quoi d'autre.

– J'étais... occupé par des choses, à l'époque.

– Des choses ? Des choses dont tu ne lui parlais jamais, en fait. Tu ne lui disais jamais rien sur toi. Tu ne dis jamais rien à personne, sauf...

Je m'interrompis brusquement. Je faillis me trahir.

– Sauf quoi ? demanda-t-il, intrigué.

– Sauf à ta petite amie. Je suis sûre que tu dis tout à Sasha.

– Arrête de l'appeler comme ça. Ce n'est pas ma petite amie.

– Elle est au courant ?

Son genou frôla involontairement ma cuisse et je sursautai. Pourquoi se tenait-on si près l'un de l'autre ? Sans doute parce que j'avais encore les mains sur son bracelet. Je ne savais pas si c'était la colère ou la détermination qui m'animait, mais je me dépêchai de le fermer et reculai d'un pas.

– Profite bien de ton cadeau d'excuse, lâchai-je sèchement.

– Je vais adorer mon bracelet d'homme !

C'était tellement absurde, ce qu'il venait de dire, que je faillis éclater de rire. Je ne sais pas si Cade en avait envie aussi, mais son regard scintilla. Il se leva et on se retrouva soudain quasiment l'un contre l'autre. Au bout de quelques secondes, mes yeux s'emplirent de larmes... Sans doute parce que j'avais oublié de cligner des paupières en le regardant. Mon envie de rire avait complètement disparu, remplacée par un autre désir. Un désir qu'il ne partageait pas, je le savais. Ne venait-il pas de me dire pourquoi il me détestait ?

Furieuse contre moi-même d'être aussi remuée par sa présence, je m'écartai et m'enfuis en courant.

Installée au volant du minivan, je dus attendre cinq bonnes minutes avant de me sentir capable de conduire.

Chapitre 37

Il le faisait peut-être pour me rendre folle, pour me rappeler ce qu'il représentait mais, quelle qu'en soit la raison, Cade portait le bracelet à l'école, le matin suivant. Et, même si l'hiver avait enfin touché l'Arizona, pour atteindre des températures qu'on n'avait pas connues depuis des mois, il arborait un t-shirt extra-long, sans blouson, ce qui rendait son bracelet encore plus visible.

Sur le parking, je lui lançai un regard noir.

Il me répondit par un sourire. Un sourire de défi.

Que je décidai évidemment de relever.

– Joli bracelet, lui lançai-je en lui emboîtant le pas au lieu de chercher à l'éviter comme je le faisais d'habitude.

– Ah, merci, répliqua-t-il d'une voix grave. Il m'a été offert par une fille profondément désolée d'avoir été odieuse avec moi.

– Profondément désolée ? C'est ce qu'elle a dit ?

– C'est ce qu'elle a voulu dire, du moins. Je l'ai vu dans ses yeux.

– Ce n'est pas plutôt ton propre reflet que tu regardais à ce moment-là ?

Il se passa une main dans les cheveux pour les repousser de son front, mais ils retombèrent aussitôt.

– C'est vrai. Tout le monde apprécie la beauté. Elle m'a d'ailleurs, dit il n'y a pas longtemps, que j'étais mignon.

– Euh... j'espère que, depuis, elle a retrouvé ses esprits.

– Non, ce matin, en me voyant, j'ai cru comprendre qu'elle me trouvait irrésistible.

Je ris, tout en cherchant une réponse affûtée mais, pour je ne sais quelle raison, je n'en trouvai aucune. Qu'est-ce qui m'arrivait ?

– Tu as gagné cette manche, dis-je en apercevant Isabel un peu plus loin devant nous. La seconde, c'est pour moi.

Puis je le plantai là.

Je croisai Sasha qui se dirigeait vers Cade. Au regard haineux qu'elle me jeta, je compris qu'elle avait dû me voir discuter avec lui.

– Salut, ma belle ! lui lançai-je sans vraiment savoir ce qui me prenait.

Elle m'ignora, bien évidemment.

Isabel fut la première à prononcer notre traditionnelle petite phrase d'accueil du matin.

– Bananes au chocolat.

– Tu me donnes faim. Pourquoi tu penses toujours à manger avant de te coucher ?

– Hé, tu n'as pas le droit de répondre à la mienne avant d'avoir prononcé la tienne.

– Bracelet d'homme.

– Quoi ?

– Ma mère m'a demandé d'en apporter un à Cade hier, pour me faire pardonner la façon dont je l'ai traité le jour de Thanksgiving.

J'avais raconté par texto à Isabel le cirque qu'avait fait Sasha pendant notre heure de colle, mais je ne lui avais pas parlé de ma visite chez Cade. Sans vraiment comprendre pourquoi je gardais ça secret, d'ailleurs.

Elle me jeta un regard stupéfait.

– Ta famille complote contre toi ? D'abord, c'est ton frère qui l'invite, et maintenant ta mère te force à lui rendre visite ?

– Oui... Ils ont dû consulter la liste de mes ennemis que j'avais spécialement imprimée à leur intention.

– Il y en a plus d'un, sur cette liste ?

– Juste Cade et Sasha, pour l'instant. Mais, rien ne m'empêche de la compléter. Au fait, Iz ?

– Oui ?

– Je t'ai vraiment fait du mal ? Je suis désolée pour toutes les fois où j'ai dû annuler une sortie avec toi à la dernière minute pour cause de baby-sitting ou autre.

– Quoi ? Lily, franchement. Tu ne vas pas t'excuser pour ça. C'est vrai, je suis parfois déçue quand tu annules à la dernière minute, mais jamais au point de t'en vouloir. Tu es une sœur et une fille incroyable, et je ne serais jamais assez égoïste pour te reprocher ça.

Je lâchai un soupir de soulagement.

– Pourquoi ? Cade t'a dit quelque chose, là-dessus ?

Je hochai la tête en silence.

– Beuh, ça craint. Ne le laisse pas parler à ma place. Jamais.

– OK, je t'aime trop, Iz.

– Moi aussi, Lil.

* * *

La liste de ceux à qui j'avais dit que je n'écrirais plus jamais à Cade grandissait de jour en jour – Isabel, moi et, maintenant, Sasha. Et ma dernière altercation avec lui n'avait fait que me conforter dans ma décision. Il fallait en finir.

Entre Cade qui croyait que sa correspondante était Sasha, notre agacement mutuel qui semblait ne pas vouloir faiblir, mon désir de sortir avec Lucas, et Isabel qui pensait que jamais je n'apprécierais Cade... il fallait vraiment mettre un terme à tout ça.

Assise à ma place en cours de chimie, je ne pensais qu'à une chose : ne laisser à personne l'occasion de découvrir une lettre non lue sous le bureau. Surtout pas à Sasha. Maintenant qu'elle était au courant de nos échanges épistolaires, j'avais trop peur qu'elle les intercepte. Si elle et Lauren ignoraient où on les cachait, elles savaient que j'en recevais régulièrement.

Je passai les premières minutes du cours à effacer les messages écrits sur le bureau, juste histoire de ne pas donner d'idées à qui que ce soit.

Sasha se retournait sur moi toutes les cinq secondes. Parfait ; elle devait penser que j'effaçais ces mots parce que j'arrêtais d'écrire.

Des pochettes à la main, M. Ortega annonça soudain :

– Je vous fais passer ceci afin que vous travailliez dessus pendant l'heure de cours, seul ou avec votre partenaire.

Aussitôt, un brouhaha s'éleva dans la classe pendant que les élèves changeaient de place. Ravie qu'on nous laisse la possibilité de travailler seul, je restai en retrait et vis Lauren se lever pour rejoindre Sasha.

Je profitai du mouvement général pour attraper la lettre sous le bureau.

Je la gardai soigneusement pliée et la glissai dans mon sac. Il me serait plus facile de la lire chez moi et, puisque je n'y répondrais pas, je pouvais le faire n'importe quand.

Mais, au bout de dix minutes, je compris que je n'arriverais pas à produire le moindre travail tant que je n'aurais pas lu cette fichue lettre. Cachant le papier derrière mon bouquin de chimie, je me plongeai dans ma lecture pendant que le reste de la classe travaillait.

Hum... tu demandais si j'espérais quelque chose de particulier de la part de mon père. Bonne question. Je ne lui ai rien demandé dans la lettre que je lui ai écrite (et où je n'ai glissé aucune parole de chanson). Je me dis peut-être qu'il lâchera tout pour monter dans un avion et venir me voir. Mais, dans la vraie vie, je voudrais juste qu'il prenne le téléphone et reconnaisse mon existence. Qu'il reconnaisse qu'il a fait des erreurs. J'aimerais juste des petites excuses de sa part. Et aussi la promesse de faire mieux, ensuite. Je suis son fils, dis-moi que ce n'est pas trop lui demander ! Je sais qu'il ne m'oublie pas... quand ma mère pense à lui rappeler que c'est mon anniversaire. En fait, elle a dû finir par se lasser de cette corvée. Je ne lui en veux pas.

Ça fait plusieurs lettres que je me plains comme ça. Mais, avec toi, j'ai la permission, non ? D'habitude, je cherche à contrebalancer ces émotions un peu graves avec quelque chose de léger mais, aujourd'hui, j'avoue que je ne suis pas d'humeur à ça.

Tu me pardonnes ?

Je reposai la lettre d'un geste triste. Pourquoi est-ce qu'il me brisait le cœur comme ça ? Ma colère de la veille s'était complètement envolée. Et puis, j'étais trop contente d'avoir lu cette lettre parce que je devais maintenant y répondre. Ma pochette de révisions posée sur ma nouvelle feuille de papier, je gardai les yeux rivés à mon bouquin tout en écrivant, de sorte que, si on me regardait, on me croyait en plein travail. Je n'étais pas certaine de leurrer Sasha, mais je m'en fichais royalement.

Ne t'excuse pas. Tu m'as déjà fait assez rire. Tu peux te plaindre autant que tu veux, je te passe tout. Et, bien sûr, non, ce n'est pas trop demander. C'est ton père. S'il décide de monter dans un avion pour venir te voir, est-ce que je peux le cogner ? J'aimerais trop. Mais, comme ça risque de détériorer votre relation, je saurai me retenir. Je ne sais pas quoi dire sauf… que je suis désolée pour toi.

Chapitre 38

Le lendemain, je mourais d'envie de lire la lettre de Cade, en espérant qu'elle serait un peu plus gaie. J'avais beaucoup pensé à lui pendant la nuit, me demandant si je devais trouver une autre excuse pour venir le voir. J'avais finalement réussi à m'en dissuader, en me rappelant que ma dernière visite chez lui avait tourné au vinaigre. Je ne voulais pas le rendre encore plus amer.

Aussi, en m'asseyant à ma place en cours de chimie, je m'empressai de laisser ma main tâtonner sous le bureau.

Pour ne rien trouver.

Un stylo stratégiquement tombé par terre m'apporta le même résultat. Il n'y avait pas de lettre aujourd'hui. Je pensai d'abord que Sasha l'avait prise. Mais elle n'était pas passée par là. Quant à Lauren, elle était plongée dans la pochette de révisions remise la veille par le prof, et M. Ortega, le seul autre suspect potentiel, était en train d'écrire au tableau.

Cade avait dû rester à la maison, ce matin. J'imaginai plusieurs terribles raisons qui expliqueraient son absence, puis je m'obligeai à croire qu'il pouvait juste être malade. Inutile de m'inquiéter. Se faire porter pâle, ça arrivait à tout le monde.

Je lui écrivis un petit message pour lui souhaiter un prompt rétablissement, en y ajoutant le dessin d'un bol de soupe en forme de tortue. Demain tout redeviendrait comme avant.

Sauf que, le lendemain, il n'y avait toujours pas de message sous le bureau. Seulement ma lettre de la veille. Je fus tentée de demander à Sasha où était Cade mais je me ravisai.

Je laissai un autre message pour lui dire qu'il me gâchait tout mon cours de chimie en étant égoïstement malade, et que j'espérais bien que c'était la cause de son absence.

– Rappelez-vous que l'examen est demain, nous dit M. Ortega tandis que je glissai mon dernier petit mot sous le bureau. Revoyez bien votre pochette de révisions pour être prêts.

Cade allait manquer son exam ? Est-ce qu'au moins il se souvenait que c'était demain ?

Sasha lui dirait. Je n'étais pas responsable de lui, après tout.

Après les cours, pendant que Isabel et moi discutions de ce qu'on ferait le week-end prochain, je vis Cade jeter son sac à dos dans son casier pour en sortir un sac de sport. Je crus défaillir.

– Il était là aujourd'hui ? demandai-je tout haut.

Isabel se retourna pour voir ce que je voyais.

– Qui ?

– Cade. Je ne l'ai pas vu en chimie.

– Si, il y était.

Son affirmation me fit l'effet d'un puissant coup de poing à la poitrine. Cade était en chimie mais ne m'avait pas écrit. Il aurait compris que sa correspondante n'était pas Sasha ? Que c'était moi, en fait ?

J'attrapai Isabel par le coude et l'entraînai hors du lycée avant que Cade ne m'aperçoive.

* * *

Si les bruits provenant du patio étaient inhabituels, je connaissais en revanche les voix qui les accompagnaient. Mon père et ma mère étaient dehors en train de clouer quelque chose.

J'ouvris la porte de derrière et les trouvai occupés à construire une grande cage, dont la moitié était déjà assemblée. C'était une habitation à deux étages, avec des rampes, des saillies et toutes sortes de distractions pour un lapin. Seul papa pouvait avoir dessiné une chose pareille, et ça avait dû lui prendre pas mal de temps.

Il se leva fièrement et je lui jetai un regard étonné.

– Je n'y crois pas ! Toi aussi, tu es tombé amoureux de ce lapin ?

Maman reposa son marteau en riant et lui tapota l'épaule.

– Non, c'est juste un très gentil papa.

– Apparemment, la famille a de la place pour tous ceux qui souhaitent habiter ici, dit mon père, les yeux fixés sur le guide de montage qu'il tenait à la main.

– Et tu as demandé au lapin s'il souhaitait habiter ici ?

– Je me demande qui ne le voudrait pas ?

Même s'il blaguait, je savais qu'il croyait vraiment que personne au monde ne refuserait de faire partie de notre famille.

Je souris et regardais le lapin qui, de sa petite cage, semblait suivre avec attention l'évolution de ce qui serait son nouvel intérieur. Mais je ne savais toujours pas s'il arriverait à me gagner à sa cause.

Après un petit signe à mes parents, je rentrai et pris une pomme sur le comptoir avant de monter dans ma chambre. La maison était calme, aujourd'hui. Mais sans savoir exactement pourquoi, j'avais comme un poids dans la poitrine. Si, je savais pourquoi, mais j'essayais de me convaincre que c'était sans importance. Qu'il était sans importance.

Je sortis mon téléphone et cherchai le numéro de Lucas. Je ne l'avais pas vu à l'école depuis les vacances de Thanksgiving... et je devais avouer que je n'avais pas vraiment cherché à le contacter.

Salut ! Tu as trouvé le nom de la réparatrice de guitare dont tu m'avais parlé ?

Sa réponse me parvint dans les trente secondes.

Oui, elle travaille au Guitar Center. On peut se retrouver devant le magasin demain après les cours, si tu veux.

Oui, mais après mon heure de colle. 16h30, ça te dit ?

OK pour moi !

Je voyais donc Lucas demain. Ça m'aiderait. Il fallait que ça m'aide.

Je sortis de son étui ce qui restait de ma guitare. Si je plaquais les cordes juste en dessous de la partie cassée, je pouvais en tirer quelques notes. Le son était horrible mais quelque part, ça me fit du bien.

Je me suis éveillée
Pour me découvrir délaissée...

Je chantai doucement les mots, m'apitoyant avec délice sur mon sort.

Ashley choisit cet instant pour entrer dans la chambre.

– Qu'est-ce que tu fais ?

– Je m'entraîne, c'est tout.

Elle considéra ma guitare... ou ce qu'il en restait.

– Jamais rien vu d'aussi pathétique !

– Merci.

– Une petite intervention de ma part ne serait pas de trop, non ?

– Non, pas la peine. Je préfère rester seule au calme, pour le moment.

– Dans cette maison ?

Elle éclata de rire et me prit dans ses bras.

– Non, dans une cabane au fond des bois, une hutte en haut d'une montagne, un sous-marin à mille lieues sous les mers, je ne sais pas, moi...

– Tout ce que tu n'auras jamais, reprit Ashley. Viens, on sort se payer une pizza. Je préviens les parents.

* * *

Ce moment avec Ashley me fit du bien. Je ne lui parlai ni de Cade ni de nos échanges de lettres mais ça m'aida à émerger un peu de mes idées noires.

Le lendemain, je me moquai complètement de ne pas trouver de mot sous le bureau, même si j'avais de nouveau aperçu Cade sur le parking. C'est mieux comme ça, me dis-je. Il me rendait service en mettant un terme à cette histoire.

Sasha lui avait peut-être dit que c'était moi qui lui écrivais, et ça l'avait fait flipper. Après tout, c'était moi et ma maladresse, ma famille perchée et mon look bizarre. Les lettres, c'était une chose, mais sa réputation risquait d'être bien ternie s'il s'autorisait plus qu'une simple discussion sur le parking avec Lilly Abbott.

Je récupérai mes deux lettres restées sous le bureau. M. Ortega nous distribua les copies du dernier examen et je m'efforçai d'oublier tout le reste pour me concentrer sur le test.

Tout ça, c'était bel et bien fini.

Chapitre 39

Debout devant le comptoir du magasin de musique, j'attendais que tombe le verdict concernant ma pauvre guitare. Lucas, que j'avais retrouvé à l'entrée, regardait les sangles pendant que la vendeuse examinait mon instrument cassé.

– Waouh, qu'est-ce qu'il lui est arrivé ? me demanda-t-elle.

Jolie, tatouée sur les deux bras, elle portait d'épaisses lunettes à montures noires.

– Un petit frère tombé dessus, expliquai-je avec un léger sourire.

– Pas très cool, en effet. Quand le manche est cassé à cet endroit, c'est la caisse qui morfle. Cela dit, elle n'est pas complètement perdue. Je ne peux pas te garantir qu'elle sonnera aussi bien qu'avant, mais on peut essayer.

Elle la retourna et ajouta :

– Tu as récupéré tous les morceaux cassés ?

– Je ne sais pas. J'ai réuni tout ce que j'ai trouvé.

– Bon, je vais faire ce que je peux.

Ses paroles me redonnèrent un peu d'espoir, mais... je devais aborder la question qui fâchait.

– Combien ça va me coûter ?

Elle considéra une nouvelle fois la guitare avant de répondre :

– Ça dépendra du temps que je passerai dessus. Je dirai, deux cents dollars au maximum.

Je déglutis discrètement puis je lâchai :

– D'accord... Je vais devoir y réfléchir, dans ce cas.

Je récupérai ma guitare en morceaux, et la rangeai dans son étui que je refermai soigneusement.

– Voici ma carte, si tu te décides.

– Merci...

Je la glissai dans la poche arrière de mon jean puis sortis en vitesse du magasin avant de fondre en larmes.

Lucas pouvait me retrouver dehors.

Ce qu'il fit quelques instants plus tard, un sac plastique à la main.

– Ça va ? me demanda-t-il.

Je haussai les épaules parce que parler n'était pas une option, tant j'avais la gorge nouée.

– Qu'est-ce qu'elle t'a dit ?

J'avais l'impression que mon étui pesait des tonnes.

J'indiquai le minivan de maman garé juste en face de nous sur le parking, et Lucas m'y suivit. J'ouvris le hayon arrière, posai ma guitare et m'assis à côté sans rien dire. Lucas m'imita sans prononcer un mot. Il me fallut quelques instants avant de pouvoir émettre un son. Il parut comprendre la chose et, Dieu merci, attendit gentiment.

Près de la boutique de musique se trouvait un fast-food devant lequel attendait une file de voitures.

Je les observai en cherchant, comme souvent, quelles paroles je pouvais mettre sur la scène qui se déroulait devant moi. Mais ça faisait longtemps que j'avais perdu toute inspiration, et... quelle importance si elle me venait maintenant ? Ce fameux concours me semblait être à des années-lumière, à présent. Il fallait bien que je l'accepte.

Quand ma gorge décida enfin de me laisser parler, je répondis à Lucas :

– Elle n'est pas sûre de pouvoir la réparer. Et, au cas où elle le pourrait, je n'ai pas le budget pour me payer ses services.

– Ça craint.

– Carrément.

Le cœur encore serré, je regardai Lucas en me disant que je ne le connaissais pas vraiment. Et que je ne brûlais pas vraiment d'envie de lui raconter ma vie.

– Tu veux manger quelque chose ? me proposa-t-il. Histoire de te changer les idées ?

Quelques semaines plus tôt, l'idée de partager un burger et un milk-shake avec Lucas m'aurait complètement fait triper. Mais, aujourd'hui, je me contentai de secouer la tête.

– Pas vraiment, non. Je préférerais rentrer.

– Je comprends. Une autre fois, peut-être ?

– J'ai fait une connerie, laissai-je soudain tomber.

– Laquelle ? demanda-t-il, l'air inquiet.

– Je t'ai invité à sortir pour des raisons... stupides.

Les deux fois où j'avais trouvé le courage de parler à Lucas, c'était pour contrarier Cade. Depuis deux ans, j'admirais Lucas de loin. J'aimais l'idée de ce garçon sans rien savoir de lui, en fait. Et je comprenais – aujourd'hui, du moins - que je n'avais pas envie d'en savoir plus.

Peut-être que, lorsque celui qui n'avait rien à faire dans ma tête en sortirait, je ressentirais les choses autrement.

– J'ai besoin d'un peu de temps, soufflai-je à Lucas. Je suis désolée.

– Et, ces raisons stupides, c'était quoi ? interrogea-t-il.

– C'était... pour me sortir quelqu'un de la tête.

– Aïe.

– Je suis désolée, répétai-je d'un air coupable. Sincèrement.

– Ce n'est pas grave, je comprends. Envoie-moi un texto quand ce quelqu'un sera vraiment sorti de ta tête.

– Promis.

Lucas se leva et me laissa assise à l'arrière du van. Je le regardai monter dans sa voiture, démarrer et s'éloigner. Il n'avait pas eu l'air surpris, ce qui me soulagea et m'attrista en même temps.

En me levant à mon tour, je heurtai le hayon ouvert. À moitié étourdie, je m'appuyai contre la voiture pour garder l'équilibre.

Un coup de klaxon résonna derrière moi, accompagné de plusieurs cris. Je tournai la tête et j'aperçus la caisse de Cade, suivie d'autres voitures qui faisaient la queue au drive-in. Manquait plus que ça. Je refermai le hayon en vitesse et me précipitai vers l'avant du van.

Derrière moi, une portière claqua, puis une autre. Cade était en train de laisser le volant à l'un de ses copains. Il courut vers moi et mon cœur s'emballa. Un vrai traître, celui-là...

– Belle bête, commenta-t-il en tapotant le côté du van.

Je voulus lui demander pourquoi il avait cessé de m'écrire, pourquoi il prenait un air tellement normal alors qu'il me laissait dans le flou depuis quelques jours sans la moindre explication. C'était à moi d'arrêter d'écrire en premier. Pas à lui.

– Je n'ai vraiment pas envie de te voir en ce moment, lui dis-je, les dents serrées.

Cade était l'image même de ce que je voulais mais ne pouvais pas avoir. Et je savais que maintenant... je le voulais. On échangeait des messages depuis des semaines, et il – celui qui m'écrivait ces lettres – avait fini par me brancher complètement. Mais je savais aussi que, comme ma guitare cassée, ça ne marcherait jamais entre nous. Il était sorti avec ma meilleure amie. On ne s'entendait pas bien. Il n'était pas sympa avec moi. Il traînait avec une bande qui m'était totalement étrangère. J'étais trop bizarre pour lui. Non, ça ne collerait jamais.

– J'ai juste une petite question à te poser, me répondit-il. Après, je te laisse tranquille.

– Vas-y, lâchai-je d'une voix aigre.

– Holà, fit-il en levant les deux mains devant lui, pas besoin d'être aussi agressive.

– Je ne suis pas agressive.

Je t'aime bien et je m'en veux tellement pour ça.

– Quoi, alors ? Qu'est-ce que tu veux me demander ?

– Mes potes adorent mon bracelet. Ta mère les vend combien ? Il m'en faudrait quatre.

Je crus halluciner mais, surtout, je ne lui montrai rien. Bien sûr qu'il avait tout pour mettre en valeur un bracelet d'homme.

– Je vais lui demander.

Je tirai la poignée de la portière mais celle-ci était fermée. Je fouillai dans ma poche à la recherche des clés mais elle était vide. Où est-ce que je les avais fourrées ? Dans le coffre, peut-être.

– Hé, demanda-t-il doucement, qu'est-ce qui se passe ?

– Rien. Ça va.

– C'est Lucas ? Je l'ai vu partir.

– Tu pourrais t'abstenir ?

– M'abstenir de quoi ?

– De jouer le gentil. Je préfère te voir méchant. Ça m'aide.

– Ça t'aide ? Comment ?

Ça m'aide à ignorer mes sentiments.

– Retourne voir tes copains, Cade. Ils t'attendent.

Il s'en alla, exactement comme je le voulais. Exactement comme je ne le voulais pas Mais, avant que j'ouvre le coffre, que j'y trouve les clés et que je le referme, Cade était de retour.

– Ils ne m'attendent plus. Et... j'aurais besoin qu'on me dépose chez moi.

On était face à face devant la portière conducteur, le van nous bloquant la vue de ceux qui faisaient la queue au drive-in. Son téléphone sonna. Un morceau des Crooked Brookes, qui me rappela gentiment notre correspondance. Il stoppa la chanson après quelques notes mais ne décrocha pas. Je me gardai bien de dire que je la connaissais.

– Une trêve de trois heures ? proposa-t-il.

Un sanglot s'échappa de ma gorge, sans que j'aie le réflexe de le réprimer.

– Je ne devrais pas pleurer...

– Pourquoi pas ?

C'était la règle. Ne pas pleurer avant le troisième rendez-vous. Mais, c'était sans importance ; on n'aurait jamais de troisième rencard. Et puis, ces règles étaient stupides.

Il fit un pas vers moi, si près que je pus humer de nouveau ce parfum si particulier qui émanait de lui.

– Parle-moi, Lily.

J'appuyai mon front contre sa poitrine et me laissai aller un instant à ma tristesse, au regret de ce que j'aurais pu avoir et qui se tenait juste devant moi. Je ne lui passai pas les bras autour du cou comme ils le demandaient. Je ne laissai pas mon corps se mêler au sien, ni mes joues caresser le doux coton de sa chemise. Non, juste mon front contre son torse, et quelques larmes pour aller avec.

– Je suis désolée.

Il rit et m'entoura de ses bras.

– Tu as trois heures, il n'y a rien qui presse.

Il m'attira encore plus près mais j'avais les mains croisées sur ma poitrine, ce qui créait une barrière plus que nécessaire entre nous. Je lui avais dit une fois dans une lettre que les câlins étaient magiques, et j'avais raison. Percevoir son souffle contre mon oreille, deviner son cœur battre contre le mien, sentir la chaleur de son corps s'infiltrer en moi, frissonner des pieds à la tête. Je pouvais ravaler mes reproches trois heures durant. Vivre ce moment parfait aussi longtemps que possible. Je n'avais pas à penser au passé, à Sasha ou à Isabel...

Si, je devais penser à Isabel. Elle comptait tellement plus pour moi.

Je repoussai Cade de mes bras, et il relâcha son étreinte. D'un revers de manche, j'essuyai mes larmes avant de dire :

– Merci, mais ça va maintenant. Je te ramène chez toi, reniflai-je, vaguement embarrassée par le câlin qu'on venait de partager.

– On peut s'arrêter quelque part, avant ?

Sans me laisser le temps de répondre, il contourna le van et vint s'asseoir d'office sur le siège passager.

– J'ai le choix ?
– N'oublie pas, on fait une trêve.
– D'accord, fis-je avec un petit sourire. On va où ?

Chapitre 40

– En fait, je ne suis pas censée rentrer tard, ce soir.

– On y est presque.

Une musique atroce passait à la radio. Il faisait sombre et je n'avais aucune idée de l'endroit où on était, mais je savais que ça se trouvait à au moins vingt minutes de la maison.

– Tourne à droite ici, sur la septième, me dit Cade.

Ce que je fis, tandis que mon étui glissait d'un siège à l'autre en venant buter contre la portière.

– Qu'est-ce que c'était ? demanda-t-il.

– Le cadavre que je cache dans mon coffre.

– Sympa... Bon, continue tout droit et prends à gauche sur la rue principale.

– Tu m'emmènes à l'hôtel ? Je ne suis pas ce genre de f...

– Ah, ah, coupa-t-il, je ne t'emmène pas à l'hôtel... enfin, si, mais pas comme tu l'imagines.

Il me montra où me garer et je coupai le moteur.

– Maintenant, tu me suis, murmura-t-il. Si quelqu'un nous arrête, tu me laisses parler.

– C'est illégal ?

– Pas vraiment.

– Pas rassurant, comme réponse.

– Tu cherches à être rassurée ?

Je ne répondis pas et le suivis. Il devait se dire que je marchais trop lentement parce qu'il me prit la main pour m'entraîner. Sentir ma paume dans la sienne me fit palpiter, ce qui m'agaça.

On passa les portes de l'hôtel. Occupée au téléphone, l'unique personne à la réception ne nous regarda même pas. Puis on traversa une série de salles plus belles les unes que les autres avant de se retrouver à l'extérieur, côté jardin.

Cade me conduisit devant une immense cascade illuminée puis me fit grimper un escalier et redescendre pour arriver enfin devant une grille qui annonçait : Entrée interdite après les heures de fermeture. Au-dessus de la poignée, se trouvait une fente dans laquelle glisser une carte. Il avait dû oublier qu'à cette heure, ce serait fermé.

J'attendis qu'il fasse demi-tour pour m'emmener ailleurs mais il jeta un coup d'œil derrière lui, sauta par-dessus la grille et l'ouvrit pour moi.

– Ah, c'est ce que tu voulais dire par « pas vraiment » ?

Pas très tranquille, je passai à mon tour et on suivit un petit chemin grimpant le long d'une colline, jusqu'à atteindre ce que je pensais être notre destination – une grande terrasse couverte qui dominait une immense étendue herbeuse sur fond de paysage désertique.

– C'est le terrain de golf, déclara Cade. On le voit mieux en plein jour.

– Tu viens ici souvent ?

– Mon beau-père m'emmène faire un dix-huit trous, parfois. Je ne suis pas fan mais j'adore venir me poser à cet endroit.

– Son nom de famille, c'est Jennings, non ? Le Jennings des assurances ?

– Oui.

– Et ton nom à toi, c'est Jennings aussi ?

– C'est compliqué, dit-il en se frottant le front. C'est plus pour emmerder mon père que pour faire plaisir à mon beau-père, si j'ai pris ce nom.

– OK, je comprends.

J'aurais aimé savoir si son père avait répondu à sa lettre ; s'il avait demandé à son beau-père pourquoi il se montrait si dur avec lui. Mais je fermai ma bouche. Appuyée à la balustrade, je me contentai de regarder les lumières de la ville, en contrebas. C'était vraiment très beau, comme coin.

Des tables et des chaises étaient disposées au bord de la terrasse. Cade en prit deux, les tira vers l'endroit où je me tenais et m'en tendit une. Une fois assise à ses côtés, je lui demandai :

– Pourquoi tu fais tout ça ?

Oui, pourquoi décidait-il maintenant – alors que je m'étais promis de m'éloigner de lui, alors que je me rappelais son passé avec Isabel – d'agir comme celui qu'il était dans ses lettres ?

– Pourquoi je fais tout ça ?

Il tripota le bracelet de cuir qu'il avait au poignet avant de le lever vers moi.

– Pour ça.

– Je... ne comprends pas.

– Ce bracelet. Je le portais pour t'agacer et, en fait, ça n'a fait que me rappeler ce qu'on s'est dit dans ma cuisine. Quand tu as si bien énuméré mes défauts. Je comprends que je mérite ton mépris... que j'ai pourtant toujours trouvé injustifié.

Waouh. Jamais je n'aurais pensé entendre ces mots dans la bouche de Cade.

– C'est vrai que j'ai vite fait de t'attribuer les pires intentions de la Terre ; je suis très douée pour ça.

Il haussa les épaules.

– Je le mérite, quelque part. Je me disais toujours que je te rendais la monnaie de ta pièce, mais c'était une excuse. Je n'ai pas été sympa. Comme à la Foire d'automne, par exemple. Je sais que tu m'entendais parler de toi à Mike, et j'en ai profité pour dire des saloperies. Mais je n'en pensais rien. J'ai été un vrai connard. Enfin, voilà, ce cadeau m'a fait comprendre que moi aussi, je te dois un « bracelet d'excuse ».

– Et, où est-il, ce bracelet ?

– Oh, c'était une image, fit-il en riant.

– Donc, je reçois un bracelet virtuel, et toi tu en as un vrai ? C'est carrément injuste.

– Je sais. Les mots ne sont pas aussi efficaces que les objets.

– J'adore les mots, répliquai-je trop vite.

Je pensais à ses lettres, aux paroles de chansons, aux livres et à tout ce que les mots rendent possible.

Comme il levait un sourcil interrogateur, je précisai :

– Avec Lucas aussi.

– Quoi ?

– Tu n'as pas été sympa avec moi quand je parlais avec Lucas.

– Quand ?

– Au match de foot. Tu l'as entraîné avec toi, en lui balançant tout un tas de trucs.

– Non, rétorqua-t-il. J'essayais de t'aider. Tu avais l'air complètement crispée, comme si tu étais mal à l'aise.

– Tu veux dire que tu cherchais à me sauver ?

– C'est ce que je croyais, oui. Mais apparemment, c'est raté.

– Tu sais, les gens n'ont pas toujours besoin que tu les sauves.

Cade baissa les yeux sur ses mains, qu'il gardait serrées l'une contre l'autre.

– Mais, parfois, oui ?

Comme je ne répondais pas, il poursuivit :

– Ce n'est pas grave d'avoir besoin d'aide de temps en temps.

– Je n'ai pas besoin d'aide. Et je n'ai pas besoin de quelqu'un qui aide les gens pour se sentir important.

Je regrettai aussitôt mes paroles. Pourquoi j'avais dit ça ? Pourquoi est-ce que je m'en prenais toujours à lui ?

Je savais pourquoi. Parce que je me souciais de Cade.

Et il devenait de plus en plus évident à mes yeux qu'il se souciait des autres. Il aimait aider les gens, la raison pour laquelle il était assis face à moi en ce moment. Il pensait m'aider alors qu'en fait il ne faisait que me compliquer les choses.

– Je suis désolée, ajoutai-je.

– Tu as peut-être raison, soupira-t-il. La moitié du temps, si j'essaie d'aider les gens, c'est pour me sentir...

Il n'acheva pas sa phrase.

– Pour te sentir... ?

– Je ne sais pas. Alors, pourquoi tu avais l'air si contrariée, tout à l'heure ?

Je retournai sept fois ma langue dans ma bouche avant de répondre :

– Parce que j'ai perdu quelque chose de très important pour moi. Et puis, j'ai découvert que Lucas et moi, on n'était pas vraiment compatibles.

Et surtout parce que j'ai compris que je t'aimais sincèrement mais que je ne pourrais jamais t'avoir.

– Pas compatibles ? Vous semblez être faits l'un pour l'autre, au contraire.

– C'est une insulte ?

En temps normal, je ne prendrais pas ça comme une insulte mais, venant de Cade, ça en avait tout l'air.

– Non, je veux juste dire qu'il n'est pas comme tout le monde. Il est un peu différent. Et toi, tu aimes ce qui sort du lot, non ?

– Oui.

– Alors, c'est quoi, le problème ?

– Il n'y a pas de problème. C'était juste un mauvais timing pour nous, j'imagine. Mais ce n'est pas grave. Franchement.

– Un problème tout de même assez gros pour te faire pleurer.

Ce n'était pas à cause de Lucas que je pleurais, mais de ma guitare. Et aussi de ma relation impossible avec Cade. Mais pas à cause de Lucas, non.

– Je pleurais pour autre chose, avouai-je. Mais, ça ira.

– Mais, si tu aimes quelqu'un assez fort, tu fais tout pour que ça marche, non ?

– Ah, c'est ça le problème, répondis-je avec un petit rire. On ne s'aimait pas assez.

– Parce que tu aimes quelqu'un d'autre ?

Mon regard fixa le sien. Non, je n'étais quand même pas en train de craquer ? Il fallait changer de sujet avant que je me trahisse.

– Et toi ? demandai-je très vite. Comment ça va ?

– Comment je vais... depuis quand ?

– Je ne sais pas. Depuis Thanksgiving, quand une personne odieuse t'a fichu en dehors de chez elle ?

– Ça va, en fait. Le base-ball me prend pas mal de temps.

Au bruit d'un talkie-walkie qui grésillait, je me levai d'un bond.

– Il y a quelqu'un qui arrive, soufflai-je.

Cade sembla ne pas me croire, au début, puis des voix nous parvinrent du sentier. Des voix d'hommes, qui s'inquiétaient de quelque chose. D'intrus possibles. Donc, de nous.

Je bondis en avant et entraînai Cade vers la seule porte donnant sur la terrasse. On se glissa à l'intérieur, dans une pièce qui, je l'espérais, nous conduirait vers une autre issue... mais qui s'avéra être une salle de stockage pour le mobilier de jardin. Cade referma doucement la porte derrière nous, ce qui nous plongea dans l'obscurité.

Il avait dû dévier sur la gauche parce que son pied atterrit sur le mien. J'étouffai avec peine un cri de douleur.

– Désolé, murmura-t-il. Tu es où ?

J'étais si proche de lui que je sentais la chaleur de son corps. Pourquoi ne me devinait-il pas près de lui ? Je levai les mains, pensant qu'elles allaient toucher son dos ; mais non, elles venaient d'effleurer sa poitrine.

– Ici...

Saisissant alors mes paumes, il les plaqua sur son torse.

– Là, je ne vais pas te marcher dessus.

– On peut toujours leur dire qu'on se promenait et qu'on s'est perdus, suggérai-je.

– Et qu'on a dû escalader une grille ? Ils vont me reconnaître, surtout, et supprimer à mon beau-père sa carte de membre.

– Ils le vireraient pour un truc aussi banal ?

– Disons qu'ils vont s'arranger pour trouver une raison de le faire. Ce n'est pas la personne la plus agréable de la planète.

Je hochai la tête, même si Cade ne pouvait pas me voir. Dehors, j'entendais les voix qui continuaient leur quête. Comme il était difficile de comprendre ce qu'elles disaient, je ne me faisais pas trop de souci quant à nos chuchotements.

– Tu t'entends bien avec lui ?

– Mon beau-père ?

– Oui.

– Non.

Une réponse sèche et sans détour. Je compris alors qu'il n'avait pas envie d'en parler.

– Tu as manqué des cours, cette semaine ?

– Non. Pourquoi ?

– Comme ça...

Mais ce n'était pas ça qui allait me démonter. Je me rappelai que j'étais finalement heureuse qu'il ne m'ait pas écrit.

– Pourquoi ? insista-t-il.

– Je ne t'ai pas vu beaucoup, c'est tout.

– Tu me cherchais ?

Je devinais un sourire dans sa voix.

– Tu aurais voulu que je te cherche ?

Il rit doucement et je sentis sa poitrine se soulever sous mes doigts. Fermant les yeux, je forçai mes mains à rester tranquilles, à ne pas partir en exploration comme elles mouraient d'envie de le faire.

– Sasha m'a tout dit.

Ce commentaire effaça tous mes problèmes de tentation.

Mon souffle se fit court. Elle lui avait dit. Mais, pourquoi ? Qu'est-ce qu'elle espérait ? Mais, oui, elle lui avait dit...

Ça expliquait pourquoi il avait cessé de m'écrire. Il était déçu.

– Elle t'a... tout dit ? répétai-je d'une voix étranglée.

Le souffle court, je tentai de rabaisser mes mains mais Cade les garda pressées contre sa poitrine.

– Quand ?

– Mardi, après ta visite pour me remettre le bracelet.

Oui, ça s'expliquait. Elle nous avait vus parler ensemble, elle m'avait jeté un regard noir, avant d'aller sans doute tout lui balancer.

– Oh...

Je ne pus rien articuler d'autre.

– C'est pour ça que j'étais content de tomber sur toi, tout à l'heure. Je voulais éclaircir les choses.

– Tu as réussi. C'est clair et net, maintenant.

– Ah, oui ? s'étonna-t-il. Parce que c'est encore un peu sombre pour moi.

– Dans ce cas, on devrait dire les choses haut et fort. Qu'est-ce que Sasha t'a dit, en fait ?

– Que tu me détestes.

– Euh... attends, quoi ?

– Ce n'était pas un scoop, pour moi, vu ce qu'on s'était déjà dit, l'autre jour. Mais j'avais espéré qu'on pouvait surmonter ça. En parler. Être amis.

– Non.

– On ne peut pas être amis ?

– Non... si, on peut.

J'étais sous le choc.

– Je ne lui ai jamais dit que je te détestais, ajoutai-je. Elle m'a dit la même chose de toi.

– Ah, oui ? Alors, tu ne me détestes pas ?

– Non ! Je ne te déteste pas. Avant, oui. Mais plus maintenant.

J'avais parlé trop fort. Je le savais. Il était trop tard pour me plaquer une main sur la bouche mais je le fis quand même.

La porte s'ouvrit subitement, un homme entra et nous aveugla de sa lampe torche.

– Cade Jennings ? demanda-t-il.

– Le seul et l'unique, répondit Cade.

Chapitre 41

La nuit se termina de façon pas très chouette. Cade se retrouva enfermé dans le bureau du gardien, où on l'obligea à appeler ses parents pour qu'ils viennent le chercher. Quant à moi, j'eus l'autorisation de m'en aller. Je ne voulais pas partir mais il n'arrêtait pas de me dire :

– Lily, sérieusement, ça va. Tout ira bien pour moi. Vas-y.

Il me sauvait encore une fois.

Alors je m'exécutai, même si je savais que j'aurais dû rester. Non, je n'aurais pas dû rester. Je devais m'en aller avant qu'il me pousse à l'aimer encore plus. Je le sacrifiais sur l'autel de l'amitié. Isabel était plus importante.

Une fois à la maison, je pus enfin terminer les paroles de « Délaissé. » Une chanson que je ne pouvais pas enregistrer car je n'avais pas de guitare en ma possession. Cela dit, même si j'en empruntais une, je ne pourrais pas la chanter car elle parlait de Cade. Je ne savais pas s'il apprécierait que je gagne un concours de parolier avec une chanson basée sur sa vie. Une vie qu'il gardait très secrète. Jamais il ne voudrait que le monde entier sache qu'il avait un père absent, à qui il n'osait pas écrire, même de façon anonyme.

Assise sur mon lit avec mon carnet, je riais intérieurement. À l'idée que cette chanson puisse gagner. Qu'elle devienne connue juste parce que je l'avais jouée dans un concours. Le risque que ça arrive était infime, proche de zéro. Mais, même avec si peu de chances, je ne pouvais pas faire ça à Cade. J'étais bien trop attachée à lui.

* * *

Toute la matinée du lundi, je cherchai à apercevoir Cade. Je voulais voir sa tête, pour m'assurer que ça ne s'était pas trop mal passé à l'hôtel avec son beau-père. En cours de chimie, j'espérais malgré moi trouver un message. J'espérais que, les exams terminés, il écrirait et me dirait qu'il regrettait d'avoir arrêté pendant un temps ; qu'il avait été trop occupé à réviser ou à bosser comme moi dans le bureau des profs, ou autre chose encore. J'espérais qu'il me donne une raison valable, une véritable excuse.

Mais, alors que ma main cherchait en vain sous le bureau une lettre qui n'y était pas, je crus que mon cœur allait cesser de battre. Soit Cade avait découvert que j'étais sa correspondante mystérieuse et il me faisait cruellement sentir ce qu'il éprouvait, soit il passait déjà à autre chose.

Mais ce n'était pas grave. Ça n'avait finalement pas grande importance.

* * *

– Qu'est-ce que tu veux déjeuner ? me demanda Isabel.

D'une main nerveuse, je tirai sur la glissière coincée en bas de mon sweat à capuche.

– Je ne sais pas. Quelque chose de chaud.

– Ils devraient proposer de la soupe, ici. Ça serait génial.

– En Arizona ?

– Oui, ce serait bien.

Je lâchai un juron à l'adresse de ma fermeture qui ne voulait rien savoir. Je suivais aveuglément Isabel là où elle m'emmenait, ses chaussures dans ma vision périphérique tandis que je continuais à m'énerver sur cette stupide glissière.

– Qu'est-ce qu'elle veut, Sasha, d'après toi ?

– Hein ?

Je relevai brusquement la tête, pour voir Sasha courir droit vers nous, l'air à la fois triste et furieuse. Qu'est-ce qui se passait ? Elle avait à la main une pile de papiers, et je mis un moment à comprendre qu'il s'agissait de mes lettres. Toutes celles que j'avais écrites à Cade. Comment les avait-elle obtenues ?

– C'est pas possible ! s'exclama-t-elle. Tu es vraiment trop perchée, comme fille.

Alors qu'elle me collait les lettres dans les bras, certaines tombèrent par terre.

Isabel m'aida à les ramasser pendant que Sasha s'éloignait.

– C'était quoi, ça ?

– Mes lettres.

– Comment elle les a chopées ? C'est Cade qui les lui aurait données ?

Je n'en avais pas la moindre idée.

J'ouvris mon sac à dos et les fourrai dedans avec celles que Cade m'avait écrites. Puis je m'interrompis, les ressortis de mon sac et les tendis à Isabel.

– Tu peux les prendre avec toi ? On pourra en faire un feu dans ton jardin, après les cours ?

– Si c'est ce que tu veux... me dit-elle avec un sourire triste.

– Oui, c'est ce que je veux.

Il fallait que je sorte ce type de ma vie, une bonne fois pour toutes.

* * *

Debout près du minivan, Cade parlait avec ma mère par la vitre baissée quand je m'approchais. J'avais l'impression d'afficher la même mine triste et furieuse que Sasha un peu plus tôt.

– Salut, Lily, me dit-il alors que j'ouvrais la porte côté passager.

– Salut, marmonnai-je en grimpant à l'intérieur.

Il afficha un air surpris.

– Bon, c'était sympa de bavarder avec vous, Madame Abbott. À jeudi, Wyatt.

– D'accord ! lui lança mon petit frère.

Puis Cade me regarda et demanda :

– Fin de la trêve, on dirait ?

– Ouais.

J'en étais capable. Je pouvais recommencer à l'ignorer alors que je mourrais d'envie de lui demander s'il avait eu des ennuis avec ses parents, vendredi soir après l'incident de l'hôtel ; si son beau-père s'était fait virer du golf ; si tout allait bien pour lui.

Il s'écarta lentement de la voiture et ma mère remonta la vitre avant de démarrer.

– Je ne comprends absolument pas ce que tu as contre ce garçon, Lil, me dit-elle. Mais il faut vraiment que ça s'arrête.

– Eh bien, voilà, c'est fini.

Chapitre 42

Une demi-heure plus tard, je déboulai chez Isabel. J'avais enfilé un t-shirt noir... pour symboliser quoi ? Je ne savais même pas. Quand elle ouvrit la porte, je lui trouvai un drôle d'air, mêlé de culpabilité, de tristesse et d'un soupçon de ce que j'aurais pu appeler de l'espoir.

– Je suis désolée, dit-elle.

– Quoi ? Pourquoi ?

Qu'est-ce qu'elle allait m'avouer, maintenant ?

– Je les ai lues. Je n'aurais pas dû. C'était personnel... mais je n'ai pas pu résister.

– Iz, ne t'en fais pas, je ne savais pas que c'était lui quand je les ai écrites.

– Oui, bien sûr.

Elle me prit par la main et me conduisit dans sa chambre où j'aperçus toutes mes lettres soigneusement empilées sur son bureau.

– On ne peut pas les brûler.

– Quoi ? Mais j'ai enfilé ma tenue de deuil !

Elle rit.

– Ces lettres, Lil... pas étonnant qu'elles t'aient fait craquer.

– Je n'ai pas... commençai-je à protester.

Mais je ne pouvais pas mentir.

– Oui, d'accord.

– Mais lui, il ne sait pas que c'est à toi qu'il écrivait ?

– Non.

– Il pensait qu'elles venaient de Sasha ?

– J'en suis à peu près certaine.

– Alors, il est grave. Il n'y a rien de Sasha, dans ces lettres. Elles sont tellement toi, au contraire. C'est pour toi qu'il a craqué.

– Il n'a pas craqué du tout, articulai-je malgré la boule qui se formait dans ma gorge.

– Moi, je te dis que si.

– Et, même si c'était vrai – ce qui ne l'est pas – ça ne compte pas. Je préfère te choisir, toi. Je nous choisis toutes les deux. J'ai ma tenue de deuil.

Elle sourit et me prit dans ses bras.

– Je peux te dire quelque chose ?

– Oui, vas-y.

– J'ai toujours été jalouse de toi et Cade.

Je m'écartai d'elle pour mieux voir son visage.

– Jalouse ? De nos engueulades ?

– Oui. Il montrait plus de passion à se disputer avec toi qu'à passer du bon temps avec moi. Je ne te l'ai jamais dit, mais j'ai toujours pensé que vous aviez tous les deux un lien que vous refusiez d'admettre.

– Iz..

Je voyais très bien où elle voulait en venir mais je ne voulais pas qu'elle s'y sente obligée.

– Écoute-moi jusqu'au bout, coupa-t-elle.

Prenant le paquet de lettres, elle le posa doucement dans ma main.

– Il faut que tu les conserves. S'il te plaît.

– Iz, tu es adorable mais ce n'est pas moi qu'il veut, c'est elle ; la fille qui lui écrit, l'auteur de ces lettres. Ou, du moins, qu'il voulait. Parce qu'il a arrêté d'écrire, je ne sais absolument pas pourquoi. Peut-être parce qu'il pensait que c'était Sasha...

– Alors, dis-lui que c'est toi !

– Je flippe.

– Si tu n'essaies pas, tu te demanderas toujours pourquoi il a tout d'un coup cessé d'écrire.

– Isabel...

– S'il te plaît, Lil, insista-t-elle en me regardant droit dans les yeux. J'ai été égoïste. C'était nous. Moi et Cade. On n'était pas faits l'un pour l'autre. Alors que vous deux...

Elle posa ses mains sur les miennes puis continua :

– Vous deux, vous... Qu'est-ce qu'il a dit dans une de ses lettres ? Vous vous équilibrez parfaitement, quelque chose comme ça. Enfin, voilà, je suis d'accord avec lui. Vous êtes faits pour vous entendre. C'est vrai. Lily, donne-lui... donne-toi cette chance.

Elle semblait tellement y croire que je ne pus lui répondre que ça :

– Je vais y réfléchir. Merci...

***

En entrant dans ma chambre ce soir-là, je trouvai quelque chose sur mon oreiller. Je pensai d'abord que Jonah était encore une fois venu mettre le bazar dans mes affaires, mais je me trompais. C'était la coupure de journal qui parlait du concours de musique, lissée comme si on l'avait repassée.

– Ne laisse pas tomber, résonna soudain la voix de Ashley. Je n'aurais pas dû être si dure avec toi.

Je me retournai pour la trouver là, dans l'encadrement de la porte, mes deux frères derrière elle.

– C'est vous qui avez fait ça ? leur demandai-je.

– Tu es douée, Lil, déclara-t-elle. Tu vas y arriver. Il faut juste que tu croies en toi.

J'attrapai le morceau de papier pour y chercher la date limite des inscriptions, quand un reflet m'attira l'œil. Sous la coupure, au milieu de mon oreiller, il y avait de l'argent. Des billets et quelques pièces.

– Je sais que ça ne te paiera pas tout de suite une nouvelle guitare, me dit Ashley, mais c'est un début.

– C'est moi qui ai ajouté les pièces, annonça fièrement Jonah.

Je restai sans voix. Mes yeux se remplirent de larmes. Ils entrèrent tous les trois dans la chambre et m'enlacèrent.

– Oh, je vous adore, leur dis-je entre deux sanglots. Merci.

– On n'a plus de musique, ici, se plaignit ma sœur.

– Vous êtes trop forts !

J'avais la meilleure famille de la planète.

Chapitre 43

Le lendemain, je me réveillai en proie à une panique totale. Mon cœur battait la chamade, mes poumons me brûlaient, mes yeux me piquaient. La seule idée de révéler à Cade que j'étais sa correspondante me terrifiait.

Je ne lui dirai rien.

Si, je lui dirai. Comme ça, ce serait terminé entre nous et je pourrais reprendre une vie normale.

Je roulai sur le côté. Sur ma table de nuit, l'argent que mes frères et sœur m'avaient donné la veille – presque cent dollars – me remotiva. Je pouvais y arriver.

* * *

Si la coopération capillaire était une indication du tournant que prendrait la journée, ça ne s'annonçait pas bien. Mes cheveux refusaient de se laisser coiffer.

Lorsque je me pointai à l'école, sur ma tête, c'était la pampa.

Je voulais trouver Isabel de toute urgence pour savoir si elle avait changé d'avis ; si ça ne la troublait pas de nous imaginer ensemble, Cade et moi. Je cherchais de toutes mes forces une bonne excuse pour ne rien dire, histoire de ne pas admettre que je l'aimais depuis longtemps, maintenant.

Mais, quand je tombai enfin sur elle, le sourire d'Isabel me parut encore plus radieux que la veille.

– On dirait que tu as envie de vomir, me dit-elle en oubliant notre petite tradition du matin.

– C'est le cas. Et, au fait, c'est aussi la dernière chose à laquelle j'ai pensé hier soir en me couchant.

– J'en conclus donc que tu as pris une décision, répondit-elle avec un petit rire.

– Oui.

Elle n'eut pas à me demander de quelle décision il s'agissait. Elle savait.

– Allez, ne stresse pas. J'ai lu ces lettres, Lil. Je ne l'ai jamais entendu parler comme ça à personne. Tu vas voir, ça va le faire.

* * *

Ça va le faire. Ça va le faire.

Au début, je pensais foncer droit sur lui et tout lui balancer. Mais alors que j'étais de service dans le bureau des profs, je compris que le meilleur moyen était sans doute une lettre, soigneusement glissée dans sa cachette habituelle. Cade aurait alors le temps de digérer la chose, d'y réfléchir. Il n'aurait pas besoin de chercher une réponse immédiate. C'était peut-être une autre façon de me protéger, mais je le sentais mieux ainsi.

Je me mis à écrire. Démarrant d'une manière totalement inédite. Par son nom.

Cade,

Salut. Comme tu peux le constater, je sais qui tu es. Il y a deux semaines, j'apportais un paquet à M. Ortega et je t'ai vu en train de m'écrire. Ça m'a choquée et, pour être franche, carrément horrifiée. Si tu savais qui j'étais, tu comprendrais pourquoi. On ne s'entend pas très bien. Surtout parce que je suis rancunière, même si cette rancune est basée sur des malentendus, apparemment. (Je ne sais ça de moi que depuis peu, en fait.) Et je voudrais, pour commencer, te dire que je suis désolée. J'ai appris à te connaître, d'abord à travers tes lettres – qui m'ont toujours procuré une joie telle que j'aurais dû deviner que la personne qui m'écrivait me défiait et me comprenait tout à la fois. Et puis, j'ai appris à te connaître en dehors des écrits, et j'avoue que tu m'as surprise. De façon géniale. Je ne sais pas pourquoi tu as arrêté de me répondre, et j'espère que tu liras celle-là. Sinon, j'arriverai à trouver le courage de te le dire en face. Ne me force pas à faire ça. Mais j'espère que, quelle que soit la raison pour laquelle tu as cessé notre échange, ce n'est qu'un autre de nos malentendus. (J'ai une chanson là-dessus, quelque part. Tu veux essayer de l'écrire ?)

Et voilà le moment où je t'avoue qui je suis, pour que toi aussi, comme moi, tu sois horrifié.

Lily Abbott.

Je pliai la lettre sans même la relire, au cas où ça me donnerait envie de faire marche arrière. Je la glissai dans ma poche et m'efforçai de l'oublier jusqu'au prochain cours.

Lorsqu'enfin je me retrouvai en chimie, je dus jongler pour bloquer discrètement ma lettre dans sa cachette. Je flippais à l'idée qu'à tout moment Lauren ou Sasha pouvaient se retourner sur moi. Et, alors que je retirais ma main, je sentis sous mes doigts le bord d'un autre morceau de papier. J'étouffai un hoquet puis le libérai. Au bout d'une semaine, il avait fini par m'écrire.

Dans mes efforts pour l'ouvrir, je déchirai un coin de la lettre. Forçant mes mains à se calmer, je terminai l'opération en aplatissant calmement le papier sur mon bureau.

Désolé de ne pas t'avoir écrit toute cette semaine, mais j'ai un petit problème. J'adore t'écrire, tu es drôle, super-sympa, futée et tout, mais, voilà… il y a une fille qui me branche bien depuis quelque temps, qui me provoque comme personne n'a jamais osé le faire, et j'avais un peu l'impression de la trahir en t'écrivant. Même si elle et moi on ne sort pas ensemble. Et que toi et moi, on n'est pas en couple non plus. Mais, quand même. Ça a commencé à me travailler, je me sentais malhonnête avec elle. J'aurais dû te le dire la semaine dernière au lieu de te laisser dans le flou comme ça. Elle n'est pas encore tout à fait convaincue que je suis un mec bien, mais j'espère qu'elle le sera bientôt. Souhaite-moi bonne chance.

Je me sentis blêmir. Cette lettre pouvait dire deux choses. Première possibilité : Cade m'appréciait, il aimait bien celle que j'étais... moi, dans la vraie vie. On avait quand même passé un peu de temps ensemble, non ?

Deuxième possibilité : il pouvait être tombé amoureux d'une autre personne. Mais après tout, ces lettres, c'était moi. Et s'il craquait pour moi dans la vraie vie, pourquoi ne craquerait-il pas pour celle qui lui écrivait ?

J'étais déchirée. Est-ce que je devais attendre quelques jours de voir si je l'apercevais avec une autre fille ? Ou est-ce que je laissais mon message, en croisant les doigts pour que ça fonctionne d'une façon ou d'une autre entre nous ?

Pour finir, je le laissai, ignorant ce que cherchait à me dicter la raison. Car s'il aimait une autre fille, c'était encore ma meilleure chance de gagner son cœur.

Après les cours, je montrai sa dernière lettre à Isabel, qui poussa un glapissement de joie.

– Alors, tu crois que c'est en bonne voie ?

– Tu le branches complètement. Va lui parler.

– Quoi, il est là ? fis-je en tournant vivement la tête. Ah, non... j'ai eu peur.

– Il est peut-être au base-ball, suggéra Isabel. Je crois qu'ils ont commencé aujourd'hui les entraînements. Va l'attendre à la sortie.

– Je lui ai laissé une lettre. Il la lira demain. Pendant ce temps, je vais m'avaler une tablette de chocolat et sombrer dans un coma réparateur.

– Le chocolat, ça fait tomber dans le coma ? Le sucre, ça produit l'effet contraire, tu ne crois pas ?

– Carrément. Je n'ose pas imaginer quelle nuit je passerais. Merci quand même pour le conseil.

– Une autre raison pour que tu me gardes avec toi, Lil.

– Une sur un million.

Me tapant dans la main, Isabel dit alors :

– À demain. Ça va être magique, je le sens.

Chapitre 44

Le lendemain matin, j'aperçus Cade sur le parking. Il marchait en discutant avec un copain, affichant un sourire assez lumineux pour stopper la circulation, ou les cœurs... le mien en était la preuve flagrante. Comment allais-je continuer à le voir si la journée se terminait salement ?

– Voilà Cade ! s'exclama Ashley en lui faisant un signe.

Comme il ne l'avait pas vue, elle abaissa sa vitre pour l'appeler.

– Non, non, ne fais pas ça ! lui dis-je en lui attrapant l'épaule.

– Quoi ? Qu'est-ce qu'il y a ?

– Rien. On peut lui parler plus tard ?

– Quand, plus tard ?

Puis, elle écarquilla les yeux comme si elle comprenait.

– Oh, le coach de Wyatt, tu le kiffes, c'est ça ? Tu ne serais pas dans la phase « je me la joue mystérieuse », par hasard ?

– N'importe quoi, marmonnai-je en pensant à la lettre qui attendait sous le bureau. Je serais plutôt à l'opposé de la phase mystérieuse.

– Dans ce cas, tu ne fais pas du tout comme il faut.

– Je sais, je fais tout de travers. Je ne suis aucune règle.

Je pus enfin descendre de voiture car Cade nous avait largement devancées, maintenant.

– Bon, j'y vais, dis-je à Ashley qui me regardait sans comprendre. À plus.

C'était l'heure du cours de chimie. Devant moi, se dressait le bureau, aussi droit qu'une pierre tombale dans un film de zombies. Je restais figée à l'entrée de la classe, pas vraiment certaine d'être la fille prête à foncer tête baissée dans le cimetière, une pioche à la main. J'avais plutôt envie de détaler dans l'autre sens.

– Tu avances ou tu as décidé de bloquer le passage à tout le monde ? me demanda Sasha en me bousculant.

Ce qui me procura juste l'énergie qu'il fallait pour me remettre en marche.

Je m'assis, comptai jusqu'à trois et partis à la recherche de la lettre. Mais ma main ne trouva qu'un bout de chewing-gum. C'était donc l'option numéro deux. Il aimait une autre fille. Et il savait maintenant que c'était moi qui lui écrivais. Tous mes espoirs s'anéantirent d'un coup, bien plus cruellement que je ne l'aurais imaginé.

Comment avais-je pu croire qu'un garçon aussi populaire et conformiste que Cade puisse craquer pour une fille aussi étrange et décalée que moi ?

Les yeux embués de larmes, je clignai fort à plusieurs reprises pour m'en débarrasser. Pour la première fois depuis des siècles, je réussis à prendre des notes correctes, même si M. Ortega ne se préoccupait plus de me les demander en fin de cours.

Quand, à mon grand soulagement, la sonnerie retentit enfin, le prof m'appela.

– Mademoiselle Abbott, vous m'attendez une seconde, s'il vous plaît ?

Comme Sasha ne se priva pas de me lancer un regard ravi, je me demandai ce qu'elle avait encore pu trouver pour me flanquer la honte.

Dès que tout le monde fut sorti, M. Ortega me montra un papier plié en quatre.

– C'est ce que vous cherchiez tout à l'heure ?

Pas loin de m'effondrer, je hochai la tête. Je n'avais qu'une envie : le lui arracher.

– Vous et Cade pensez donc que je suis aveugle ?

Là, oui, j'allai défaillir. Ça voulait dire qu'il avait aussi trouvé mon message d'hier ? Celui dans lequel je révélais à Cade qui j'étais ?

– Non...

– Je suis heureux de l'entendre, parce que vos actions disent tout autre chose.

– Je suis désolée...

– Je ne veux plus de lettres en classe, vous m'entendez ?

– La dernière, je ne l'ai pas écrite pendant votre cours, hasardai-je, consciente que ça ne servait à rien.

– Peu importe.

– Je... pourrais la récupérer ?

– Non, je vais la garder. Je vous la rendrai dès que vos notes en chimie seront meilleures. En attendant...

Il ouvrit le tiroir de son bureau et l'y glissa.

– Elle est à moi.

Je dus me maintenir à une chaise pour ne pas tomber à genoux et le supplier d'avoir pitié de mes nerfs.

J'attrapai mon sac et sortis de la classe. Le couloir était vide, tout le monde étant parti déjeuner. Si Cade avait été agréablement surpris par mon identité, il serait en train de m'attendre en ce moment, avec son sourire craquant, pour me dire qu'il voulait m'épouser et faire avec moi des bébés indie rock. Ou alors, il n'avait pas eu ma lettre et ne savait toujours pas qui j'étais.

Je rejouais en boucle les derniers mots de M. Ortega. Je voyais et revoyais le message tomber dans le tiroir de son bureau. Il me fallait cette lettre. J'allais la récupérer d'une façon ou d'une autre. Elle me dirait si Cade avait eu la mienne. Elle me dirait si je devais chercher à l'éviter pour l'éternité, ou non.

* * *

En dernière heure, j'adressai un texto à ma sœur lui disant que je rentrerais finalement avec Isabel. Puis j'en envoyai un à Isabel, en espérant qu'elle accepterait. Et j'ajoutai :

Tu m'aiderais à piquer des clés dans le bureau des profs, après les cours, pour que je puisse récupérer ma lettre ?

Je lui avais raconté, à l'heure du déjeuner, ce qui s'était passé avec M. Ortega. Elle en avait été tout aussi dégoûtée que moi. La solution qu'elle me proposait était de parler à Cade de vive voix. Quant à la mienne, elle pouvait m'épargner une humiliation à vie... suivant, bien sûr, ce que disait la lettre.

Voilà ce qu'elle me répondit :

Pas de problème pour que je t'aide. J'occupe les gens, et pendant ce temps tu te sers.

Voilà où j'en étais réduite. Je me servais.

J'entendais Isabel à la réception en train de parler à Mme Clark. Je m'étais glissée par la porte de derrière dans le bureau principal et me dirigeais maintenant vers le meuble où se trouvaient les clés. Isabel était chargée d'une mission de la plus haute importance. Elle devait distraire Mme Clark, non seulement pendant que je volais les clés, mais aussi le temps que j'agisse, afin de pouvoir les remettre à leur place sans qu'elle s'aperçoive de leur disparition. J'avais promis à mon amie de faire au plus vite. Ainsi qu'un sundae à la pêche... mais ce n'était pas vraiment le moment d'y penser.

M. Ortega n'ayant plus de cours à cette heure, il n'était pas censé revenir de sitôt. J'espérais seulement qu'il n'avait fermé ni son bureau, ni la porte de la salle de chimie.

Je n'eus aucun mal à trouver les clés, que j'avais déjà utilisées à l'époque où Mme Clark m'estimait responsable et digne de confiance. Mais j'étais sûre de voir ma belle réputation immédiatement détruite si elle me surprenait.

Je bloquai les clés au fond de ma poche pour qu'elles ne s'entrechoquent pas au moindre de mes mouvements, et je sortis par la porte de derrière. Une fois dehors, je me mis à courir. Je n'étais pas sportive. Mais je courus... comme une athlète des JO !

Peut-être que j'aurais dû me joindre à l'équipe de cross, parce que je n'étais pas si mauvaise, après tout. Mais sur une longueur, seulement. Car, en arrivant à hauteur du bâtiment de sciences, j'avais déjà insulté toute l'équipe mais aussi tous les athlètes de la planète. J'avais un point de côté qui me vrillait le ventre et j'étais complètement hors d'haleine.

Devant la porte, je me penchai en avant pour reprendre ma respiration. Puis, me souvenant d'Isabel en train de parler avec Mme Clark, je me redressai et entamai mon processus d'élimination pour trouver la clé du bureau de M. Ortega.

J'en étais à ma cinquième tentative – sur cinq cents, peut-être ? – quand j'entendis la porte au bout du couloir se fermer en claquant. J'entrai une nouvelle clé et, par chance, la serrure céda. Je pus alors me glisser vite fait à l'intérieur.

La pièce était sombre, les stores baissés, et il me fallut un moment pour que mes yeux s'adaptent à l'obscurité. Entrée comme d'habitude par le fond de la salle, je remontai lentement vers les bureaux, les mains tendues devant moi. J'étais presque arrivée quand la porte s'ouvrit derrière moi. Je sursautai et fis volte-face, cherchant désespérément une explication à fournir à M. Ortega.

Mais ce n'était pas le prof de chimie.

C'était Cade, dont l'habituel sourire dévastateur ne pouvait qu'illuminer la pièce. La porte se referma derrière lui avec un clic sonore.

– C'est moi qui t'aurais montré le chemin du crime ? demanda-t-il sur un ton amusé.

Encore haletante, je répondis :

– Tu aimerais t'en attribuer le mérite, hein ?

– Je t'ai appelée, dehors, mais tu courais comme si tu avais un tueur à tes trousses.

– Je m'entraîne pour le cross.

– Ah, oui ?

– Non, je plaisante. Courir, c'est loin d'être mon truc. Pourquoi les gens s'imposent cette torture ?

– C'est parce que tu n'as pas les bonnes chaussures pour ça, sourit-il.

Je baissai les yeux sur mes Converse rouges. Il avait raison, elles étaient trop fragiles pour courir.

– Alors, enchaîna-t-il après un regard autour de lui, qu'est-ce que tu fais ici ?

– Tu n'as pas entraînement de base-ball ? fis-je en essuyant une goutte de sueur sur ma tempe.

– J'y allais quand je t'ai aperçue.

– Et tu dois courir, au base-ball ?

– Parfois, oui. Mais, bon... pour en revenir à la discussion, je ne suis peut-être pas le plus observateur du monde mais j'ai la vague impression que tu n'as pas envie de répondre à ma question.

– Qu'est-ce qui te fait croire ça ?

– Oh, je ne sais pas...

Isabel allait me tuer si je ne me débarrassais pas de lui au plus vite pour arriver au bout de ma mission.

– Tu as changé d'avis ?

– Changé d'avis ? À quel sujet ?

– Tu as répondu, et maintenant tu essaies de retirer ce que tu as dit ?

Mon regard, qui avait réussi à l'éviter jusque-là, accrocha le sien et s'y fixa. Il savait que j'étais l'auteur de ces lettres. Il avait donc eu la mienne, finalement. Et il avait maintenant l'avantage parce qu'il savait qu'il me plaisait et que, de mon côté, j'ignorais ce qu'il en pensait.

– Pas du tout, répliquai-je.

– Pas du tout, quoi ?

– Je n'ai écrit aucune réponse. Je veux dire... je l'aurais fait, sans doute, peut-être, mais je n'ai pas eu la tienne. Monsieur Ortega l'a confisquée.

Un lent sourire se dessina sur ses lèvres.

– Vraiment ?

– Ça te fait rire de me voir en panique ?

– Oui, c'est trop marrant.

Je fis quelques pas de côté, dans l'espoir de contourner les bureaux du fond et de remonter vers celui de M. Ortega.

– Je vais juste récupérer la lettre dans son tiroir, et on se parlera une fois que je l'aurais lue.

Je me tournai, passai devant mon bureau… notre bureau. J'avais presque atteint le bout de l'allée quand il m'arrêta.

– Lily ?

– Une seconde, tu veux bien ?

– Lily ?

Arrivé derrière moi, il posa ses mains sur mes épaules et me fit tourner vers lui. La chaleur de ses paumes me traversa littéralement la peau.

– Tu n'as pas besoin de fouiller dans ce tiroir. Je peux te dire ce que raconte ma lettre. Je l'ai relue un million de fois, je la connais par cœur.

Il prononça cette dernière phrase dans un murmure.

Une lettre, ça ne représentait aucun danger. Une lettre, ça ne me dévisageait pas comme Cade le faisait en ce moment, le regard brûlant.

– Je ne sais pas, soufflai-je.

– Tu as tort. Écoute : Chère Lily, je sais que tu es l'auteur de ces lettres depuis le soir où je suis venu chercher Wyatt chez toi, il y a quelques semaines. J'ai entendu la musique que tu jouais. Une chanson qu'on était les seuls, toi et moi – avec peut-être une centaine d'autres personnes, au maximum – à connaître.

Je cessai carrément de respirer.

– Quoi ? Tu savais… depuis avant Thanksgiving ? Pourquoi tu n'as rien dit ?

– Et toi, pourquoi tu n'as rien dit non plus ?

– Parce que tu me détestais.

– Même raison pour moi. Parce que tu me détestais. Je me disais que, si tu savais que c'était moi, tu arrêterais de m'écrire.

Je repensai à nos échanges de ces dernières semaines. En débarquant à la maison, il savait déjà que c'était moi. Et, à la fin de la journée, je l'avais fichu dehors. Pas étonnant qu'il ait cru que je le détestais.

Mais il y avait quelque chose qui continuait de m'interpeller.

– Et Sasha ?

– Quoi, Sasha ? Je t'ai dit qu'on n'était pas ensemble.

– Et... vous l'étiez ?

– Non. Elle voulait, c'est vrai. Je sentais que je devais lui donner une chance, et je l'ai fait. Mais on n'était pas... c'est quoi, le mot que tu as utilisé, déjà ? Compatibles, c'est ça.

– Mais, comment... pourquoi est-ce qu'elle avait les lettres que je t'ai écrites ?

– Quoi ?

Il soupira avant de répondre :

– Je les gardais dans la boîte à gants de ma voiture. Elle a dû les trouver... Je suis désolé.

– Non, c'est bon. Je pensais que tu croyais qu'elle était ta correspondante.

– Tu pensais que je croyais qu'elle était l'auteur de ces lettres ? répéta-t-il sur un ton choqué. Sasha ?

– Oui, répondis-je, un peu confuse.

– Ça ne m'est pas venu une seconde à l'esprit, figure-toi. Même pas quand je suis entré en cours de chimie et que je l'ai vue assise à notre place. Je vais récupérer ces lettres.

– Elle me les a données.

– Ah, oui ? Ça ne lui ressemble pas, ce genre de truc.

– Ça veut dire quoi ?

– Elle n'était pas vraiment ravie quand je lui ai dit qu'elle et moi on n'était pas compatibles. Ça m'étonne qu'elle n'ait pas utilisé ces lettres contre nous.

Je n'y avais pas pensé plus tôt.

– On a de la chance, alors ?

– Grave. Maintenant, chut, je continue à te réciter ma lettre.

Il me tenait toujours les épaules. Et je continuais à brûler de l'intérieur.

– Je t'écoute.

– J'ai été surpris, ce jour-là, en découvrant que c'était toi mais, plus j'y pensais, moins ça m'étonnait, en fait. Et puis j'étais frustré parce que cette étonnante fille que j'avais appris à connaître sur le papier était la seule de tout le lycée à ne pas être intéressée par moi.

– La seule de tout le lycée ? C'est pas un peu exagéré, non ?

– On n'interrompt pas la lecture d'une lettre, s'il te plaît. Si tu la lisais toi-même, tu ne t'interromprais pas.

– Si, pour rigoler en arrivant à ce passage.

Cade se mit à rire, et mon cœur s'emballa.

– Alors, poursuivit-il, je pensais que, si tu arrivais à mieux me connaître à travers ces lettres sans savoir qui je suis dans la vraie vie, tu finirais par me pardonner mes erreurs. J'ai aussi été surpris d'apprendre que tu faisais la même chose. Donc, nous voilà à un carrefour.

J'attendais qu'il continue, qu'il finisse. Mais, comme il se taisait, je lui demandai :

– Nous voilà à un carrefour ? C'est comme ça que tu termines ta lettre ? De façon aussi mystérieuse ?

Il fit un pas en avant, même s'il n'y avait pas de place pour avancer. Mes jambes heurtèrent un bureau.

– Oui, mais j'ai dû ajouter un post-scriptum, reconnut-il.

De nouveau, j'avais le souffle court. Mais cette fois, c'était à cause de sa voix qui se faisait douce, et ses yeux qui n'avaient pas quitté les miens depuis son arrivée.

Instinctivement, je baissai aussi d'un ton.

– Un PS ? Ce n'est pas dans nos codes habituels.

– C'est vrai mais, là, il en fallait un.

– Oui, il en fallait un.

– PS, donc...

Il repoussa une mèche de ma joue et enchaîna :

– Je t'aime beaucoup.

Mes yeux rivés aux siens, je commençai à manquer d'air.

– Un très joli post-scriptum, j'avoue.

– Pour notre premier, je pensais qu'il était fort.

Il n'en fallut pas plus... Cade se tenait tellement près. Je n'eus qu'à me hisser sur la pointe des pieds et nos lèvres se rencontrèrent. Les siennes avaient le goût de menthe, le goût de tous mes espoirs, de tous mes rêves. Ses mains se plaquèrent sur mon dos puis m'attirèrent contre lui. Il accentua son baiser. Mes bras se glissèrent sous les siens pour à leur tour, trouver son dos.

Pourquoi avait-on attendu si longtemps ? Son souffle était tiède, son baiser aussi intense que son regard, quelques instants plus tôt.

Quelque chose tomba à terre en cliquetant, et j'enregistrai vaguement que c'étaient les clés. Mais mon cerveau était bien trop confus pour réaliser la chose au milieu d'un moment si doux. C'est alors que je me souvins d'Isabel.

Dans un sursaut, je m'écartai de Cade. Trop vite. Mes mollets vinrent se cogner contre une chaise.

– Aïe !

– Ça va ?

– Oui, oui... les clés... Isabel... je dois y aller.

Je réussis à m'arracher à son étreinte, ramassai les clés sur le sol et m'échappai.

– Lily !

– On se parle plus tard ! Moi aussi, je t'aime... beaucoup !

Je me retournai alors et m'éloignai de quelques pas en reculant, avant de préciser avec un sourire :

– Au cas où ça ne serait pas évident.

Puis j'ouvris la porte et sortis en courant.

Courir me parut alors tellement plaisant, tellement facile et libérateur.

Chapitre 45

– Je conduis, et toi tu me racontes.

Ce fut la première chose que me dit Isabel quand on grimpa dans sa voiture. J'avais réussi à remettre les clés dans le bureau des profs, en remerciant je ne sais quel saint d'avoir fait en sorte qu'elle et Mme Clark continuent à bavarder sans se soucier de moi. Puis je les avais rejointes à la réception.

– Ah, te voilà, lançai-je à Isabel comme si je la cherchais dans tout le campus depuis des heures.

Se retournant au son de ma voix, elle me fusilla littéralement du regard... auquel je tentai de répondre par un air désolé. Alors, me saisissant par le bras, elle déclara :

– On a eu une conversation très agréable, Madame Clark. Et merci pour l'info sur le code vestimentaire.

– Je vous en prie, ma petite. À bientôt.

On repartit toutes les deux dans le plus grand silence, comme si on était suivies par un espion, sans prononcer un seul mot jusqu'à se retrouver dans la voiture d'Isabel.

– Je suis désolée, dis-je alors en bouclant ma ceinture.

– Quoi ? Qu'est-ce qui s'est passé ?

Tandis qu'elle quittait le parking, je ne pus m'empêcher de sourire.

– Rien... enfin, tout. Je me suis retrouvée nez à nez avec Cade dans la classe de chimie. Il m'a vue courir et m'a suivie jusque là-bas.

– Ah, oui ?

– Oui. Et il savait ! Il savait depuis des semaines que c'était moi l'auteur des lettres mais, comme il pensait que je le détestais, il n'a pas voulu me le dire.

– Ah ah, vous avez été tous les deux aussi niais.

– Oui. Mais, au fait, comment tu as réussi à retenir Madame Clark aussi longtemps ?

– Quoi ? On s'en fiche. Pourquoi tu me poses cette question alors que tu n'as pas fini de tout me raconter ?

– Waouh, je sens que si je gardais ça pour moi, ça te rendrait folle.

Elle me prit la main et la serra à l'en écraser.

– Tu n'as pas intérêt... après ce que j'ai fait pour toi !

– C'est vrai. Merci dix mille fois.

– Basta, les remerciements. Il me faut juste le reste de l'histoire. J'écoute.

Je me retins de rire. Son attitude reflétait exactement ce que je ressentais : un mélange d'excitation et de joie intense.

– D'accord, désolée. Où j'en étais ? Ah, oui... alors, il m'a récité sa lettre, qu'il connaissait visiblement par cœur, sans me laisser aller la récupérer dans le bureau d'Ortega. Dans cette lettre, il disait craindre que je ne l'aime plus, une fois que j'aurais découvert qui il était; et quand il a compris que je faisais la même chose, il a été soulagé. Et puis il m'a dit qu'il m'aimait beaucoup. Alors, je l'ai embrassé. Mais c'est là que je me suis rappelé que tu m'attendais. Alors, je suis repartie en courant.

– Attends, quoi ?! s'exclama Isabel en laissant sa voiture faire un petit écart. Tu me balances tranquillement que tu l'as embrassé et tu continues comme s'il ne s'était rien passé ?

Non, bien sûr, je n'avais pas l'intention de poursuivre comme s'il ne s'était rien passé. Je voulais entrer dans les détails mais, tout à coup, alors qu'elle se tenait à côté de moi, ma main dans la sienne, je me rappelai quelque chose qui ne m'avait pas traversé l'esprit au moment où j'embrassais Cade : elle aussi l'avait embrassé.

– Non, dit-elle soudain comme si elle avait lu dans mes pensées. Ne pense pas à ça. On a tous les deux embrassé d'autres personnes depuis, et je suis sûre que ça n'a rien à voir. On était jeunes. Je ne pensais même pas à ça, Lil, je t'assure. Vous êtes adorables. Ce n'est pas comparable avec ce qu'on a vécu ensemble, Cade et moi. Alors, vas-y, dis-moi tout.

Je laissai échapper un soupir heureux.

– C'était... juste parfait.

Comme elle s'arrêtait sur un parking devant un fast-food, je compris qu'il était l'heure du sundae.

– Ton histoire sera bien meilleure accompagnée d'une glace, me dit-elle avec un sourire malicieux.

* * *

Il était sept heures du soir quand la sonnette de l'entrée retentit. Déjà en pyjama et démaquillée, j'avais à peine entendu sonner tant j'étais plongée dans l'écriture d'une nouvelle chanson qui, cette fois, ne devait pas exploiter l'existence tragique de Cade.

Il est facile de juger sans savoir la vérité
De ne voir que des murs soigneusement érigés.
Il est difficile de défaire tant de jeunes années
Mais tellement magique de voir ce mur s'écrouler.
Et je te vois ici
Plein de douceur et de crainte.
Et tu me vois ici
Pleine d'espoir et de crainte.

Quelques coups frappés à ma porte m'arrachèrent à mon écriture.

– Oui ?

Le visage de maman apparut dans l'encadrement.

– Lily, tu as une visite.

– Une visite ?

Sans me laisser le temps de poser une autre question, elle ouvrit la porte en grand, pour laisser apparaître Cade. Il se tenait là, les mains serrées devant lui, l'air réservé, les épaules basses, la tête légèrement penchée, comme s'il craignait la façon dont j'allais le recevoir.

– Hé, salut ! fis-je, tout sourire, en bondissant debout. Entre.

Il se tourna vers ma mère pour s'assurer qu'elle était d'accord.

– Gardez la porte ouverte, se contenta-t-elle de nous dire avant de s'en aller.

– Je n'ai pas ton numéro de téléphone, dit-il alors en balayant la pièce du regard.

Puis il choisit de s'asseoir sur la chaise de bureau, à dix mille mètres de moi.

– Je voulais te parler, ajouta-t-il simplement.

Je me laissai choir sur mon lit, sans perdre une once de mon sourire.

– Oui, je vais te donner mon numéro, histoire d'avoir le temps de me préparer la prochaine fois que tu viendras, dis-je en me tapotant les cheveux et en tirant sur mon haut de pyjama.

– Tu es trop mignonne, comme ça.

Il fit rouler la chaise vers mon lit, si bien qu'on se retrouva tous les deux genoux contre genoux.

– Oui, je répète, tu es trop mignonne. J'ai envie de t'embrasser. Je peux ?

J'eus à peine le temps d'acquiescer que, déjà, il avait pris mon visage entre ses mains pour m'attirer contre lui. À son regard gourmand, je croyais que nos bouches allaient se rejoindre mais, là, il s'arrêta, comme s'il cherchait à m'aspirer en lui, puis passa doucement ses lèvres sur les miennes. Le souffle coupé, je saisis le haut de sa chemise et me plaquai contre lui. Mais, ce baiser n'avait pas duré une seconde que, déjà, il s'écartait de moi.

– Je voulais juste me rassurer, murmura-t-il avec un sourire. Vu la façon dont tu as filé, tout à l'heure, je ne savais plus quoi penser.

– Tu crois que j'embrasse les garçons comme ça, juste pour m'amuser ?

– Je ne sais pas quoi penser de toi, en fait. Tu passes ton temps à me surprendre. Je croyais que tu viendrais m'attendre après mon entraînement de base-ball.

– Tu voulais que j'attende comme ça, une heure après les cours ? demandai-je avec une moue.

– Non, surtout pas, ce serait trop ennuyeux.

– Oh ! lâchai-je en comprenant soudain. C'est ce que faisaient les autres filles, c'est ça ? Je suis désolée, ça aurait montré à tout le monde à quel point je suis accro à toi, ou quelque chose du genre.

– Ne sois pas désolée, Lil. J'aime que ta vie ne tourne pas autour de ça.

Comme il indiquait de l'index l'espace entre nous, je le saisis entre mes doigts en disant :

– Tu entends quoi par ça ?

– Nous.

– Nous ? J'aime bien ce nous !

Il m'embrassa la main et souffla :

– Moi aussi.

Chapitre 46

En passant en revue ces dernières semaines, je pus retracer les jours où les paroles de chanson m'étaient facilement venues. Des jours où mon niveau de sensibilité avait atteint des sommets particulièrement hauts. Des jours où la lettre trouvée en cours de chimie était drôle, profonde ou triste. Des jours comme celui où j'avais découvert que mon correspondant n'était autre que Cade. Des jours, en somme, où les paroles semblaient s'écouler de moi comme une vague d'émotion.

Aujourd'hui, alors qu'il restait moins d'une semaine pour sortir une chanson correcte et participer à ce concours, la tension dans laquelle je baignais ne m'aidait pas vraiment. Ma sœur non plus ne m'était pas d'un grand secours. Elle hurlait à pleins poumons les chansons pop qu'elle aimait, tout en me disant que je devrais essayer d'écrire les miennes plutôt dans ce style.

– S'il te plaît, Ashley, tu ne peux pas te taire et me laisser bosser un peu ?

Après avoir acheté une guitare sur Craigslist avec l'argent qu'elle m'avait donné, je me sentais totalement ingrate de chercher à la mettre dehors pendant que je composais. J'avais trouvé un air qui me paraissait bon, mais le seul fait d'entendre sa voix me fichait tout par terre. Il ne me restait pourtant qu'à compléter les paroles.

– Je laverai ton linge pendant une semaine si tu me laisses une heure de tranquillité.

– Je te connais, tu vas rétrécir exprès toutes mes fringues pour pouvoir les porter toi-même.

Je n'avais pas pensé à ça. Je me levai, la tirai par les bras – ce qui me parut plus difficile que je ne l'aurais cru – et la poussai dehors.

– Une heure, d'accord ?

Elle ne chercha pas à résister et je l'entendis reprendre sa chanson dans le couloir. Me laissant tomber sur le lit, je repris ma guitare. Le silence était supposé m'inspirer mais j'avais l'esprit vide. Je pris mon téléphone et y jetai un texto :

Je manque d'inspiration.

Cade me renvoya un selfie : un sourire provocant qui me fit rire.

Bon, ça n'a pas marché.

Pas de chance, c'est tout ce que j'ai. Tu composes une chanson ?

J'essaie. Il me reste une semaine.

Tu trouveras. Tu n'as pas un carnet plein de morceaux de chansons qui pourraient t'aider ?

Je me tournai vers ce carnet, sur ma table de nuit. Ma chanson préférée était la première que j'avais écrite à son sujet. « Délaissé ». Impossible de m'en inspirer. Je n'avais pas le droit d'affecter des émotions et des mots à son vécu.

Je vais trouver quelque chose. Maintenant, laisse-moi tranquille, j'essaie d'écrire !

Il m'envoya un autre selfie affichant son visage de top model, et j'éclatai de rire avant de ranger mon téléphone.

* * *

Ce matin-là sur le parking de l'école, arrivé derrière moi sans que je le voie, Cade me souleva dans ses bras en m'arrachant un petit cri de surprise. Il m'embrassa sur la joue puis me reposa. Vaguement rougissante, je le laissai me prendre la main pour m'entraîner vers l'entrée.

– Ça t'a gênée ? me demanda-t-il.

– Non, surprise, seulement.

Il me considéra un instant puis hasarda :

– Peut-être que ça ne te plaît pas que tout le monde nous voie ensemble ?

– Bien sûr que si.

– Ça ne va pas faire de tort à ton image de hipster, j'espère ?

– Hipster ? répétai-je en éclatant de rire. Je ne savais pas que j'étais dans cette catégorie.

– Oh, allez, Lily. Tu es super-cool. Incroyablement différente. Et je suis en train de tout casser.

Son sourire fit passer ça pour une blague mais je me demandai s'il s'inquiétait sincèrement.

Alors, stoppant net, je me tournai vers lui et l'embrassai devant tous, au beau milieu du parking.

– Tu es mon petit conformiste préféré. N'oublie jamais ça.

Cette fois, ce fut lui qui rougit... un peu.

– Ah, bon. Parce que je ne suis pas mal, quand même. Je voulais juste m'assurer que tu t'en étais aperçue et que tu appréciais.

Il me fit un clin d'œil, sa belle assurance retrouvée.

– Mais, oui, j'apprécie, fis-je en le poussant devant moi.

– Tu as fini par trouver l'inspiration, hier soir ?

– Bof.

– À ce point ? ironisa-t-il.

– J'ai écrit et effacé cinq lignes.

– J'aurai le droit d'entendre tes chansons, un jour ?

– Oui. Quand Blackout me demandera d'en écrire pour eux.

Il rit puis déclara :

– Attends, j'ai une idée d'inspiration. Et si tu venais à la soirée, aujourd'hui ?

– La fête dans la salle de sport remplie de gens qui braillent et qui chantent les louanges du bahut ?

– Et pourquoi pas faire une exception, aujourd'hui ? Il y aura une grosse fiesta pour l'équipe de foot, et on présentera les nouveaux événements du printemps. C'est moi qui m'en charge. Tu me soutiendras, non ? Et j'espère que tu viendras aussi assister à quelques matchs.

– Bien sûr que je te soutiendrai. Je serai là. À la soirée et à tous tes matchs de base-ball. Tu vas voir, je serai la meilleure petite amie du monde.

Je prononçai ce mot trop vite... trop tard ?

– Je veux dire, pas vraiment une petite amie. Celle avec qui on sort et... qu'on embrasse... et... désolée, tu vas encore me traiter de bizarre.

– Non, tu es adorable. Et je ne pensais pas avoir à te le demander ; je pensais que c'était d'accord. Mais je vais le faire quand même.

C'est là qu'il fit quelque chose de terriblement embarrassant. Alors qu'on approchait de l'entrée, il leva les mains en l'air et cria :

– Lily, tu veux être ma petite amie ?

– Non, pas après ça. Je ne veux pas.

– Ah, non ?

– Bien sûr que si ! Maintenant, baisse les mains et arrête d'être aussi...

– Conformiste ?

– Lourd.

Il rit et me donna un baiser.

– On se retrouve à la soirée, petite amie.

* * *

Si je me mettais à sourire plus que d'habitude au lycée, les autres finiraient par penser que je m'y plaisais. Je pris ma place en classe de chimie avec le sentiment d'apprécier enfin cette matière à sa juste valeur. Peut-être que j'avais une dette envers ce cours, pour tout ce qu'il m'avait apporté. J'allais obtenir de meilleures notes, je le sentais. Et puis, Isabel allait m'aider.

Ma main se glissa sans attendre sous le bureau, même si Cade et moi on savait que M. Ortega nous avait à l'œil et qu'on lui avait promis de ne plus s'écrire. Mon sourire s'élargit quand je sentis quelque chose sous mes doigts.

– Alors, toi et Cade, vous êtes ensemble ? me dit Lauren assise à côté de moi.

En sursautant, je plaquai la lettre sur mes genoux pour qu'elle ne la voie pas.

– Euh... oui. Oui, c'est ça. Moi et Cade. Cade et moi. On n'est pas vraiment assortis mais on...

Pourquoi est-ce que je me sentais obligée de m'expliquer devant elle ?

– Oui, répétai-je avec assurance, cette fois.

Elle se retourna et hocha la tête. Je jetai un rapide regard derrière nous et vis Sasha se diriger vers sa place. J'étais surprise qu'elle n'ait pas encore réagi. Elle devait être gênée. J'étais contente qu'elle me fiche enfin la paix.

J'attendis quelques minutes – jusqu'à ce que M. Ortega commence son cours et que Lauren soit occupée à prendre des notes – pour ouvrir la lettre. L'écriture que je connaissais bien me ramena le sourire.

Hello. Je sais qu'on ne s'écrit plus mais je n'ai pas pu m'en empêcher. Je pense à toi. Et puis, ce matin, j'ai oublié de te dire quelque chose. Rappelle-le moi plus tard. Maintenant, fais attention, sinon M. Ortega va te confisquer ce que tu as entre les mains.

Je sortis mon téléphone de mon sac et lui envoyai un rapide texto.

Tu sais qu'il existe une chose magique qui prend les mots, les envoie dans les airs et les livre à leur destinataire ? C'est assez nouveau et je ne suis pas sûre que tu en aies entendu parler. Mais ça vaut le coup de s'en servir, c'est tellement rapide.

Il me répondit dans les secondes qui suivirent.

Comme un avion qui attache des mots à sa queue ? Je croyais que ça ne s'utilisait que pour la publicité. Je me demande combien ça nous coûterait.

Les joues me brûlaient. Il devait relire mes lettres autant que j'usais les siennes.

Tu es mon préféré.

Je dois récupérer tes lettres, au fait. Elles sont à moi.

La classe était plongée dans le silence et j'étouffai un petit cri. Je levai les yeux pour vérifier que personne ne me regardait, mais, non. M. Ortega était en train d'écrire quelque chose au tableau. C'était mon jour de chance.

Une chanson me vint subitement en tête.

Tu es ma façon préférée de passer le temps.
Mais le temps dure longtemps quand tu m'occupes l'esprit.

Je plongeai la main dans mon sac à dos pour l'écrire, mais je ne trouvai pas mon carnet. J'avais dû le laisser hier soir sur ma table de nuit. C'était nouveau et plutôt rafraîchissant. Je souris et utilisai à la place un morceau de papier. La pendule m'indiqua qu'il restait encore trente minutes de cours. Puis ce serait la soirée. Encore une chose que je n'aurais jamais pensé attendre avec hâte.

Chapitre 47

Ça faisait une éternité que je n'avais pas mis les pieds dans ce genre de soirée. Il y avait un bruit d'enfer.

Assise avec moi en bas des gradins, Isabel me cria à l'oreille :

– Ce qu'on ne ferait pas pour son petit copain !

– C'est exactement ce que je pensais.

Devant nous sur le podium géant, l'équipe de foot se faisait féliciter pour son incroyable saison, et nous, les fans, on était censés manifester bruyamment notre admiration et notre soutien. Je souris à Cade qui venait de croiser mon regard.

L'un des coachs tapota le micro et demanda :

– Un, deux. Ça marche ?

Oui, ça marchait.

Sasha, qui devait jouer au tennis, nager ou faire partie d'une équipe sportive, monta soudain sur la scène et s'avança vers le coach qui tenait un micro. Elle prononça alors quelques mots, parfaitement inaudibles pour nous.

– Personne ne m'a parlé de ça, s'étonna-t-il assez fort pour qu'on l'entende, lui.

Elle lui répondit quelque chose, qu'aucune oreille ne saisit non plus.

– Un concours de poésie ? répéta l'animateur.

Se penchant vers le micro, elle déclara :

– Cette école n'est pas axée que sur le sport. On doit aussi annoncer le nom du gagnant d'un concours de poésie.

– De quoi elle parle ? demanda Isabel.

– Aucune idée. Peut-être qu'elle préside un club de poètes, je ne sais pas.

Pourtant, je ne la voyais pas du tout là-dedans.

– Ce n'est pas prévu au programme, protesta le coach. S'il vous plaît, veuillez aller vous asseoir, Sasha.

– Coach Davis, insista-t-elle d'une voix plus forte, je ne voudrais pas créer un scandale en prétendant que le lycée Morris High ne se préoccupe que des équipes sportives.

Il jeta autour de lui un regard désemparé puis finit par tendre le micro à Sasha.

– Faites vite, alors.

Affichant un sourire radieux, elle fit face à l'assistance.

– Salut, Morris High.

Des cris enthousiastes lui répondirent.

– Comme vous le savez tous, si vous avez lu le journal de l'école, un concours de poésie a été organisé pour cette fin de semestre. Je vais donc vous annoncer le nom du gagnant. Vous allez adorer.

C'est alors qu'elle sortit d'un sac à dos... mon carnet. Je l'aurais reconnu entre mille, même des gradins où je me trouvais – violet et vert, et recouvert de griffonnages.

– Ce poème, écrit par Lily Abbott, une élève de première, est dédié à Cade Jennings.

Un murmure de surprise s'éleva des gradins.

– Qu'est-ce que tu vas faire ? interrogea Isabel d'une voix blanche.

J'étais révoltée, prête à me ruer sur Sasha... ou m'enfuir en courant de cette salle de sport. Mon regard fixa celui de Cade. Qui affichait un sourire à la fois gêné et stupéfait.

– Oui, poursuivit Sasha, c'est mignon, non ? Enfin, vous êtes encore combien à ignorer que le père de Cade l'a quitté, lui et sa famille, il y a plusieurs années ? Une vraie tragédie. Et Lily a écrit un incroyable poème à ce sujet.

J'étais en plein cauchemar.

Nulle part je n'avais écrit le nom de Cade... sauf sur la page que Sasha avait lue ce fameux jour pendant notre colle. Elle en avait déduit que cette chanson parlait de Cade. À cause des autres paroles. À cause de toutes les notes que j'avais ajoutées dans la marge. Et parce qu'elle voulait me faire du mal... à moi et sans doute à lui aussi.

Mes yeux toujours fixés sur ceux de Cade, je secouai la tête et articulai du bout des lèvres un « arrête-la » muet. Il était sur le podium pas loin d'elle, mais il ne me regardait pas. Il la considérait maintenant d'un air horrifié, aussi dégoûté que moi. Je ne pouvais pas laisser faire ça.

Je me levai et me frayai un chemin vers la scène entre les sacs à dos et les pieds des élèves. Mais Sasha avait déjà entamé la lecture à haute voix de mon « Délaissé ». La vie privée de Cade s'égrenait maintenant devant une assistance plongée dans un silence curieux.

Je n'eus pas le temps de grimper sur l'estrade que, déjà, elle attaquait les deux dernières lignes. Mes mots résonnaient cruellement dans les gradins remplis. Des gens qui, je crus le remarquer, semblaient captivés par ce qu'ils entendaient. Je m'arrêtai au moment où Sasha terminait sa lecture.

Pour me retrouver seule au milieu de cette salle de basket, pile au centre de l'œil de notre mascotte peinte sur le sol… un taureau.

– Et la voici, annonça Sasha d'une voix mielleuse. On l'applaudit bien fort. Viens nous rejoindre, Lily, pour recevoir ta récompense.

Je montai, parce que je voulais récupérer mon carnet, parce que je voulais sortir Cade de ce cauchemar, et m'expliquer devant tous. Mais rien ne se passa comme je le souhaitais. J'avais à peine grimpé, sous de généreux applaudissements, les cinq marches du podium que Cade avait disparu.

– Tu es cruelle, soufflai-je à Sasha avant de lui arracher mon carnet des mains. Il ne méritait pas ça.

Elle sourit, me prit dans ses bras et murmura en retour :

– Tous les deux, vous le méritez.

Elle aurait voulu que je réagisse. Que je me jette sur elle afin que tout le lycée voie que je n'étais qu'une pauvre débile qui la brutalisait alors qu'elle venait de me remettre une récompense. Et puis, en agissant ainsi, je donnerais à cet incident des proportions énormes. Les gens penseraient que Sasha venait de révéler sur Cade des secrets inavouables. Je ne pouvais pas lui faire ça. Alors, je me contentai de sourire, articulai un faible « merci » dans le micro et quittai la scène aussi vite que possible pour me lancer au dehors à la recherche de Cade.

Que je ne trouvai nulle part.

Au cours des trente minutes qui suivirent, je lui envoyai ce qui me parut être une centaine de textos, tous du style :

Elle m'a volé mon carnet

Je n'ai jamais proposé ce texte à un concours

Je suis désolée

Où es-tu ?

J'aimerais tellement m'expliquer.

C'était sa vengeance. Tu le sais. S'il te plaît, il faut me croire quand je t'assure que je ne voulais pas ça.

Il ne répondit pas. À aucun de mes SMS. C'était fini. Avant même d'avoir commencé.

Je contournai une deuxième fois le terrain de base-ball, en espérant qu'il serait venu s'y réfugier pendant que je faisais le tour des casiers et de la cafétéria, à sa recherche. Puis mon téléphone vibra dans ma poche. L'espoir me revint subitement, jusqu'à ce que je découvre sur l'écran le nom d'Isabel.

Tu es où ?

Sur le terrain de base-ball.

Trois minutes plus tard, elle me rejoignait.

– On la massacre maintenant ou plus tard ? demanda-t-elle, le regard étincelant.

– Je m'inquiète tellement pour lui, fis-je, les mains sur les tempes.

– Ne t'inquiète pas, ça ira. C'était une très jolie chanson, au fait. Tout le monde en parle.

Je ne pus réprimer un petit sentiment de fierté, le même que celui que j'avais ressenti, l'espace d'une seconde, au milieu de cette salle de basket où résonnaient mes paroles.

– Isabel, articulai-je alors d'une voix brisée, il voulait garder tout ça secret, et voilà que toute l'école est au courant à cause de moi et de ces stupides chansons.

– Pas à cause de toi, Lil. À cause de Sasha.

– Jamais je n'aurais dû écrire quoi que ce soit sur sa vie, de toute façon.

– Il s'est quand même amusé à glisser tous ces messages sous un bureau, n'oublie pas ! N'importe qui aurait pu tomber dessus. Et, toi, tu aurais pu être n'importe qui ; quelqu'un loin d'être digne de confiance, qui n'aurait pas ta gentillesse et ta loyauté. Il a eu de la chance que ce soit toi. Ça aurait pu lui arriver depuis des semaines, déjà.

– Peut-être, mais c'est moi qui suis tombée sur ces messages. Et tout ce qui arrive aujourd'hui, c'est à cause de moi.

– Eh bien, va lui expliquer tout ça.

– Il ne me répond pas, dis-je en regardant à nouveau mon téléphone.

– Alors, essaie de le trouver.

Sortant ses clés de sa poche, elle me les tendit avant d'ajouter :

– Je vais demander à Gabriel de passer me prendre.

Je n'hésitai pas une seconde. Je pris les clés d'Isabel, l'embrassai et partis en courant.

Chapitre 48

J'étais allée partout. Chez Cade, sur le terrain de base-ball des juniors, au drive-in et dans tous les fast-foods où je l'avais déjà aperçu dans le passé, même ceux où je n'avais jamais mis les pieds. Cade n'était nulle part. Et je continuais de conduire, en regardant partout autour de moi. Parce qu'il était forcément quelque part, et j'enrageais de ne pas le connaître assez pour savoir où.

L'école était loin, maintenant. J'avais envoyé un texto à ma sœur, pour lui dire de ne pas venir me chercher. Est-ce qu'il était retourné au lycée pour s'entraîner ? Est-ce qu'il s'y était planqué pour réfléchir ? Je finis par rentrer à la maison. Peut-être qu'il y était. Il aimait beaucoup ma maison.

Sa voiture n'était bien sûr pas là quand je me garai devant, ce qui ne m'empêcha pas d'aller vérifier dans chaque pièce, jusque dans le jardin, pour m'en assurer. Sans succès. Comment avais-je pu avoir la naïveté de penser qu'il courrait se réfugier chez moi alors que j'étais celle qu'il devait logiquement fuir en ce moment ?

Je laissai tomber les clés d'Isabel par terre dans ma chambre et m'effondrai sur le lit. Qu'est-ce que j'allais faire, maintenant ? Attendre qu'il m'envoie un SMS ? On avait déjà tellement attendu, tous les deux ; je me demandais comment on pourrait survivre à ce nouveau contretemps.

La tête de Wyatt apparut derrière ma porte entrouverte.

– Salut.

– Salut, le Nain.

– Je peux te parler ? interrogea-t-il en hasardant un pas à l'intérieur.

– Oui, entre.

Je me redressai sur le lit, me calai contre le dossier et tapotai l'espace près de moi. Wyatt m'y rejoignit et s'allongea, les yeux au plafond. Comme il restait muet, je lui demandai :

– Qu'est-ce qu'il y a ?

– J'espère que tu vas pas me détester.

Je pris appui sur mon coude et lui répondis :

– Non, je ne vais pas te détester. Pourquoi ? Qu'est-ce qui s'est passé ?

Incapable de me regarder, les yeux rivés au plafond, il semblait attendre un jugement qui viendrait du ciel. Finalement, il lâcha :

– C'est moi qu'ai cassé ta guitare. Mais j'ai pas fait exprès...

Je poussai un soupir et retombai lourdement sur l'oreiller.

– Tu me détestes, maintenant, hein ?

– Non, Wyatt, je ne te déteste pas. Jamais je ne pourrai te détester. Je suis fatiguée. J'ai eu une sale journée.

– T'es pas furieuse ?

J'étais furieuse, triste, frustrée, et je culpabilisais à présent d'avoir accusé Jonah à tort.

– On devrait aller s'excuser auprès de Jonah, tu ne crois pas ?

– Si.

– Ensemble ?

Je lui tendis la main et Wyatt l'accepta. Il avait les doigts quasiment aussi longs que les miens.

– Comment tu l'as cassée, cette guitare ?

Je n'aurais peut-être pas dû poser cette question parce qu'avec ça, je ne risquais qu'une chose : me mettre en colère. Et je n'en avais pas l'énergie en ce moment.

– Je suis tombé dessus.

– Quoi ? Pourquoi ? Elle était sortie de son étui ?

L'air embarrassé, Wyatt répondit :

– Oui... je voulais apprendre à en jouer comme toi.

– Hé, hé, fis-je en lui emmêlant les cheveux, qui est-ce qui t'a appris le coup de la flatterie ?

– Papa.

Je le pris par le bras et le fis sauter du lit.

– Bon, viens. Avant d'apprendre à jouer, tu dois écouter tout plein de musique.

– Tout plein ? Ça fait combien ?

– Ça fait beaucoup. Mais tu vas devoir trouver quel genre tu préfères. D'abord, on va voir Jonah et, après, je te ferai écouter quelques morceaux pour te faire une idée.

***

Je me retrouvai de nouveau dans la voiture. Mon frère et moi, on s'était excusés auprès de Jonah, j'avais trouvé quelques chansons parfaites à faire écouter Wyatt, et j'avais écrit une lettre à Cade. Je ne pouvais rien faire d'autre. Et, maintenant, je roulais en direction de sa maison pour la déposer dans sa boîte.

C'était une lettre qui lui disait à quel point j'étais désolée et que je l'avais mal jugé pendant si longtemps. Je lui écrivais que je comprenais son comportement avec moi le jour de son anniversaire – il avait tellement attendu un appel de son père... qui n'était pas venu. Je comprenais aussi pourquoi il essayait d'aider les autres en les distrayant quand il les sentait blessés, en les faisant rire, parce que c'était comme ça qu'il réglait ses propres problèmes. Je terminais ma lettre en lui assurant que je n'allais pas le laisser tomber ; qu'il n'allait pas se débarrasser de moi aussi facilement.

Les mains crispées sur le volant, j'avais fait la moitié du chemin quand je réalisai qu'il restait un endroit où je n'avais pas encore cherché. Le seul endroit où il m'avait emmenée : l'hôtel et son terrain de golf.

Je franchis trois voies d'un coup pour effectuer un demi-tour, ce qui me valut un puissant coup de klaxon du gros 4x4 noir à qui je venais de couper la route. Je lui fis un petit signe d'excuse mais ne rencontrai pas le regard du conducteur.

Cade se cachait là-bas. C'était obligé.

Arrivée à l'hôtel, je me garai, descendis de la voiture et suivis le chemin où il m'avait entraînée ce soir-là. Je crus me perdre à plusieurs reprises mais retrouvai finalement la grille sur laquelle il avait grimpé. Elle était fermée, comme je m'y attendais Mais la lune brillait, cette fois, en éclairant le sentier bien plus loin que le soir de notre passage.

Appuyée contre la porte, je ressortis mon téléphone.

Tu es dans l'hôtel ? Si oui, je suis là moi aussi et, dans 5 minutes, j'escalade cette grille, quitte à me faire prendre… et pour info, je porte une jupe.

Hissée sur la pointe des pieds, je tentai d'apercevoir la terrasse où on s'était assis, mais je ne distinguai que les pointes d'un cactus en pot. Je considérai un moment la grille.

– J'y arriverai, maugréai-je. Après tout, je cours comme une pro, maintenant. Ça devrait être facile.

– Tu te parles toute seule ?

Au son de sa voix, un soulagement intense me submergea. Tentant de décoincer comme je pouvais mon pied d'entre les barreaux, je cherchai à deviner son visage dans l'obscurité. Je mourais d'envie de le prendre dans mes bras, mais cette fichue grille m'en empêchait.

– Je... j'ai la honte, tu sais. Je suis tellement désolée...

– Pourquoi ? demanda-t-il avec un sourire que j'apercevais mieux, à présent. Moi aussi, je me parle tout seul. Souvent, même.

– Non, tu sais très bien pourquoi je suis désolée.

Je posai les deux mains sur la barre du haut pour me soutenir.

– Ne sois pas désolée, c'est Sasha la seule coupable.

Il n'avait pas l'air de m'en vouloir, mais il n'avait pas non plus fait un pas pour me laisser entrer.

– Tu ne m'ouvres pas ? Je voudrais te prendre dans mes bras. Je peux ?

– Si tu arrives à passer cette grille, tu pourras faire tout ce que tu veux, ma belle.

Un clin d'œil, une voix charmeuse... je savais ce qu'il faisait. Il construisait un mur autour de lui, et je détestais ça. Je haïssais le fait qu'il éprouve le besoin de faire avec moi.

– Arrête.

– Arrête quoi ?

– Arrête de me traiter comme tu traiterais n'importe qui. Ne cherche pas à te cacher devant moi.

– Et toi ? Tu ne t'es jamais cachée devant moi ?

Je sentais comme une vague effluve de rancœur dans sa voix.

– Qu'est-ce que tu veux dire ?

– Cette chanson, tu comptais me la montrer quand ? Quand elle aurait gagné le concours ?

– Non ! Carrément pas ! Je n'allais même pas participer.

– Et pourquoi pas ? Elle déchire, cette chanson.

– Elle n'était pas censée être entendue par tout le monde. Surtout pas par le lycée.

– Tu veux dire, surtout pas par moi.

Je voulus protester, mais il avait raison. Je n'avais jamais eu l'intention de la lui montrer.

– Tu ne me fais toujours pas confiance ?

– Si, répondis-je faiblement.

– Tu me prends toujours pour celui qui a fait du mal à Isabel. Pour celui qui finira par te faire du mal un jour. Tu refuses de t'ouvrir complètement à moi.

– Non, Cade, c'est faux, rétorquai-je, la gorge serrée. Je t'en dis plus qu'à n'importe qui d'autre. C'est vrai que tu m'as aidée à trouver les mots à mettre sur cette chanson. Mais je n'avais pas l'impression que ces mots m'appartenaient. Je ne me sentais pas en droit de les utiliser.

Je sortis de la ceinture de ma jupe la lettre que je lui avais écrite, et je la fis passer à travers les barreaux.

– Encore une lettre ? s'étonna-t-il avec un petit rire sec.

– Ça fait longtemps que tu n'en as pas eu.

Il la prit par terre, là où elle venait de tomber.

– De toi ? Non, effectivement.

– Pourquoi ? Quelqu'un d'autre t'a écrit ?

Comme il ne répondit pas « non » tout de suite, je hasardai :

– Attends... De ton père ?

Il me jeta un regard étincelant, où je vis brûler toute la douleur qu'il me cachait depuis que j'étais arrivée ici.

Baissant la voix, je le suppliai :

– Tu veux bien me laisser entrer, Cade, s'il te plaît.

Il s'avança, m'ouvrit enfin la grille, et je me précipitai dans ses bras.

– Je m'apprêtais à lire cette lettre, me souffla-t-il à l'oreille. Tu es une vraie ventouse, tu sais.

Je souris.

* * *

Assis sur la terrasse qui dominait le golf, on avait chacun une lettre à la main. Moi, celle que son père lui avait envoyée ; et Cade, celle que je lui avais écrite un peu plus tôt.

– Ce n'est pas à moi de lire ça, lui répétai-je. C'est trop personnel.

– Si, Lily. Je voudrais un regard objectif.

– D'accord.

Avec un soupir, je décachetai l'enveloppe. J'en sortis une feuille de papier pliée en trois que j'ouvris lentement. L'écriture me parut hâtive mais, comme je ne la connaissais pas, je me dis que son père s'était peut-être appliqué, malgré tout.

Cade,
Heureux d'avoir reçu de tes nouvelles, mon fils.

Nous avons tous les deux une vie bien remplie, j'imagine.

Déjà, son père semblait se chercher des excuses. Je posai une main sur le genou de Cade. Il ne leva pas les yeux, qui restèrent fixés sur ma lettre. Je poursuivis ma lecture.

Mon nouveau job, où je dois me mettre en tête un nouveau système informatique complet, m'occupe totalement l'esprit et, entre cela et mes obligations familiales, le temps semble me filer entre les doigts.

Bien sûr. Comme si Cade ne faisait pas partie de ses obligations familiales.

Je sais que tu comprends la chose, à voir l'adulte sensé que tu es devenu. Comment se passe l'école ? Le base-ball ? Tu as des idées pour l'université ? Je vais tout faire pour arriver à m'échapper un peu, l'année prochaine, pour qu'on se voie un peu et qu'on rattrape le temps perdu, tous les deux. Et, par la même occasion, je suis sûr qu'on saura chacun faire l'effort de se donner plus souvent des nouvelles.

Je t'embrasse.

Papa

Je fermai les yeux un instant puis attendis que Cade termine de lire ma lettre. À la fin de sa lecture, il me sourit et m'embrassa.

– J'avais besoin de ça, me dit-il doucement.

Je repliai celle de son père et la glissai vite dans son enveloppe avant de craquer et la déchirer.

– Désolée... soufflai-je en la lui tendant.

– Non, il a raison. J'aurais pu essayer, moi aussi, de le contacter plus souvent.

– Ne le laisse pas non plus te coller ça sur le dos.

– Alors, je fais quoi ? soupira-t-il.

– Soit tu l'appelles, sois tu l'oublies complètement.

Cade m'attira contre lui et blottit son visage dans le creux de mon cou. Il me serra fort, très fort. Si au moins j'avais pu l'aider plus tôt ; si je ne l'avais pas repoussé aussi longtemps... Mais j'étais là, maintenant, et il n'y avait rien de mal à avoir besoin de quelqu'un à qui se raccrocher.

– Tu m'as attirée ici pour qu'on puisse s'expliquer, tous les deux ?

– Oui.

Il m'embrassa et je lui rendis son baiser.

– Je crois que je pourrais l'appeler, murmura-t-il entre deux caresses.

– Et je peux être présente, cette fois ?

Chapitre 49

En entrant dans la cuisine, je découvris Cade occupé à examiner avec attention deux colliers étalés sous ses yeux. Assis à table, mon père prétendait n'y porter aucun intérêt.

– Papa, non !

Je pris la main de Cade pour l'éloigner du comptoir.

– C'est une tierce personne totalement impartiale, riposta-t-il alors qu'on sortait de la pièce.

– Désolé, Monsieur Abbott, lui lança Cade. Je viens de me faire enlever...

– Sauver, plutôt, marmonnai-je.

– Tes parents, ils sont trop.

– C'est le mot.

Je poussai Cade dans ma chambre et je pris ma guitare.

– Maintenant, j'ai besoin de toi. C'est toi le parolier de notre groupe, oui ? Je dois finir cette chanson dans deux jours, et je n'ai plus d'inspiration.

– Tu ne m'avais pas dit que je t'inspirais, au contraire...

– Et je compte bien là-dessus. Alors, assieds-toi là où je pourrai voir ton visage de beau gosse, et aide-moi à trouver des mots.

Il s'assit sur une chaise, son sourire craquant bien en place.

– OK, au boulot.

Une heure plus tard, je reposai ma guitare.

– Tu es aussi mauvais que ma sœur, grognai-je. Tes paroles de chanson ne sont pas mieux dans la vraie vie qu'elles l'étaient par écrit.

– Tiens, mais voilà d'excellentes paroles : tu n'es pas mieux dans la vraie vie que sur le papier...

– Arrête, fis-je en riant. Allez, je sais que tu peux m'aider là-dessus. Il faut juste que le refrain sonne mieux.

Mon carnet posé à côté de moi sur le lit, j'écrivais sur des feuilles de brouillon où je pouvais barrer tout ce que je voulais avant de recopier mes paroles au propre.

Cade se pencha alors vers moi et l'attrapa.

– Je peux regarder ?

Je fermai les yeux. Oui, je pouvais le laisser regarder. Le pire était déjà arrivé. Sasha avait lu mes paroles devant le lycée entier, et les gens les aimaient bien, en fait. Elle était loin de se douter que sa mauvaise blague m'avait aidée à gagner un gros paquet de confiance en moi.

– Oui, tu peux.

– Merci.

Il sourit, parfaitement conscient de l'effort que ça me demandait, malgré tout.

– Mais tu ne te moques pas, s'il te plaît.

– C'est vrai que je suis assez doué pour ça.

– Eh bien, justement, tu trouveras dedans une chanson très méchante à ton sujet. J'étais furieuse contre toi.

Il rit, s'assit par terre face à moi, le dos contre le lit de Ashley.

– Ça ne m'étonne pas, reprit-il en feuilletant d'une main gourmande les pages du carnet.

À mon tour, je m'installai par terre face à lui, le dos contre mon lit, mes jambes venant se mêler aux siennes.

– J'ai dit, on ne se moque pas !

Il émit un petit rire qui me fit frissonner. Je le regardai lire, l'air détendu, le visage caché par une longue mèche de cheveux, les doigts sur une page, prêts à la tourner pour passer à la suivante. Et je me mis à écrire, mon crayon courant de plus en plus librement sur le papier.

Les mots nous ont rendus forts contre le malheur
Tu m'as confié tes secrets avant de voler mon cœur
On dit que l'amour est rare, comme...

– Qu'est-ce qui est rare ?

– Quoi ?

Ses yeux quittèrent le carnet pour rencontrer les miens.

– Dis-moi des choses qui sont rares.

– Hum... des choses très chères ?

– Ha, ha, très drôle. Mais encore ?

Son regard se fit doux quand il murmura :

– L'amour ?

En souriant, je pressai mon genou contre le sien.

– J'ai déjà utilisé l'amour. J'essayais de le comparer à autre chose.

Je tapotai mon stylo sur ma page et me mordis la lèvre.

Ses yeux revinrent sur le carnet.

– C'est vraiment bon, tu sais.

– Laquelle.

– Tu sais très bien laquelle. C'est celle-là que tu dois prendre pour le concours.

– Je ne peux pas, Cade. C'est la tienne.

– Elle est à l'état brut. Elle fait vraie, sans artifice. Elle est géniale. Tu as une musique pour l'accompagner ?

– Oui...

Depuis longtemps, j'avais une mélodie en tête.

– Tu veux me la jouer ?

– Tu sais, je ne joue pas très bien. Je compose, seulement. Ces paroles, elles sont faites pour un tout autre interprète que moi.

– Tu veux bien me la jouer ? insista Cade.

– En fait, j'ai déjà le deuxième couplet... mais qui n'est pas dans le carnet.

Je sortis la feuille du tiroir de ma table de nuit, et la lui tendis d'une main nerveuse.

– Je ne te regarderai pas, si tu préfères, me proposa Cade comme s'il avait lu dans mon esprit.

– Oui, je veux bien, dis-je avant d'attraper ma guitare sur mon lit.

En commençant à jouer, je le surveillai malgré moi. La douceur que je lus dans son regard ne put que m'encourager. Je chantai la chanson par cœur.

J'ai fait de l'attente une forme d'habileté
Érigé un rempart autour de mon cœur déchiré
Pour m'aider à tenir encore une journée.
J'ai dessiné un sourire tortueux

Retenu mes larmes et séché mes yeux
Car je savais qu'un jour tu me reviendrais.
Mais le temps passe et me voilà
Les bras vides
Le cœur en pièce
L'âme torturée
La gorge nouée
Et je m'éveille une fois encore
Cruellement délaissé.

Comme j'entamai le deuxième couplet, mon émotion prit le dessus et je chantai d'une voix rauque :

Je ne veux plus de cette attente
Mon cœur déjà n'est plus le même
Je m'en vais donc vivre ma vie
Car le malheur m'a rendu forte
Et malgré moi je pense
Qu'il est mieux de te savoir parti.
Mais voilà que mes bras se tendent
Que mon cœur guérit
Que mon âme espère
Que ma gorge crie
Car je m'éveille soudain
Cruellement délaissé.

Je passai à la transition – le « pont » – encouragée par le regard attentif de Cade.

J'ai rêvé de toi.
Je te voulais.
J'ai tenté de te plaire, mais je ne veux plus de cette vie.

C'est à moi de choisir, maintenant, et si je te revois peut-être que tu resteras...

Je cessai de jouer, le temps un instant suspendu, puis j'attaquai le final.

Aujourd'hui mes bras sont forts
Mon cœur bat
Mon âme s'envole
Ma gorge fredonne
Car je me suis éveillée
Loin d'être délaissée.

Les dernières notes flottèrent un moment entre nous, et le silence revint. La gorge serrée, j'attendais que tombe le verdict.

Cade n'avait toujours pas regardé de mon côté, mais une lueur joyeuse scintillait dans ses yeux.

– Je crois que je t'aime.

Mon cœur bondit dans ma poitrine.

– On... devrait réserver ce... ce genre d'aveu aux lettres, balbutiai-je.

– Ou aux chansons.

– Oui, ce serait parfait dans une chanson.

– Je vais écrire celle-là, proposa-t-il. Elle va être très bonne, je le sens.

Un petit rire tremblant s'échappa de ma gorge.

– Non, mais, sérieusement, continua-t-il. Qui t'a dit que tu n'étais pas faite pour chanter ? Tu es incroyable, au contraire.

À ce compliment, le rose me monta aux joues.

–S'il te plaît, Lily. Choisis cette chanson pour le concours. Elle est géniale.

Alors que je m'apprêtais à lui répondre, Jonah fit irruption dans ma chambre.

– Wyatt m'a volé les sous que la petite souris m'avait donnés ! s'écria-t-il, en pleurs.

– C'est pas vrai ! rétorqua son frère arrivé derrière lui. C'est lui qui les a perdus !

Et, cerise sur le gâteau, Ashley pointa le bout de son nez pour demander :

– Est-ce que je vais pouvoir entrer dans ma chambre, maintenant ?

Je ne pus que sourire à Cade devant tout ce chaos.

– Tu vas te présenter à ce concours, oui ou non ? articula-t-il au milieu du vacarme.

Je hochai la tête. Oui, je le ferais, ce concours. Et, oui, j'avais hâte. À mon tour, alors, de lui souffler en silence du bout des lèvres :

– Je crois que je t'aime aussi.